Arena-Taschenbuch
Band 1534

Rüdiger Siebert

Bambus läßt sich nicht brechen

Reportagen vom Überleben
in Südostasien

Arena

CIP-Kurztitelaufnahme der Deutschen Bibliothek

Siebert, Rüdiger:
Bambus lässt sich nicht brechen:
Reportagen vom Überleben in Südostasien / Rüdiger Siebert.
– Orig.-Ausg., 1. Aufl. – Würzburg: Arena, 1986.
(Arena-Taschenbuch; Bd. 1534)
ISBN 3-401-01534-6
NE: GT

1. Auflage 1986 als Originalausgabe im Arena-Taschenbuchprogramm

Umschlagdia und Schwarzweißfotos: Rüdiger Siebert
Karte: Grafisches Atelier Arena
Lektorat: Heinrich Baumgartner
Gesamtherstellung: Mainpresse Richterdruck Würzburg
ISSN 0518-4002
ISBN 3-401-01534-6

Inhalt

Vorwort

Als aus dem einschlägigen Nachwuchs vor nunmehr zehn Jahren der damals zweiunddreißigjährige Journalist Rüdiger Siebert sein Reisewerk »Roter Reis im Paradies – Indonesische Gespräche« der Öffentlichkeit übergab, horchten die älteren Indonesien-Kenner zustimmend auf. Hier präsentierte sich ein guter Beobachter und nicht minder guter Autor verläßlich und gleichzeitig individuell-stilistisch ansprechend über ein zwar viel genanntes, jedoch in der breiten Volksbildung bisher wenig bekanntes Teilgebiet unserer Erde. Gemeint ist ihr größtes, aus reichlich 13 000 Einzelteilen unterschiedlichster Größe zusammengesetztes Inselreich: der geographisch als »Malaiischer Archipel« erfaßte Inselbogen zwischen dem südostasiatischen Festland und dem australischen Kontinent.

Obwohl vorsätzlich dem »Dienst an der Jugend« gewidmet, konnte sich auch der erwachsene Leser infolge der Themenwahl, der Interpretierung und der mutig aufgegriffenen, klar formulierten, ebenso ungelösten wie angreifbaren Probleme – etwa der absoluten Entrechtung und Entwürdigung der politischen Gefangenen – einer gewissen Faszination nicht erwehren. Von Kapitel zu Kapitel steigerten sich das Interesse und die Aufnahme – hier blieb nichts ungelesen. Das

»Paradies« wurde nach allen Richtungen hin be- und ausgeleuchtet. Verständlich, daß auch mehrere folgende Buchveröffentlichungen – von den zahlreichen Beiträgen in Tageszeitungen, Zeitschriften und im Rundfunk ganz abgesehen – erwartungsvoll und aufmerksam entgegengenommen wurden.

In den nunmehr vorliegenden »Reportagen vom Überleben ...« hat der Autor ausreichend Gelegenheit gehabt und gefunden, neben der Fülle von positiven Ergebnissen auch und gerade über alles andere als das vielgerühmte »Paradiesische« in den von ihm besuchten festländischen und insularen südostasiatischen Staaten zu referieren. Schon die Überschriften der ersten Kapitel, die dem problematischsten Staatsgebilde in diesem Bereich, den Philippinen, gewidmet sind, führen in medias res: »Mutmaßungen über einen Mord«, »Sprengstoff in der Südsee«, »Schonzeit für Kinder«, »Mercy und das Überleben«, oder später »Jakarta, ein urbaner Alptraum«, »Video-Fieber akut«, »Das Raubtier und die Orchideen«, »Die Perle mit matten Stellen«, »Reiches Land und arme Bauern« ... lassen erkennen, daß hier neben einem berufenen Journalisten auch ein berufener Mensch seine Stimme erhebt und – dem Verlag sei ehrlich gedankt! – sie auch in Worte kleiden und der Öffentlichkeit zu Gehör bringen kann.

Denn jedes Schweigen und jedes Tabu sind nicht nur eine Unterlassungssünde, sondern eine Gefahr für die Zukunft und ein Verbrechen an der Menschheit. Die alte Weisheit bleibt unverrückbar: Für Tatsachen kann man sich blind stellen; man kann sie zwar kennen – aber negieren; man kann sie je nach Opportunität bagatellisieren, aufbauschen oder in den Himmel jubeln; man kann sie verdrehen, ja, sogar auf den Kopf stellen und das Gegenteil erklären. Nur eines kann man nicht mit ihnen: sie aus der Welt schaffen! Und so, wie sie sich abgespielt haben, wirken sie weiter – nicht aber so, wie mancher sie haben möchte.

Karl Helbig

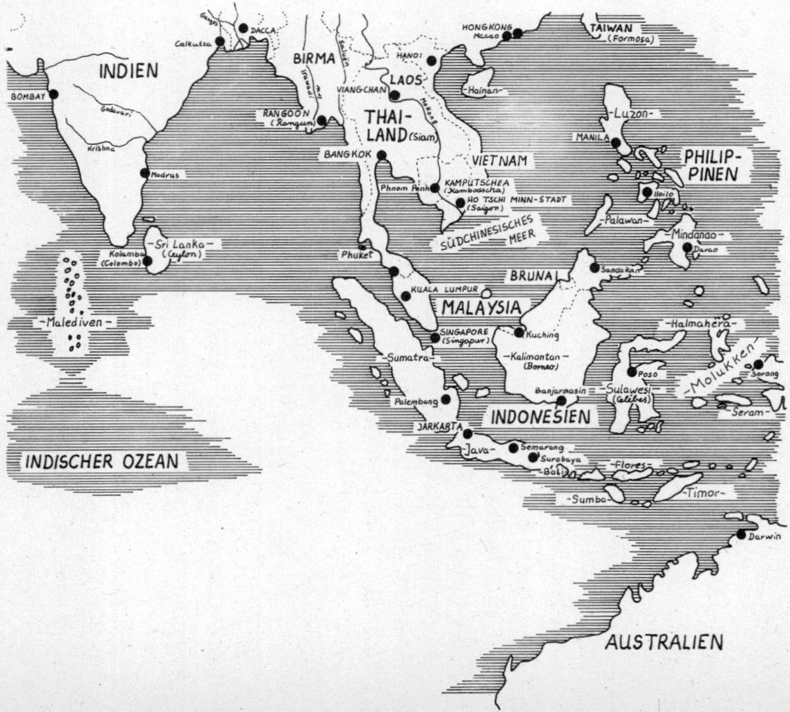
INDIEN
BOMBAY
Godavari
Krishna
Madras
Calkutta
Ganges
DACCA
BIRMA
Irawadi
Saluën
RANGOON
(Rangun)
Kolambo
(Colombo)
-Sri Lanka-
(Ceylon)
-Malediven-
INDISCHER OZEAN
HONGKONG
Macao
TAIWAN
(Formosa)
HANOI
LAOS
VIANGCHAN
Mekong
-Hainan-
THAI-
LAND (Siam)
BANGKOK
VIETNAM
Phnom Penh
KAMPUTSCHEA
(Kambodscha)
HO TSCHI MINN-STADT
(Saigon)
SÜDCHINESISCHES
MEER
Phuket
KUALA LUMPUR
MALAYSIA
BRUNAI
SINGAPORE
(Singapur)
-Sumatra-
Palembang
JARKARTA
-Java-
Semarang
Surabaya
-Bali-
Kuching
-Kalimantan-
(Borneo)
Banjarmasin
INDONESIEN
Sandakan
-Luzon-
MANILA
PHILIP-
PINEN
Iloilo
-Palawan-
-Mindanao-
Davao
-Halmahera-
Poso
-Sulawesi-
(Celébes)
-Molukken-
Sorong
-Seram-
-Flores-
-Sumba-
-Timor-
Darwin
AUSTRALIEN

Geschichten vom Bambus

Die Wanderung durch einen asiatischen Bambushain ist wie der Gang durch einen Märchenwald. Er ächzt und knarrt und knistert, und die Luft vibriert von einem Raunen, als erzählten sich darin Geister geheimnisvolle Geschichten. Bambus bietet den Stoff, aus dem Asiens Legenden sind. Ein Sturm mag die Stämme zu Boden drücken. Ergeben weichen sie aus, anpassungsfähig bis zur Verleugnung der ihnen innewohnenden Kräfte.

Doch kaum läßt der Wind nach, richtet sich Bambus wieder auf zu eindrucksvoller Größe, fest verwurzelt im Boden uralter Kulturen.

Bislang war Bambus das natürliche Sinnbild des asiatischen Kontinents, der so vielen Orkanen trotzte und sich treu geblieben ist. Gilt diese Standfestigkeit noch immer? Und gilt sie im besonderen für die südöstlichen Regionen, wo über Thailand, Malaysia, Singapur, Indonesien, die Philippinen und den Ministaat Brunei der Wind des Fortschritts mit einer Heftigkeit hinwegfegt, die dort historisch ohne Beispiel ist?

In Südostasien sind rauchende Fabrikschornsteine und klimatisierte Hochhäuser zu den Markenzeichen der neuen Zeit geworden. Die Regierungen setzen auf den in Zahlen meßbaren Forschritt und versuchen in enger Zusammenarbeit mit westlichen und mit anderen asiatischen Industrieländern, den Anschluß an deren Technologie-Standard zu erreichen – einschließlich moderner Waffen-Technik. Die Erfolge sind offenkundig. Andere Regionen und Kontinente haben eher Stillstand als Aufschwung zu verzeichnen; Südostasien aber weist mit Ausnahme der Philippinen deutliche Steigerungsraten im wirtschaftlichen Wachstum auf. Wer in regelmäßigen Abständen durch Südostasien reist, staunt jedesmal über die sichtbaren Neuerungen. Die noch größer und lauter gewordenen Großstädte. Die rapide zunehmende Zahl der Autos. Die verzweigteren Asphaltstraßen. Die er-

weiteren Fluglinien. Die gerade in Betrieb gegangenen Fabrikanlagen. Die zahlreicheren Fernseh-Stationen.
In Anbetracht dieser dem europäischen Besucher so vertrauten Bilder spürt er einen Hauch von Nostalgie, wenn er dann sogar in der Hochburg des modernen Asien, im Stadtstaat Singapur sieht, wie chrom- und glasblinkende Supergebäude mit Hilfe eben jenes Gewächses in die Höhe gebaut werden, das seit Jahrtausenden den Menschen eine helfende Stütze ist: nämlich mit Bambus. Zu himmelstürmenden Gerüsten werden die Stämme gebündelt und verzahnt, festen Halt gebend auch den angeblich zukunftweisenden Formen heutiger Business-Architektur. Dankbar wird das symbolträchtige Drumherum an vielen solcher Baustellen aufgenommen, wo sich Altes und Neues zweckmäßig und harmonisch vereinen. Indes: Ist das Beispiel noch kennzeichnend für all das, was an Veränderungen auf- und durchbricht in diesem Teil der Welt?
Gewaltige und gewalttätige Eruptionen haben Südostasien in den zurückliegenden Jahrzehnten erschüttert. Ein Angehöriger der Nachkriegsgeneration vermag die historische Tiefe, die den Vergleich erlaubt, nur noch nach-lesend auszuloten – beispielsweise im umfangreichen Werk Karl Helbigs, der wie kein anderer deutschsprachiger Autor den Aufbruch der südostasiatischen Region zwischen den beiden Weltkriegen als Zeit- und Augenzeuge festgehalten hat.
Es scheint, Südostasien werde immer lauter im Lärm seiner technischen Errungenschaften, als daß seine Bewohner noch die leisen Weisheiten aus den Bambushainen vernehmen und verstehen könnten. Auch dort wächst eine neue, lebenshungrige und an den Schaufenstern des Konsums ausgerichtete Generation heran, deren Erwartungen und zumeist unerfüllbaren Wünsche eher an Honda, Video und Jeans orientiert sind als an Tugenden wie Geduld und religiöse Innerlichkeit, mit denen das Leben der Eltern erfüllt war.
Der auf materiellen Zuwachs hin zugeschnittene Fortschritt ist bis jetzt den Menschen Südostasiens höchst unterschied-

lich zugute gekommen. Die pauschalen Daten der Erfolgsstatistik verschweigen die ungerechte Verteilung des Reiskuchens. Zum Ausgleich zwischen der wohlhabenden Oberschicht und den verarmten Massen hat dieser Fortschritt kaum beigetragen. Im Gegenteil. Auch in Südostasien mehren sich die kritischen Stimmen, die fragen, ob das technologisch Machbare tatsächlich getan werden sollte. Umweltzerstörung, Ausverkauf der Bodenschätze, Raubbau der Natur sind längst auch in diesem Teil Asiens der Preis zweifelhaften Fortschritts.

Zur politischen Absicherung des Klimas, in dem die profitable Pflanze Fortschritt gedeiht und mit dem Dünger der ausländischen Kredite und Investoren aufblühen kann, und um die Kritiker in der eigenen Bevölkerung mundtot zu machen, haben sich die Regierungen zwischen Bangkok und Manila reglementierende Machtinstrumente zugelegt. Damit werden Demokratisierungsprozesse im Keime bedroht, freie Meinungsäußerung gedrosselt, künstlerische Kreativität gelähmt. Doch die Geister des Widerstandes, die fragen und in Frage stellen und an die Wurzeln asiatischer Werte erinnern, diese Geister bestehen fort und melden sich zu Wort und Tat. Dabei drängt sich wieder der Vergleich mit der unverbrauchten Kraft des Bambus auf. Er biegt sich unter dem Druck von oben, aber er läßt sich nicht brechen.

Davon berichtet dieses Buch: vom Leben und Überleben in Südostasien. Einige der hier vereinten Reportagen, Skizzen und Porträts gehen auf Arbeiten zurück, die in der »Neuen Zürcher Zeitung«, im »Mannheimer Morgen«, im »Deutschen Allgemeinen Sonntagsblatt«, in der »Frankfurter Rundschau« und in der »Hannoverschen Allgemeinen Zeitung« erschienen sind und mit freundlicher Genehmigung der Verlage überarbeitet aufgenommen wurden. Was ursprünglich als einzelnes Thema für den Tag geschrieben wurde, ist nun erweitert, aktualisiert, ergänzt und in den großen Zusammenhang einer sich atemberaubend schnell verändernden Region gestellt worden.

Philippinen

Mutmaßungen über einen Mord

Nein, keine Namen. Ich werde keine weiteren Namen aus Kibawe nennen. Nur diesen einen: Godofredo Alingal. Der Mann ist tot. Erschossen am Abend des 13. April 1981, am Montag vor Ostern. Täter unbekannt. Godofredo Alingal war 41 Jahre alt. Ihm kann mein Bericht nicht mehr schaden. Die alltägliche Gewalt auf den Philippinen hat den Gemeindepfarrer und Jesuiten von Kibawe im Innern der Insel Mindanao eingeholt. Die anderen Bewohner des Ortes aber, die mir von ihren Nöten und Hoffnungen erzählten, die Menschen, die langsam und schmerzvoll lernen, daß sie nicht nur Pflichten gegenüber einer gnadenlos fordernden Obrigkeit haben, sondern auch Rechte erkämpfen können, sind gefährdet durch jedes Wort, das sie dem Gast aus Deutschland sagten und das er weitergibt: jedes Wort, das nicht vom Hochglanz eines sich touristisch verkaufenden Landes kündet, sondern ein Regime benennt, das mit Angst und mit Denunziation regiert. Nein, keine weiteren Namen, sondern Mutmaßungen über einen Mord, über diesen Mord am 13. April.

»Erinnern Sie sich an Godofredo Alingal in Kibawe?« So

schrieben die Freunde in den Philippinen, die mir die Todesnachricht und ein paar Zeitungsartikel darüber schickten. Ich erinnerte mich. Mehr noch: ich erschrak. Innerhalb weniger Tage hatte ich mehrere Briefe aus dem südostasiatischen Land erhalten. Von politischen Anschlägen, von unschuldigen Opfern an den Orten, die ich während dieser Reise durch die Philippinen besucht hatte, berichten die Absender. Jede Zeile bestätigte, was ich erfahren hatte:

Wachsende innenpolitische Spannungen entladen sich mehr und mehr in Gewalt. Ich versuchte, Zusammenhänge zu begreifen. Keines der Opfer hatte ich persönlich kennengelernt. Journalistische Distanz erleichtert generalisierende Bewertungen. Dann kam dieser Brief mit dem Foto des Godofredo Alingal. Deshalb erschrak ich. Die berufsbedingte Distanz verschwamm. Die Folgen der Gewalt hatten plötzlich ein Gesicht.

Ich erinnere mich.

Ich war Gast in Malaybalay im Hause des Bischofs der Region Bukidnon gewesen, Francisco Claver, einer der kritischen Wortführer in der philippinischen Bischofskonferenz; einer von den katholischen Kirchenoberen, die dem Präsidenten Marcos und seinem Clan und dessen überseeischen Freunden in Politik und Wirtschaft zu schaffen machen.

Ich hatte mit dem streitbaren und umstrittenen Manne diskutiert. Ein Mann mit dem Charme eines Reibeisens. Ich hatte die Argumente gehört, die von unten kommen: von dort, wo in abgelegener Region die entrechteten Leute leben. Ein Bischof ist ein Bischof, auch wenn er Claver heißt. Weil sein Name nicht nur auf allen schwarzen Listen des Marcos-Regimes steht, sondern Francisco Claver, der Jesuit, weltweit bekannt ist als scharfgeistiger Kritiker der philippinischen Verhältnisse und der Akteure der westlich-kapitalistischen Welt, die daran beteiligt sind, haben ihn die Herrschenden bisher weder ignorieren noch mit physischer Bedrängnis ausschalten können. Prominent zu sein schützt

in einem Staat wie den Philippinen. Ein Landpfarrer ist nicht prominent. Ein Landpfarrer wie Godofredo Alingal in Kibawe, wo das stattfindet, was in der Bibliothek des Bischofshauses zur anklagenden Analyse wird:
»Wenn du wirklich die Botschaft Christi verkündigen möchtest, in vollem Bewußtsein, dann kannst du nichts anderes sein als subversiv – weil du die Wahrheit aussprechen mußt.« So formuliert es Bischof Claver.
Ist Godofredo Alingal ein Opfer dieser Verpflichtung zur Wahrheit geworden?
Ich erinnere mich.
Mit dem Omnibus war ich über holprige Pisten von Malaybalay ins Zentrum Mindanaos weitergereist, hatte geschwitzt wie die einheimischen Mitfahrer, die da Haut an Haut zusammengedrängt saßen, hatte Staub geschluckt wie sie, hatte den schlechten Atem gerochen, den billiger Schnaps faulig macht, und hatte einen harten Gegenstand an der Hüfte meines Nachbarn gespürt. Der Mann stieg vor mir aus an einem der kleinen Marktflecken in der Hochebene, und der Wind blähte sein Hemd. Ich sah den Revolver an seinem Gürtel. Einen Augenblick nur, aber deutlich genug für die Fragen, ob dieser Zivilist ein Mann der Geheimpolizei war oder einer von den Privatarmeen, die Landlords und Bosse der multinationalen Konzerne halten; ein Bandit oder einer, der als gedungener Mörder zu dieser Revolvertasche an seiner Seite greifen wird; einer, der so etwas längst schon tat, gestern, vorgestern?
Über Kibawe lastete die schläfrige Monotonie eines drükkend heißen Samstagnachmittages. Der Bus zog seine Staubwolke weiter durch das trockene Land. Ich stand auf der Dorfstraße und fragte eine Jungenschar nach Pfarrer Alingal. Da, Kinderhände wiesen zur Kirchturmspitze, die über die hölzernen Häuser mit den Dächern aus Wellblech und Palmblättern reichte.
Ein friedlicher Ort, so mein erster Gedanke. Weite, karge Felder. Am Horizont die bläulichen Umrisse von Bergen.

Ländliche Harmonie. Weit, sehr weit waren die urbanen Ballungsgebiete mit ihrem sozialen Sprengstoff zurückgeblieben. Freundliche Neugier in den Gesichtern der Menschen, die mir auf dem Weg zur Kirche begegneten.

»Wo Asien ein Lächeln trägt« – so wirbt die Regierung für ihr Land. Es stimmt ja. Da war es wieder, dieses Lächeln, das einem auf den vielen Inseln das Reisen und Leben so leicht erscheinen läßt. Pfarrer Alingal empfing mich auf der Veranda seines Hauses mit der Offenheit, die heiter den Werbespruch zu bestätigen schien. Die bunten Reiseprospekte vergessen nur geflissentlich zu erwähnen, was hinter dem Lächeln steckt.

Ich erinnere mich.

Bald nach dem Woher und Wohin erfuhr ich vom Tagesgespräch in Kibawe. Ein paar Kilometer weiter, in Guinyaran bei Valencia, waren die Frau und der Fahrer eines reichen Händlers umgebracht worden. Der oder die Täter hatten entkommen können.

Waren es Mitglieder der NPA, der kommunistischen *New Peoples Army,* gewesen, die vom Untergrund aus den Staat des Präsidenten Marcos aus den Angeln bomben will? Gerüchte schwirrten durch die Gespräche der Menschen. Vermutungen wurden ausgesprochen, die mit den lächelnden Mienen so gar nicht zu harmonisieren schienen. Einer der *Natives,* einer von den Manobo, könnte sich gerächt haben, so hörte ich; einer von den Menschen, die hier vor Generationen die eigentlichen Landnutzer gewesen und von neuen Siedlern aus anderen Regionen der Philippinen mehr oder weniger vertrieben, zumeist jedoch um ihr Land betrogen worden waren. Der Händler, dessen Frau und Fahrer ermordet worden waren, gehörte zu den Landgewinnern. Die Rache der Betrogenen?

Keiner meiner Gesprächspartner in Kibawe wußte zum Überfall in Guinyaran mehr als Spekulationen zu berichten. Doch die reichten völlig aus, meine Bilder von ländlicher Harmonie ziemlich schnell über den Haufen zu werfen. 21

kleine Ortsteile, Barrios genannt, gehören zu Kibawe; sie erstrecken sich mit ihren 25 000 Menschen über einen Radius von 15 Kilometern.
Viele der Gläubigen, die am Sonntag zur Kirche im Zentrum der Gemeinde kommen, haben schon einen langen Fußweg hinter sich. Die Mehrheit von ihnen beackert ein, zwei Hektar Land mit Mais, Kaffee, Reis, Kokospalmen. Kaum mehr als ein Dutzend Bauern gilt als reich. Diese Großfarmer besitzen Lastwagen, um die Erzeugnisse der kleinen Bauern aufzukaufen und zu vermarkten; sie können Düngemittel verwenden und haben damit Einfluß auf den Umfang der Ernten und der Preise; sie verfügen über Ländereien, die sie verpachten können – was ebenso ein Netz von Abhängigkeiten schafft wie das Geld, das die Reichen den Armen zu horrenden Zinsen leihen.
Kibawe hat keine Wasserversorgung. Jedes Haus muß sich einen eigenen Brunnen bohren. Regenwassertanks helfen über die trockenen Monate hinweg. Ein Basketballplatz, einige Billardzimmer als der Zerstreuung letzter Schrei, gelegentlich Filmvorführungen unter freiem Himmel – das hat der Ort zu bieten. Über den Dächern der wohlhabenden Bürger schwanken Fernsehantennen im Wind. In den allermeisten Häusern und Hütten brennt abends nur eine Petroleumlampe. Elektrizität ist Luxus der wenigen. Ein Ort, wie er in den Philippinen zu Tausenden anzutreffen ist.
Ich erinnere mich an Kibawe, an seine Menschen und an Godofredo Alingal, den Gemeindepfarrer.
Nun lese ich in den Briefen der Freunde. Fünf bewaffnete Männer waren an jenem 13. April ins Pfarrhaus eingedrungen, hatten erst zwei Helfer Alingals in ihre Gewalt gebracht und dann den Pfarrer aus unmittelbarer Nähe erschossen. Er war sofort tot. Es war die Nacht, in der Godofredo Alingal nach 13 Jahren in Kibawe seine Koffer packte, um seine Abreise in eine neue Gemeinde vorzubereiten, wohin er versetzt worden war.
Ein Raubmord? Sein Kassettenrecorder und seine Uhr wur-

den von den Tätern gestohlen, aber Bargeld von mehr als 2000 Pesos auf dem Tisch blieb unangetastet liegen. Ein anonymer Drohbrief, der den Mord ankündigte, war bereits im Februar im Pfarrhaus aufgetaucht. Godofredo Alingal hatte nicht viel darauf gegeben.
War ihm sein Selbstvertrauen zum Verhängnis geworden? In seinen Worten klang nichts von der intellektuellen Schärfe des Bischofshauses von Malaybalay mit. Der Pfarrer sprach mit einer sanften Stimme, langsam, gütig, ja, gütig – dieses altmodische Wort trifft sein Wesen. »Als ich hierherkam im Mai 1968, erwarteten die Leute von mir, daß ich für sie plane, etwas tue«, so hatte mir Godofredo Alingal erzählt, »die Menschen hier erbaten Anweisungen von mir.« Die alte Geschichte: »Es dauert so lange, die Leute nach all den Jahrhunderten des Schweigens zur Mitarbeit zu gewinnen«, sagte Pfarrer Alingal, der sich mit allen Kräften um eben diese Mitarbeit bemüht hatte. Unterstützung von außerhalb half dabei. 1974 war Kibawe zum Pilotort für ein kirchliches Programm zur Aktivierung von Bürgerwillen erkoren worden: *Community Organization.* Vier Sozialarbeiter aus Manila gaben Hilfestellung.
Ein Streit um Land wurde zum Testfeld für Bürgermut auf der Grasnarbe. Die Besitzer größerer Landflächen, die Geschäftsleute und Inhaber der Reismühle, die Oberschicht also, verkündeten damals volksfreundliche Pläne. Auf Land, das von mittellosen Siedlern bewohnt und bearbeitet wurde, sollten ein Pfadfinderplatz und ein Wasserreservoir entstehen.
Den eingeschüchterten kleinen Leuten kamen darob Zweifel. Der Verdacht wuchs, daß da Land zu Spekulationszwekken und zum Nutzen einiger weniger Reicher konfisziert werden sollte. Ermutigt von den Sozialarbeitern aus Manila und von ihrem Pfarrer taten die betroffenen Bürger etwas, was sie in einer solchen Situation zuvor noch nie gewagt hatten; sie fragten bei der zuständigen Behörde in Malaybalay nach. Welche Überraschung! Dort existierten keine der

angeblich so schönen und populären Bodennutzungsprojekte.
Der Verdacht in Kibawe war begründet gewesen. Pfarrer Alingal hatte einige Feinde mehr im Lager der Besitzenden bekommen.
»Ich stehe auf seiten der Armen«, sagte mir der Mann einige Jahre nach diesem Vorfall; er sagte es so selbstverständlich, als könne es da keinen Zweifel geben. Die Folge: »Wer mit den Armen arbeitet, hat das Etikett ›subversiv‹ – *is labled subversive.«*
Wie oft hatte ich dieses Attribut auf den Philippinen gehört. Alle, die sich gegenüber den Herrschenden kritisch äußern, die Macht in Frage stellen und Bürgerwillen demonstrieren, alle, die sich zum Sprachrohr der Entrechteten machen, werden »subversiv« gescholten. Das Wort wird in den offiziellen Mündern so eindeutig mißbraucht, daß es schon zu einem Ehrenbegriff geworden ist.
Pfarrer Alingal war kein Einzelkämpfer. Er delegierte Verantwortung innerhalb der Gemeindearbeit. Einige Schwestern der *Rural Missionaries* setzen das fort, was die vier Sozialarbeiter aus Manila begonnen haben: die einfachen Leute Kibawes darin zu bestärken, ihre Rechte wahrzunehmen. Die Schwestern, die in allen Landesteilen arbeiten, haben in ihre Leitlinien einen Satz wie diesen geschrieben: »Die heutige Aufgabe der Evangelisation schließt die Pflege und Verteidigung der Menschenrechte ein als einen der wichtigsten Schritte zur menschlichen Befreiung.«
Ich lernte einige von ihnen in Kibawe kennen, junge Frauen in blauen Schwesternkleidern. Eine von ihnen stammte aus Manila, stammte aus reicher Familie, eine Abtrünnige des städtischen Luxus. Die eigenen Verwandten konnten die Entscheidung nicht verstehen, sich auf das Leben in Kibawe einzulassen. Die Schwester erzählte mir davon im ärmlichen Gemeinschaftshaus. Ich spürte die Überzeugung dieser Frau, die zart und schwach wirkte und doch eine Vitalität und Energie ausstrahlte, die mich beeindruckte. Mir wurde

klar: Diese Frau lebt, was sie sagt: Ermutigung zu sein für die, die Mut brauchen.
Und mir wurde klar, warum dieses Tun von denen, die etwas zu verlieren haben, als subversiv gebrandmarkt wird. Diese Schwestern und Landpfarrer abseits der städtischen Scheinwerfer, ohne den Anflug von Prominenz, aber ausgestattet mit einem festen Glauben und einer Vorstellung von Menschenrechten, die in den Kasernen und Polizeistationen so wenig gelten, sind den Machtinhabern auf lange Frist gefährlicher als die Bomben einzelner Attentate aus dem Untergrund. Was Männer wie Godofredo Alingal und die Schwestern tun und leben, hat Folgen in den Köpfen der einfachen Menschen in einem Ort wie Kibawe.
Geht es den Bauern heute besser oder schlechter als vor ein paar Jahren, hatte ich den Pfarrer gefragt. Er lachte leise und sagte: »Besser? Sicher nicht. Die Bauern sind Opfer der Preise, der diktierten Preise. Die Bauern sind die Armen geblieben, aber sie sind«, Godofredo Alingal suchte nach dem passenden Wort, »sie sind in ihrem Verstand, in ihrem Denken reicher geworden.«
»Aber leidet nicht derjenige leichter, der sein Recht gar nicht kennt«, hakte ich provozierend nach. Die Antwort kam spontan: »Vielleicht. Der Wissende leidet vielleicht stärker, und doch ist er besser dran: Er ist frei in seiner Unfreiheit. Ein Widerspruch – der notwendige Widerspruch, der uns zu Menschen macht, die ihre Unfreiheit überwinden können.«
Einer der Bauern, mit denen ich nach der Messe am Sonntag ins Gespräch kam, brachte die Lebensverhältnisse auf einen einfachen Nenner: »Für unsere Produkte bekommen wir wenig, und für das, was wir in den Geschäften kaufen müssen, sind die Preise hoch.«
Ich fragte ihn nach einem Beispiel für Ungerechtigkeit. Er erzählte die Geschichte von einem Pferd:
»Es war das Pferd meines Nachbarn, ein armer Mann, wie ich einer bin. Soldaten nahmen es ihm weg und verkauften

das Tier in einem anderen Ort. Sie wollten Geld haben und nahmen ihm deshalb das Pferd weg.« Die Bauern beschwerten sich bei den Vorgesetzten. Erfolglos.
Legal Aid heißt das Programm der Rückenstärkung, das die Kirche in Bukidnon in solchen Fällen den Schwachen anbietet. Der juristische Beistand ist das Gegenteil dessen, was die katholische Kirche jahrhundertelang auf den Philippinen tat und auch heute keineswegs überall selbstverständlich ist: den ausgebeuteten Menschen zu ihrem Recht zu verhelfen. In Malaybalay hatte mir Bischof Claver dazu gesagt:
»Wir haben von Anfang an gesehen, daß unsere Leute arm sind, nicht nur im materiellen Sinne, sondern auch arm, weil sie sich nicht selbst verteidigen können. Nehmen Sie doch beispielsweise einen reichen Farmer und einen armen Farmer. Dieser arme Farmer bringt eine Klage gegen den reichen bei Gericht ein. Der reiche Mann kann sich die besten Anwälte leisten. Und was ist mit dem armen Mann? Die Gebühren für einen Anwalt sind so hoch, die kann er überhaupt nicht aufbringen. Deshalb helfen wir allen armen Bauern, die unsere Hilfe beanspruchen, bei der Verteidigung, bei der legalen Verteidigung ihrer Rechte.«
Mußte deshalb Godofredo Alingal sterben? War er denen, die Unterdrückung veranlassen, zu unbequem geworden?
Im Nachruf der philippinischen Jesuiten lese ich: »Da gab es lokale Politiker, die auf des Pfarrers *Community Organization* als eine Bedrohung ihrer Macht über die Leute herabblickten. Da gab es Männer in Uniform, die nicht gerade glücklich darüber waren, daß ihr Amtsmißbrauch enthüllt wurde. Und da gab es linke Funktionäre, die sein kompromißloses Nein gegenüber ihren Einladungen, gemeinsame Sache zu machen, nicht verzeihen konnten.«
Mutmaßungen über einen Mord.
Bischof Claver schrieb in seinem Nachruf: »Der Tod Godofredo Alingals soll vermutlich als eine Lektion für all jene verstanden werden, die sich gegenüber denen erheben, die

die Macht in Händen halten.« Der Kirchenführer von Malaybalay griff die Diskussion auf, die in den Philippinen mehr und mehr im Blut zu ersticken droht: die Diskussion über die Gewalt: »Alingals Ja zu Gerechtigkeit und sein Nein zur Gewalt – dies sind die harten Tatsachen im Leben dieses Mannes.«
Sein Tod ist spektakulär, sein Leben war es nicht. In unseren Gesprächen ein paar Monate vor dem Mord hatte der Pfarrer eine Zwischenbilanz gezogen: »In den mehr als zehn Jahren meiner Arbeit hier in Kibawe sind die Menschen erwachsener geworden, sie haben gelernt, ihre Rechte zu erkennen und Gerechtigkeit zu verteidigen. Sie haben mehr und mehr an Entscheidungen teilgenommen.«
Daran mitgewirkt zu haben, endete für den philippinischen Landpfarrer Godofredo Alingal tödlich. Sein Name muß genannt werden.

Sprengstoff in der Sulu-See

In eineinhalb Stunden tuckert das Fährschiff von Zamboanga durch die Sulu-See hinüber nach Basilan. Tiefblaues Wasser. Milder Wind. Ab und zu schweben kleine Segelboote ins Bild scheinbar paradiesischen Friedens. Der Soldat an Bord, der sein Gewehr reinigt, trübt die Illusion, die trotz aller spanisch angehauchten Südsee-Leichtigkeit schon in Zamboanga nicht so recht hatte aufkommen wollen. Dort hat der Bürgermeister eine Tafel mit beweglichen Ziffern an sein Rathaus neben dem Hafen gehängt: die täglich auf den aktuellen Stand gebrachte Statistik des Schreckens. Ermordete, Überfallene, Entführte. Zahlen, die allein in der Stadt Zamboanga jährlich in die Hunderte gehen. Ironisch steht unter der Zwischenbilanz die Frage: »Glauben Sie, daß die Durchsetzung unserer Gesetze wirksam ist?« Nein, man

braucht sich nicht unbedingt seit Jahren mit den Philippinen beschäftigt zu haben, um bei der Fahrt nach Basilan einige Spannung zu empfinden.
Hochburg der Moslem-Rebellen. Armee erschießt Angehörige der MNLF, der *Moro National Liberation Front.* Bewaffneter Überfall auf Zivilisten. Das sind lokale Stichworte der Gewalt, die als Fünf-Zeilen-Meldungen sogar in deutsche Zeitungen gelangen.
Zu den Unwägbarkeiten philippinischer Gegenwart gehört es, daß Basilan während der vergangenen Jahre nur Ausländern mit Sondergenehmigung geöffnet war – aus Sicherheitsgründen, wie es offiziell hieß –, und daß ein paar Tage vor meinem Einreiseantrag in Manila der Bann generell aufgehoben wurde. Das legte die Vermutung nahe, nun gebe es keine Gefahren mehr. Doch es war eine politische Entscheidung, die mit den tatsächlichen Verhältnissen vor Ort nichts zu tun hatte.
Im Hafen von Isabela, der Hauptstadt Basilans, empfängt aus – zumindest mir – unerfindlichen Gründen eine Jugendkapelle mit Blasmusik die Ankommenden. Ein bißchen protestantisches Sonntagskonzert, ein bißchen amerikanische High-School-Rhythmen. Die Klänge übertönen das Durcheinander des Anlegemanövers. Menschengewimmel vor schäbigen alten Lagerhallen. Zurufe von Freunden. Autohupen. Dazwischen Soldaten und andere Männer mit Gewehren. Ein Anblick, der in den folgenden Tagen für mich selbstverständlich wird. Allerorten sichtbare Militarisierung. Erst mit dem Schießeisen wird ein Mann zum Mann. Bilder aus dem »Wilden Osten«.
Wer in seinem englischen Wortschatz bislang ohne den Begriff *ambush* auskam, lernt ihn auf Basilan ziemlich schnell. Fast täglich ist davon die Rede: von Hinterhalt, von Überfall aus dem Dunkel. So wie in Mitteleuropa der Verkehrsunfall zum Gesprächsthema wird, von den nicht unmittelbar betroffenen Diskutanten je nach Besonderheit zur Kenntnis genommen, beredet und vergessen, so wird auf

Basilan über *ambush* gesprochen. Auf der Insel erscheint keine eigene Zeitung; und der lokale Sender, bis vor wenigen Jahren vom katholischen Bischof betrieben, ist einem kommerziellen Radiounternehmen von Zamboanga als Relaisstation verkauft worden. Doch es bedarf keiner Massenmedien. Wann und wo ein Überfall stattgefunden hat, verbreitet sich in Windeseile. Mit diesem Hinweis werden Gespräche begonnen wie in Deutschland mit Bemerkungen zum Wetter.

Immer wieder wird aus dem Süden der Philippinen von Gewalt berichtet. Da werden Omnibusse beschossen. In Kinos explodieren Sprengkörper. Straßenbaukolonnen geraten in einen Schußwechsel. Reiche Bürger werden entführt und gegen Lösegeld freigelassen. Die Täter flüchten in den Dschungel, nutzen die Schlupfwinkel einer unwegsamen Natur und kennen das Meer zwischen den gebirgigen Inseln im Sulu-Archipel. Trotz massiven Militäraufgebotes gelang es der Regierung nicht, den Süden zu befrieden. Aufstand der Moslems? Das Etikett ist zu einfach. Es ist ein erbarmungslos geführter Krieg ohne feste Fronten, der bereits Zehntausende von Toten gefordert hat. Ernstzunehmende Schätzungen belaufen sich auf mehr als 60000 seit 1972, seit der Proklamation des Kriegsrechts in den Philippinen. Moslems und Christen sind gleichermaßen Opfer, Zivilisten in der Mehrzahl. Hunderttausende sind aus den Kampfgebieten geflohen oder wurden von der Armee evakuiert, damit die Soldaten die Verfolgung und Ausrottung der Rebellen besser bewerkstelligen können. Aber wer ist ein Rebell und wer nicht? Basilan wird zum Beispiel.

Die Anklage lautet auf Mord. Im Gerichtssaal des Städtchens Isabela drängen sich die Zuhörer. Nur auf den vorderen Bänken ist etwas vom Tatverlauf zu verstehen, so laut dröhnt von draußen der Straßenlärm herein, so leise sprechen Zeugen und Sachverständige. Es sind Männer des Militärs, die wie die beiden Angeklagten in Zivil erschienen sind, Bluejeans und offene Hemden tragen und mit ihren Uniformen offenbar alle Schärfe und Brutalität abgelegt haben, zu denen sie laut Anklage fähig gewesen sein mußten. Was da verhandelt wird, ist kein Mord à la Krimi, sondern der militärische Überfall auf ein Dorf von Zivilisten, wo die Armee einen Rebellenunterschlupf vermutete. Die einzige Stimme, die Verkehrsgetöse und Zuhörergemurmel durchdringt, ist die des Rechtsanwalts José W. Diokno, dessen Kreuzfeuerfragen den Nebel aufzuhellen versuchen, den der angeklagte Oberst und der angeklagte Hauptmann mit angeblichem Gedächtnisverlust und Verharmlosung um sich herum verbreiten, sekundiert von ihren Militär-Verteidigern. Es ist ein heißer Vormittag auf der kleinen Insel in der Sulu-See, für die Menschen im Gerichtssaal nicht nur im metereologischen Sinne. Zum erstenmal in der jüngeren philippinischen Geschichte müssen sich Militärs wegen Mord vor einem Zivilgericht verantworten: Das ist sonst Sache von Militärgerichten. Das bleibt unter ihresgleichen, unter Aus-

schluß der Öffentlichkeit. Dieser Fall aber hatte Publizität, bevor er juristisch faßbar geworden war. Die grauenvollen Ereignisse auf der winzigen Insel Dassalan ließen sich selbst in den Philippinen nicht mehr verheimlichen. Dassalan liegt 60 Kilometer östlich von Basilan, mit einem Motorboot der Fischer in vier, fünf Stunden zu erreichen; nur von ein paar hundert Menschen bewohnt, vornehmlich von Moslems. Es war im November 1978. Eine Militäreinheit landete auf Dassalan. Die Bevölkerung wurde ins Schulhaus getrieben. Männer wurden gefoltert, Frauen vergewaltigt. Es fielen Schüsse. Elf oder zwölf Tote blieben liegen. Zwei der geistlichen Führer wurden exekutiert. Den Leichen schnitten die Soldaten die Ohren ab. Männer von Dassalan mußten diese unter Androhung weiterer Gewalt essen. Als die Militärs später den Rückzug antraten, nahmen sie mehrere Dutzend der einheimischen Fischerboote mit, andere wurden an Land mit Äxten unbrauchbar gemacht. Die Existenzgrundlage der vom Fischfang lebenden Bewohner Dassalans war zerstört. Widerstand von deren Seite hatte es nicht gegeben. Die militärische Übermacht war eindeutig gewesen. So stellt es sich in den Unterlagen der Anklage dar.
Ein Vorfall, der in den Philippinen, in den südlichen zumal, zum Alltag gehört und nicht Ausnahme ist. Ausnahme ist einzig die Tatsache, daß in zweijähriger Nachforschung so viele Anhaltspunkte zusammengetragen werden konnten, daß sie für die Anklage zweier an der Aktion beteiligter Offiziere ausreichten. Sie werden der Exekution der beiden islamischen Geistlichen beschuldigt. Im November 1980 begann das öffentliche Verfahren vor dem Zivilgericht in Basilan. Seither wird es von militärischer Seite verschleppt und nach jeweilig kurzen Prozeßstunden vertagt.
Auch an jenem Vormittag ist die Verhandlung bald zu Ende. Ein neuer Termin ist der einzige Punkt, bei dem sich die Parteien zu einigen vermögen. Die Offiziere, ob als Angeklagte, Sachverständige, Zeugen oder Militär-Verteidiger, weisen die Anklage zurück. Daß sie überhaupt erhoben wer-

den konnte, ist das Werk einer Bürgerinitiative auf Basilan: die *Christian-Muslim-Brotherhood.* Fünf prominente Moslems und fünf prominente Christen arbeiten darin zusammen, einer davon der katholische Bischof von Basilan, José Querexeta. Ihre Recherchen des Falles und ihr Brief an den damaligen Militärchef für den südphilippinischen Bereich, Admiral Romulo Espaldon, hat das Verfahren in Gang gebracht. Die Unterstützung des José W. Diokno, von seinen Freunden Pépé genannt, hat ihm Publizität verschafft. Der Rechtsanwalt und Ex-Senator gehört zu den vehementen Kritikern der Regierung Marcos. Als Justizminister früherer Kabinette kennt Diokno den Machtapparat von innen. Als landesweit bekanntes Mitglied der philippinischen Rechtshilfe-Organisation FLAG *(Free Legal Assistant Group)* ist er einer der Opponenten aus den bürgerlichen Kreisen, die verbale Proteste gegen Menschenrechtsverletzungen mit aktiver Hilfe in konkreten Fällen verbinden. Ein Engagement in den Philippinen, das auch für den Prominenten unmittelbar persönliche Gefahr bedeutet und einer Sisyphusanstrengung gleicht.
»Gut, machen wir also weiter«, sagt der Ex-Senator, als er auf dem Gerichtsflur seine Robe zusammenfaltet. Es klingt kämpferisch, und es klingt so, als habe er an diesem Tag gar kein anderes Ergebnis erwartet. Er war extra aus dem 900 Kilometer entfernten Manila angereist gekommen. Läßt sich der Dassalan-Fall für die gegenwärtige Situation der Philippinen verallgemeinern, frage ich ihn. »In drei Punkten ganz bestimmt«, kommt die Antwort des bulligen Mannes, »erstens: Das Militär mißbraucht seine Macht, zweitens: Die Leute fürchten sich, dagegen etwas zu unternehmen, drittens: Ohne den Rückhalt einer Laien- oder Zivilorganisation wie die *Christian-Muslim-Brotherhood* mit bischöflicher Autorität ist es unmöglich, Recht zu verlangen. In den meisten Regionen der Philippinen, außerhalb der großen Städte, gibt es nur ein Gesetz, das Gesetz des Militärs.«
Ein klares Wort in einem Land, wo für den Fremden so vie-

les unklar ist und bleibt. Basilan gehört zu diesem Teil der Philippinen, wo das Gesetz des Militärs herrscht. Eine von den mehr als 7000 Inseln des Staates, eine von den südlichen Inseln, mittendrin in jenem Archipel, der seit Jahrhunderten blutige Konfliktzone ist.
Krieg der Moslems? Über die Zahl der militanten Moslems im Untergrund gehen die Schätzungen auseinander. Die Regierung behauptet, gegenwärtig befänden sich insgesamt 10000 Mitglieder der MNLF im bewaffneten Kampf. Bereits 40000 seien in den zurückliegenden Jahren auf die Seite der Regierung übergelaufen und hätten sich ergeben. Solche Zahlen kann niemand überprüfen. Wieviele von denen in den Untergrund zurückkehrten, ist eine andere, nicht belegbare Größe.
Auf den Höhen Basilans in der Region von Sanpinet und im östlichen Teil bei Tuburan haben die »Moros« ihre Stellungen. Im hügeligen Innern sind das längst keine provisorischen Camps mehr, sondern feste Quartiere, wo auch Gemüse und Kaffee angebaut werden. Insider schätzen die Zahl der bewaffneten Moros auf Basilan nur auf 700 bis 800. Die offiziellen Angaben liegen weit darüber. Ein zusätzlicher Aspekt der Tragödie. Als sich vor einem Jahrzehnt der Konflikt zuspitzte, als die ersten MNLF-Rebellen sich ins Innere Basilans zurückzogen, kamen sie dort keineswegs in menschenleeres Gebiet. Die Ureinwohner der Insel, die Yakans, siedelten in den unwegsamen Hängen seit vielen Generationen. Sie tauchten kaum in den amtlichen Statistiken auf und wurden weder zur spanischen Kolonialzeit, noch zur amerikanischen, noch in neuerer Zeit philippinischer Unabhängigkeit von Behörden erfaßt. Solange sie mit ihrem Wanderfeldbau keine auswärtigen Interessen störten, blieben die Yakans unbehelligt. Dann wurden sie in den MNLF-Armee-Konflikt einbezogen, gerieten zwischen Rebellen und Soldaten. Einige der Landleute schlossen sich der MNLF an, die meisten nicht. Aber da diese Menschen nicht in andere Inselteile ausweichen oder in die

wenigen kleinen Städte entlang der Küste abwandern konnten, blieben sie in dem umkämpften Gebiet und werden nun in der staatlichen Propaganda-Betrachtungsweise den tatsächlichen MNLF-Kämpfern zugerechnet. So kommt es, daß die Marcos-Regierung mit höheren Rebellen-Zahlen operiert als es der Wirklichkeit entspricht.
Doch die Landschaft des Untergrundes ist noch vielfältiger. *Lost Commands* heißt ein weiteres Schlagwort. Zu viele Männer haben in den zurückliegenden zehn Jahren aus dem Guerilla-Dasein einen Beruf gemacht. Wer als Jüngling zu den Rebellen stieß, hat nichts anderes gelernt als ein Gewehr zu gebrauchen. So bildeten sich Abtrünnige, die sich in Banden zusammenschlossen und fern von Politik und Ideologie kriminell zuschlagen, Zivilisten überfallen, Angst und Schrecken verbreiten.
Niemand auf Basilan vermag, ihre Größe mit einer Zahl zu begrenzen.
Und dann die vielschichtigen Formen und Formationen staatlicher Gewalt. In neun verschiedene militärische Gruppierungen ist die Armee unterteilt. Von den 300000 Angehörigen aller Bereiche des philippinischen Militärs, einschließlich seiner paramilitärischen Zuarbeiter, sind zwei Drittel in der Mindanao-Sulu-Region eingesetzt. Auf Basilan schätzungsweise 2000 bis 2500; sie werden jeweils um Spezialeinheiten verstärkt, wenn aktuelle Operationen anlaufen.
Wenn es die Absicht der Regierungspolitik gewesen sein sollte, die MNLF zu isolieren, sie jenseits populär-zustimmender Meinung zu stellen, dann muß dies als gelungen angesehen werden. Aus der MNLF und ihren militärischen Unterorganisationen ist keine revolutionäre Kraft erwachsen. Das steht am Ende der nun zehn Jahre währenden Kämpfe in einem jahrhundertealten Konflikt. Die MNLF hat es nicht geschafft, die zahlreichen islamischen Stämme in eine Front zu bringen. Wahrscheinlich kann sie dies gar nicht schaffen. Zu unterschiedlich verlief die Entwicklung innerhalb der moslemischen Volksgruppen, zu unterschied-

lich sind sie in Lebensweise, Sprachen und Selbstverständnis, geographisch zerrissen und in ethnische Gruppen zersplittert. Unter den 50 Millionen Filipinos, in ihrer übergroßen Mehrheit katholische Christen, bilden die Moslems eine Minderheit von etwa 2,5 Millionen.

Die MNLF ist ein Kampfverband, aber keine Volksbewegung geworden. Nicht Fische im Wasser der sie aus innerer Überzeugung tragenden breiten Bevölkerungsschichten sind die Moro-Rebellen, sondern Hechte unter Hechten. Das macht die Tragik der durch sie ansatzweise repräsentierten Volksgruppen aus, die nach der Ankunft der Europäer in den Philippinen auf die Verliererseite gedrängt und in Teile-und-Herrsche-Manier zu zweitklassigen Menschen degradiert wurden. Die Hoffnung, die sich für viele Moslems und andere Angehörige nicht-christlicher Minderheiten in den Philippinen mit dem Aufstand der MNLF vor einem Jahrzehnt verband, hat sich nicht erfüllt. Sie ist nicht die Bewegung geworden, die die widerstrebenden Kräfte innerhalb der Minderheiten gegenüber der Staatsgewalt hätte bündeln können.

Der politisch-ideologische Ansatz ist im Laufe der Jahre mehr und mehr auf dem blutgetränkten Boden militärischer Anschläge verkommen. In der sehr hierarchisch aufgebauten Führungsspitze der MNLF, deren Köpfe aus der studentischen Bewegung stammen – vom Campus in den Untergrund –, ist der politische Teil des Kampfes noch auszumachen. In den schriftlichen Äußerungen von Nur Misuari, dem im libyschen Exil lebenden MNLF-Chef, ist die Auseinandersetzung mit Begriffen wie Neokolonialismus und Kapitalismus erkennbar; und bezeichnenderweise ist da nicht die Rede von Christen oder Christentum. Aber je weiter sich die MNLF-Gruppen nach unten verbreitern, desto weniger ist deren unmittelbares Tun von Ideologie und Politik geprägt, sondern nur vom Kampf ums Überleben.

Das Schlüsselwort des sogenannten Christen-Moslem-Konfliktes heißt nicht Religion, sondern Land. Auch dies erfährt

man auf Basilan. 1903 lebten auf der Insel knapp 4500 Menschen, die meisten von ihnen Yakans. Sie sind die stärkste Gruppierung unter den heute mehr als 200 000 Bewohnern geblieben. Aber da sind fast so zahlreich nun auch andere kulturelle Minderheiten vertreten wie die Tausog, die Chavacanos, die Samals – alle zugezogen aus anderen Regionen der Sulu-See. Und da sind die Cebuanos, die Menschen aus den mittleren Philippinen, die Christen, immerhin etwa 20 000 Leute, die seit Jahrzehnten aus den übervölkerten mittleren Inselgruppen der Philippinen (Visayas) einwandern. Doch all die zugereisten Neusiedler haben das Landproblem nicht in der Weise zum Sprengstoff gemacht wie die Ansprüche einer ganz anderen Kategorie von Landnahme: die der Plantagenwirtschaft, die auf Basilan in der jüngsten Vergangenheit vor allem Gummibaum-, Kokospalmen- und Kaffee-Pflanzungen anlegte und dafür mehr und mehr traditionell bearbeitetes Land für die Exportprodukte Rohgummi, Kopra und Kaffee verwendete. Das ist das eigentlich Neue an der Entwicklung einer Insel wie Basilan und in noch größerem Stile auf Mindanao zu beobachten.
Heute verfügen nur 15 bis 20 Großgrundbesitzer über 30 bis 40 Prozent des kultivierten Landes auf Basilan. Multinationale Konzerne sind ebenso wie die *University of the Philippines* die Eigentümer besten Bodens; einzelne Familien ebenso wie der philippinische Verteidigungsminister Juan Ponce Enrile; aus dem Norden stammende Millionäre ebenso wie lokale Rechtsanwälte und Ärzte, die sich von nicht zahlungsfähigen Klienten in den Dörfern deren Land überschreiben lassen. Die wenigsten der Besitzer großer Ländereien und Plantagen leben auf Basilan. Grund und Boden gelten als Wertanlage, die man Pächtern und Verwaltern überläßt. Das System ist perfekt. Die eigentlichen Bewohner Basilans bearbeiten ihre Felder seit Generationen, können dies aber nicht durch Besitzurkunden nachweisen und gelten deshalb im juristischen Streitfall als landlos. Mit entsprechenden Papieren stoßen die reichen Geldanle-

ger und Abgesandten vom Agro-Business ins angebliche Vakuum. Es ist langwierig, kostspielig und nahezu unmöglich, daß eine Yakan-Familie von Amts wegen einen Besitztitel für das Land erhält, das sie seit Menschengedenken mit ihrem Schweiß tränkt. Ein Mann wie der Verteidigungsminister, an einer Pflanzung auf Basilan interessiert, schafft so etwas mit ein paar Telefonanrufen. Auf den etwa 800 Hektar seiner Besitzung wachsen Kaffee und Kokospalmen. Wo auf Basilan wirklich Geld zu verdienen ist und es nicht nur ums nackte Dasein geht, haben vor allem die Menschen das Sagen, die nicht auf der Insel geboren sind, die über Mittelsmänner im gewinnträchtigen Landspiel mitmischen und nebenbei auch Christen sind. In den meisten Ämtern der lokalen Verwaltung auf Basilan sitzen Moslems; sie verfügen über ein Stück politischen Einflusses, der aber ökonomisch und da, wo es wirklich um Macht geht, keine Entsprechung findet. Das sind die Wurzeln des vermeintlichen Christen-Moslem-Konfliktes.
»Religion? Wie christlich ist denn ein multinationaler Konzern?« fragt mich einer der katholischen Pfarrer auf Basilan, »wie christlich ist der Verteidigungsminister, wenn's um Geld geht?«
Basilan, ein Trauerspiel. Über kurz oder lang ist stets Gewalt das Thema, Verfolgung und Flucht. Auch da, wo sich friedliche Bilder zeigen, wo Kinder in einem Schulzimmer sitzen und lernen – im Samal-Pfahldorf bei Maluso beispielsweise. Vom Markt der kleinen Stadt aus passieren wir den Militärposten. »Geben Sie hier Ihre Waffen ab!« So ist mit Ölfarbe an die Wand gepinselt. Ein schmales Motorboot bringt uns zu den Häusern auf Stelzen, die da einige hundert Meter auf See dicht zusammenstehen, Bleibe für einige tausend Menschen vom Volke der Badjaos. Sie gehören zu den ärmsten Bewohnern der Sulu-See, besitzen weder Land, noch ständige Wohnstätten. Seezigeuner werden sie genannt, die Ausgestoßenen, die Parias im Sulu-Archipel. Wie die Yakans auf dem Land zwischen die Fronten geraten

sind, so ist es den Badjaos auf den Meereswellen widerfahren. Bei Maluso haben sich einige Familien vorübergehend seßhaft gemacht. Ihren Kindern zu helfen, ist Teil eines Vorhabens, das der Pfarrer der katholischen Gemeinde von Maluso ins Leben rief, Pater Monge, ein Spanier, Nachfahre jener Europäer, mit denen das Kreuz der Moslems begann. Starke Arme hieven mich vom Boot hinauf ins Schulzimmer. Es ist für eine Landratte ziemlich abenteuerlich, die schwankenden Bretter und Latten zu erreichen. Zwei Dutzend Kinder zwischen sechs und 14 Jahren sind gerade dabei, sich mit Schreibübungen herumzuplagen. Die junge Lehrerin Arasea Ammad, eine Moslemfrau, gibt sich lächelnd Mühe. Der Unterricht war ein paar Monate zuvor eingeführt worden, so wie an fünf anderen Orten der Region mit Wissensvermittlung für die Kinder und Betreuung der Erwachsenen begonnen werden konnte. Das Lehrerteam des Programms, in dem Moslems und Christen einträchtig zusammenarbeiten, geht in solche abgelegenen Winkel, wo

sich von Staatswegen höchstens Soldaten blicken lassen. Lesen, schreiben, Hygienekurse, Frauenarbeit, Mütterkreise – all das bietet Neues. Kämen diese Angebote nicht von der christlichen Seite, fände abseits der städtischen Zentren überhaupt keine derartige Hilfe statt. Doch was das Lehrerteam tut, hat kein christliches Vorzeichen; bei Missionierung reagieren die Menschen aus Erfahrung ausgesprochen empfindlich. Pater Monge als Initiator wollte und mußte mit seinem Projekt unabhängig von kirchlichen Geldgebern sein; er vermied es, bei Hilfswerken wie Misereor anzufragen, sondern stimmte freudig zu, als eine Organisation wie Terre des Hommes/Deutschland für zwei Jahre die Finanzierung übernahm.

»Lernen ist hier ungewohnt«, erklärt mir die Lehrerin Arasea Ammad, »und dennoch bin ich überrascht, mit welcher Ausdauer die Kinder mitmachen – und die Eltern auch.« Das Bedürfnis zu lernen sei offenkundig. Warum? Ganz einfach: »Die Menschen wollen aus ihrer Rolle der Unterprivilegierten heraus. *Education* stellt den Schlüssel zum Aufstieg dar.« Dementsprechend unlogisch erscheint erstmal die verneinende Antwort auf meine Frage, ob die Leute regelmäßig zum Unterricht kommen. Kopfschütteln. Aber die Erklärung auf Basilan ist klar. Ein paar Wochen zuvor war es beispielsweise zu Schießereien auf dem Markt von Maluso gekommen. Viele der Badjaos verschwanden aus dem Pfahldorf und kehrten erst vor einigen Tagen zurück. Wer an den Unruhen beteiligt war? Die starken Männer um die Bürgermeisterin von Maluso, eine Moslemfrau, deren zwei Brüder auf seiten der MNLF im Untergrund kämpfen? Familienstreit? Die Lehrerin zuckt die Schultern. Wer weiß das schon!

Die Badjaos sind die *underdogs,* die erstmal untertauchen, wenn's kracht; Rechtlose, die schnell zu Sündenböcken werden können. Hat sich der Pulverrauch verzogen, kehren sie wieder.

Heute ist Maltag. Hingekauert auf den Bambuslattenrost

des Bodens, durch dessen Ritzen das Wasser schimmert, vertrauen zwei Dutzend Kinder dem Papier zeichnend an, wie sie sich selbst und ihre Zukunft sehen. So lautet die Aufgabe. Die Stirnen in kleinen, braunen Gesichtern sind angestrengt gefurcht. Manch ein Farbstift wird am Ende von spitzen Zähnen zerkaut. Es ist dämmrig in dem Raum unter dem Palmblätterdach, wo die jugendlichen Künstler am Werke sind. Kichernd, flüsternd, ganz vertieft. Wie sich die Welt der Badjaos auf dem Wasser bricht, so spiegelt sie sich wider in diesen Zeichnungen mit den fließenden Farben. Schwimmen, tauchen, segeln – fast von jedem Blatt leuchtet ein buntschillerndes Stück aus dem vermeintlichen Südsee-Paradies entgegen. »Fischen bedeutet unser Leben. Die offene See ist unser Himmel«, hat Peldon neben sein Gemälde geschrieben.

Andere Fußnoten geben Alltagshinweise. »Wir sind sechs in der Familie. Jeden Tag gehen mein Vater und mein Bruder zum Fischen«, so skizziert Pacita ihr junges Leben, »meine Mutter kümmert sich um den jüngsten Bruder. Meine vier Schwestern weben Matten. Wir sind arm, unsere Bedürfnisse sind gering.«

Arm zu sein und für den Lebensunterhalt der Familie beitragen zu müssen, gehört zu den frühen Selbsterkenntnissen. »Ich fange Krabben und Shrimps«, bemerkt Maljid, »ich muß für die Familie sorgen. Von meinem Geschick hängt es ab, ob meine Geschwister satt werden oder nicht.« Und Sonohaya schrieb neben ihr Boot: »Ich verkaufe Küchlein, jeden Tag, auch wenn dicke Wolken aufziehen. Ich muß Geld verdienen.« Dieser Hinweis wiederholt sich variantenreich. »Ich handele mit Seefrüchten von meinem ›Banca‹ aus, mit dem ich jeden Tag von Haus zu Haus rudere«, läßt Jumharija wissen. Der Schulkamerad Tawhari versteht es, mit Zahlen umzugehen, wie seine Auskunft unter dem gezeichneten Schifflein verdeutlicht: »Dies ist mein Banca, mit dem ich die Leute von einem Hafen zum anderen fahre. Das kostet 50 Centavos. Wir sind sechs Geschwister. Wir sind Waisen. Als Ältester bin ich für meine jüngeren Brüder und Schwestern verantwortlich.«

Eines fällt dem europäischen Beobachter auf: Der Zeichenstift wird nicht zum Vehikel für eine imaginäre Flucht. Das Reich der Badjao-Träume, so wie es sich in diesen Bildern ausbreitet, ist das, was unmittelbar vor den Pfahlbauten liegt: das Meer mit den vielen Inseln. Kaum ein Kind setzt zum großen Gedankenflug in Märchen oder ferne Regionen an. Klaira ist die einzige, die ihren Wunsch auf festen Grund und Boden stellt: ein solides protziges Haus mit Swimmingpool und Auto, wie es als Vorbild wohl auf einer Illustriertenseite hierher geweht sein mag. »Ich möchte eine reiche Frau werden«, hat Klaira zielbewußt darunter geschrieben. Die Kinder ziehen ihre Wasserwelt allen anderen Welten vor. »Ich möchte ein angesehener Mann in unserem Dorf werden«, erhofft sich Abdusali, »ein guter *Headman*, der die Samals fair und gerecht führt.« Für Matigre ist klar: »Ich möchte Kapitän eines Schiffes werden, Geld sparen und ein eigenes Boot kaufen.« Sein Freund Malik, von ebensolchem Begehren erfüllt, hat bereits eine Idee, wie das Schiff heißen soll: »Ich würde es ›Endless Love‹ nennen.« Badjao-Kinder fürchten sich nicht vor den Stürmen der See, sondern von den Gewittern an Land. Ein Junge sieht sich offenbar nur ungern in der Rolle leidender Opfer am Rande gewaltvoller Auseinandersetzungen. »Ich bitte Allah, einen Soldaten aus mir zu machen, damit ich mein Volk vor Unterdrückung schützen kann«, schreibt Sailaddin an diesem Schultag und malt sich mit schwarzem Bart und grüner Uniform.

Wir begleiten eine der Schülerinnen in die Hütte der Familie. Es ist Manurina, sieben Jahre alt. Mehr als 30 Menschen drängen sich auf dem engen Lattenboden über zitterndem Grund. Durch die Ritzen glitzert das Wasser. Nein, so dicht müßten sie nicht immer zusammenleben. Den Verwandten sei jüngst das Haus abgebrannt. Nun muß ihnen geholfen werden. Die Leute ernähren sich kümmerlich vom Fischfang. Ich bemerke Hautkrankheiten. Unter der Decke aus Bambusrohren und Palmblättern baumelt ein Holzhäuschen. Ach ja, Allah, zu dem bete man an Freitagen, um das Glück zu erbitten – so die bereitwillige Auskunft, die von Gläubigkeit zeugt, aber nicht gerade vom reinsten Islam. Ich habe Mühe, Manurina aus der Schule wiederzuerkennen, so viele Kinder hocken, liegen, krabbeln in dem einen Raum des Pfahlhauses. Da wird erzählt, geschrien, gelacht. Und morgen? Blitzschnell können sich hier die Bilder ändern. Was für die Badjaos und andere Minderheiten zutrifft, das kennzeichnet die Lage der Kinder in der Sulu-See im besonderen: die Schwächsten in einem mörderischen Konflikt zu sein, die Opfer, die sich am allerwenigsten wehren können. Wer heute auf Basilan zehn Jahre alt ist, der wuchs auf in einer Atmosphäre aus Angst. Mein stärkster Eindruck auf dieser Insel mit ihren Postkartenmotiven exotischer Buchten und Palmen und Strände unter blauem Himmel: Da hat sich ein Dauerkrieg verselbständigt, auf dessen Fortsetzung so viele Interessen einwirken, daß ein Ende unvorstellbar erscheint, weder diplomatisch durchzusetzen, noch militärisch erreichbar und wohl von den Kontrahenten an fließenden Fronten nicht mal ernsthaft gewünscht. Auf Basilan nicht und in den anderen Regionen der südlichen Philippinen auch nicht.

Schonzeit für Kinder

Sie heißen Abing, Chu und Didi, Ren und Ines und Romina, und sie spielen miteinander. Die Sonne, die glutschwer einen schwülen Tag lang auf der Insel Basilan lastete, versteckt sich müde und matt geworden hinter Palmen. Ein Bauer trottet mit seinem Büffel heimwärts vom Feld, das hier oben im bergigen Mittelpunkt des philippinischen Eilandes, den die christlichen Bewohner Kalvarienberg nennen, noch mehr Schweiß abverlangt als das Flachland unten an der Küste, an der sich die Wellen der Sulu-See brechen. Zu dieser Stunde zwischen Tag und Nacht braucht der Landmann seinem schwarzglänzenden Arbeitstier keine aufmunternden Schnalzlaute mehr zuzurufen. Den ausgetretenen Pfad zum hölzernen Haus der Familie kennt der gutwillige Koloß, dessen unendliche Geduld und Sanftmut auch den Kindern vertraut sind wie die guten und bösen Eigenschaften der anderen Familienmitglieder.

Abing, Chu und Didi, Ren und Ines und Romina beachten weder Bauer noch Büffel, so sehr sind sie im Spiel gebannt. Ständig erfinden sie einen neuen Zeitvertreib; und alles, was ihnen in die Finger gerät, verwandelt sich zu Spielzeug. Bunte Schnippsgummis werden zu flitzenden Wurfgeschossen. Schiefgelaufene Plastiksandalen fliegen einige Meter über den festgestampften Boden vor dem Haus, und einbeinig gilt es, hinterherzuhüpfen. Zwei Mädchen fassen sich bei den Händen und breiten sie aus. Alle anderen Kinder springen über diese Hürde, die immer höher gereckt wird. Die Jungen und Mädchen schleudern Steine auf eine leere Milchdose, die gefüllt als leckere Kostbarkeit irgendwann einmal aus einem der Läden unten in Isabela, der geschäftigen Hafenstadt, hierher gebracht worden war. Jeder scheppernde Treffer wird von begeistertem Lachen übertönt. Laut geht's zu bei dieser Meute kindlichen Übermutes. Keine der Frauen, die da auf winziger Veranda über Alltägliches plaudern, würde ihnen ein »Jetzt aber still!« zurufen. Dem Bauer käme es nicht in den Sinn, »Ruhe!« zu brüllen. Keine schrille Mutterstimme befiehlt die Heimkehr zum Abendessen. Nirgends Schilder wie »Ballspielen verboten« und »Rasen betreten untersagt« – die gehören einer fernen Welt an, deren Bewohner von sich sagen, sie sei die entwickelte. Es gibt kein Spielzeug, das sich Erwachsene ausgedacht haben und in Fabriken bauen und in Geschäften mit all dem Fließbandkram auch die Illusion anbieten, Fröhlichkeit sei käuflich. Die Kinder am Kalvarienberg sind sich selber Spielzeug. Sie laufen, bis ihnen die Puste in luftschnappendem Lachen erstickt, und machen doch keinen Wettbewerb daraus. Es gibt keine Sieger, nur Mitspieler. Ausgelassen wie junge Hunde toben sie umher, voller Zärtlichkeit; jeder sich vollendend in den anderen. Der Einzelne als Tüftler in der Ecke, versunken in sich und das eine, nur ihm gehörende Ding? Nein, nicht auf Basilan. Weinen allein im Winkel, vielleicht; aber zum Spielen gehören immer die anderen. Ein unsichtbares Band hält die Kinder zusammen, fest und dauerhaft: das Band der aus Traditionen geflochtenen Gemeinschaft.

Nicht Kampfgetümmel zerreißt die milde Abendstimmung, nicht das Geschrei kindlicher Streithähne. Spannend und entspannt zugleich ist das Treiben, das dem Besucher die Idylle tropischer Freundlichkeit vermittelt, aber doch nur die halbe Wahrheit ist auf dieser Insel. Seit Jahrzehnten liegt sie mittendrin im Krieg der Erwachsenen, die sich nach dem Leben trachten mit Gewehren, Messern und Kanonen, was für manchen der Großen auch eine Art Spielzeug ist. Der Bauer, der seinem nun vor dem Stall liegenden Büffel einen Armvoll Gras vorlegt, gehört zu den Überlebenden, die sich aus den blutigen Niederungen Basilans in den fragwürdigen Frieden des hügeligen Inlands gerettet haben. Die Kinder, die achtjährigen, zwölfjährigen, haben längst erfahren, was Flucht und Überfall und Sterben heißt. Und doch spielen sie und lachen und sind übermütig, weil sie es zusammen tun in dieser verlöschenden letzten Sonnenstunde des Tages: Kinder, die noch von der Gnade erfüllt sind, den jeweiligen Augenblick erleben zu dürfen, nur den einen Augenblick ohne das Vorher und das Danach. Wie der Tag ins heitere Zwielicht vor der Nacht übergeht, so umhüllt die Schonzeit vor dem Erwachsenendasein schützend diese Kinder. Irgendwo erklingt eine Gitarre, ein einzelner Akkord erst, dann eine Melodie; traurig anzuhören, als tropften musikalische Wasserperlen aus den Blättern der

Palmen. Geisterhaft funkeln die Blitzlichter der Glühwürmchen auf. Mit metallischer Monotonie zersägen Grillen den Rest des Tages. Wetterleuchten gleich flackert übermütiges Kinderlachen durch die Dunkelheit.

Mercy und das Überleben

Natürlich, ich erkannte sie sofort wieder. Nicht nur ihres Namens wegen, der so beziehungsreich zu dem ist, was sie tut. Die burschikose Herzlichkeit der Filipina namens Mercy hatte ich nicht vergessen, seit ich die junge Frau in Davao drei Jahre zuvor bei ihrer Arbeit in den Vierteln der Ärmsten begleiten konnte. Schlimmes war geschehen in diesen Jahren. Aber das Leuchten in Mercys dunklen Augen, ihr unternehmungslustiges Lachen, dieser personifizierte Optimismus, der so ganz im Gegensatz zum Elend ringsum steht, waren unverändert geblieben. Sie begrüßte mich mit der heiteren Selbstverständlichkeit des Menschen, der angesichts eines Hauseinsturzes nicht erst lange seine Energien damit verschwendet, das Chaos zu beklagen, sondern beide Arme dazu benutzt, den Neubau zu beginnen. Ein kräftiger Händedruck. *»Let's go«,* sagte Mercy.
An den Marktständen von Piapi hatte sich nichts getan. Aber dann, zum Meer hin. Ich sah mit eigenen Augen, was mir Mercys Kollegen im Sozialzentrum schon berichtet hatten. Die Mitarbeiter der christlichen Selbsthilfeorganisation von Piapi, die ein kleines Haus gegenüber vom Markt zu ihrem Quartier gemacht haben, hatten Feuer gesagt. Nun sah ich die Folgen. Wo bei meinem vorigen Besuch in Piapi hinter der Markthalle ein Labyrinth von Gassen und Hütten begann, wo die Kinder im Schatten einer ärmlichen Moschee mit alten Autoreifen spielten und ich immer wieder hinter Mercy gehen mußte, weil die Wege zu schmal für

zwei waren, breitete sich eine weite Fläche aus. Mercy bremste meine Überraschung. »Es geht schon voran«, sagte sie und wies auf einzelne Holzhütten, die da phönixgleich auf dem schlammigen Boden standen. »Wir haben ein Bauprogramm«, erklärte Mercy, »das den Menschen hilft, wieder ein Dach über die Köpfe zu bekommen.«
Piapi ist eine Slumzone Davaos im Südosten der philippinischen Insel Mindanao, wo tausende muslimischer Siedler leben; viele Familien seit Jahrzehnten, andere erst seit Monaten, Flüchtlinge aus den südlicheren Spannungsgebieten im sogenannten Moslem-Christen-Konflikt. Ich erinnerte mich, daß Mercy die Gefahr einer Brandkatastrophe schon drei Jahre zuvor erwähnt hatte. An eine morsche Bretterwand hatte sie geklopft und gesagt, daß das Zeug im Nu lodern würde. Sie behielt in makabrer Weise recht. Haji Barlanza erzählte mir davon. Der ergraute Muslim mit der weißen Kappe auf dem Kopf, die ihn als Mekkapilger ausweist, war einer der Händler gewesen. In seinem Kramladen gab es die kümmerlichen Dinge für das tägliche Überleben. Während einer einzigen Nacht haben die Flammen alles aufgefressen. An mehreren Stellen im Viertel sei das Feuer ausgebrochen, so hörte ich. Die Bewohner konnten nur ein paar Habseligkeiten retten. Die Ärmsten sind noch ärmer geworden. Ihre dürftigen Behausungen gingen in der schauerlichen Fackel auf, die weit übers Meer vor Davao in jenen Nachtstunden zu sehen gewesen war. Brandstiftung. Das ist die Überzeugung der Opfer. Die Piapi-Region entlang der Küste galt schon vor drei Jahren als attraktives Gebiet kapitalstarker Unternehmer und Hotelplaner in Wartestellung.
»Aber wo sollen die Menschen denn hin, wenn sie hier vertrieben werden?« Mit diesen Worten erklärte Mercy den Bieneneifer, mit dem die Leute den Wiederaufbau betreiben, unterstützt mit Geldern und Materialien von Mercys Organisation. Haji Barlanza hat zusammen mit seiner Tochter aus den verkohlten Brettern des alten Ladens einen Ver-

schlag gezimmert. Ich vermochte nicht viel an Waren zu erkennen. Ein paar Büchsen mit Corned beef, Gewürze, ein paar Flaschen Cola. »Ja, es geht weiter«, meinte der Mann und fügte an, daß mit Allahs Güte immer Hoffnung sei. Mercy ist Christin, gehört zur überwiegenden Mehrheit in den Philippinen, die sich mit den muslimischen Bürgern so schwer tut. Mercy versucht den Brückenschlag. Ich deutete auf die kahlen Flächen zwischen den neuen Hütten, wo sich Dreck und Asche mischen, und fragte, ob sie angesichts einer solchen Sisyphusplage nicht frustriert sei. Sie lachte. »Aber warum denn?« fragte sie zurück und ging weiter, gefolgt von einer lärmenden Kindermeute. *Mercy* heißt im Englischen Barmherzigkeit. Mercy in Davao ist eine besonders handfeste Ausgabe davon.

Wenn die Armee »Fische« fängt

Ich quetschte mich in den überfüllten Jeepney auf dem turbulenten Marktplatz von Tagum. Ein Omnibus hatte mich die 80 Kilometer aus Davao hergebracht, dem politischen und militärischen Zentrum des westlichen Mindanao. Ernste Gesichter um mich herum im Jeepney, dem Allerwelts-Auto der Philippinen. Mütter mit Kindern und Säkken; junge Burschen, die abgearbeiteten Hände in den Schoß gelegt; zwei Soldaten, an deren Gewehre die krabbelnden Kleinkinder immer wieder stießen. Ans Ende des Jeepneys waren zwei schwarze Schweine gebunden, die bei jeder Kurve jämmerlich quiekten. Erst rollte das klapprige Gefährt über Asphalt durch eine grüne, fruchtbare Reisfeld-Ebene, dann wurde es bergig, grau und karg. Drei Stunden lang knochenschindende Schüttelei über windige Höhen und durch eingeschnittene Flußtäler. An Militärposten vorbei.

Dann; Laac. Über die Hügel verteilte Hütten und Häuser einfacher Machart, viele äußerst armselig, manche verfallen. Nirgends ein Ortsschild. Doch die Männer, mit denen ich an jenem Abend sprechen konnte, ließen keinen Zweifel daran: Dies war der Landstrich, der in den Philippinen zum Inbegriff für Zwangsumsiedlung geworden ist: *Hamletting* genannt, abgeleitet vom englischen Wort *hamlet*, was Weiler, kleine Ansammlung von Häusern bedeutet.
Die Methode ist einfach: »Wenn in einem See unerwünschte Fische schwimmen, dann wird er trockengelegt, und die Fische lassen sich fangen.« Nach diesem Rezept, formuliert von einem ihrer Führer, geht die philippinische Armee rigoros im Süden der Inselrepublik vor. Die Fische: das sind nach dieser Version die Untergrundkämpfer der *New Peoples Army*, der NPA. Der See: das ist das weite unwegsame Land auf der Insel Mindanao, wo die Bauern in verstreuten Farmen nahe ihren Feldern leben. Die Landleute, Christen und Moslems gleichermaßen, werden zwangsweise umgesiedelt und in sogenannten strategischen Wehrdörfern zusammengefaßt, um so den Guerillas die bäuerliche Unterstützung zu entziehen. Offiziell gibt es das alles gar nicht; doch nach Angaben kirchlicher Kreise der Philippinen sind mit dieser Methode schon 300000 Menschen ihrer Existenzgrundlage beraubt worden. Dabei geht es nicht nur um die Jagd auf Rebellen, sondern auch um die Neuverteilung von Landnutzungsrechten.
Die von Wind und Wetter geprägten Bauern, mit denen ich »Tuba« trank, den rötlich-säuerlichen Palmwein, gehörten zu den Opfern; handfeste Gestalten allesamt, denen Leiden und Leidensfähigkeit die Gesichter gefurcht haben. Sie lebten mit ihren Familien kilometerweit von Laac-Zentrum entfernt, Siedler aus den Visayas. Im November 1981, so erzählen die Männer, seien sie von Soldaten der Armee zusammengetrieben worden, mußten ihre Häuser abreißen und wurden gezwungen, sich am Rande von Laac niederzulassen. Mehr als 30000 Menschen im Umkreis waren von die-

ser Aktion betroffen, bei der sich die Militärs eine freiere Schußbahn bei der Verfolgung von Untergrundkämpfern der NPA versprachen. Jahre der Unsicherheit und des wirtschaftlichen Ruins begannen für die Bauern. Sie waren von ihrem Boden vertrieben worden. Die Ernten verkamen. Tagsüber durften diejenigen, die ihre Felder zu Fuß erreichen konnten, dort arbeiten. Bei den meisten bedeutete das stundenlanges Wandern, eine kostbare Zeit, die der eigentlichen Feldbestellung verloren ging und Kraft kostete. Krankheiten brachen aus. Der Nahrungsmittel-Mangel wurde katastrophal. Die Menschen hausten in erzwungenen Slums. Der Fall ließ sich selbst in den Philippinen mit einer regierungskonformen Presse nicht verheimlichen. Kirchenleute schlugen Alarm. Verschiedene Kommissionen philippinischer Menschenrechts-Organisationen prüften vor Ort nach. Keiner der Militärs wollte die Verantwortung jener Zwangsumsiedlung übernehmen. Offiziell hatte das alles gar nicht stattgefunden. Am 2. März 1982 erließ der Verteidigungsminister Juan Ponce Enrile den Erlaß, solche Aktionen zu stoppen und bestehende Neusiedlungen aufzulösen. Ohne die Zustimmung aus Manila, so hieß es in dem als Memorandum bezeichnenden Erlaß, dürften derartige *Hamlets* nicht mehr eingerichtet werden.
Was ist daraus geworden? Einige Familien kehrten auf die alten Felder zurück, bauten die Trümmer ihrer Hütten wieder auf; viele aber blieben im Umkreis von Laac, weil ihnen die Soldaten stereotyp gesagt hatten: Sie könnten zwar gehen, aber nur auf eigenes Risiko. Vor der NPA könnten sie nicht geschützt werden; und wenn sie in Verdacht gerieten, den Guerillas mit Nahrungsmitteln oder Unterkunft zu helfen, dann müßten sie um ihr Leben fürchten. »Das ist es«, so meine Gesprächspartner an jenem Abend im Schein einer Petroleumfunzel, »die Atmosphäre totaler Unsicherheit ist geblieben.«
Mehr noch. *Hamletting* wird von der Armee weiter betrieben. Darauf machte der Ausschuß für Menschenrechte des

philippinischen Anwaltsverbandes (*Integrated Bar of the Philippines*). aufmerksam. Kirchliche Organisationen in Davao haben ausgerechnet, daß seit dem Enrile-Erlaß die Zahl der strategischen Wehrdörfer verdreifacht wurde. Demnach gebe es in elf der 22 Provinzen Mindanaos mehr als 200 solcher befohlenen Neusiedlungen. Die Männer von Laac berichteten von dem neuen *Hamlet* namens Tugas, der im Oktober 1983 von der Armee in die Wege geleitet wurde, 13 Kilometer von Laac-Zentrum entfernt. Wieder hatte es Kämpfe zwischen NPA und Soldaten gegeben. Zur Sicherheit der dortigen Landbewohner, so die Begründung der Militärs, seien die Bauern evakuiert worden.
Den Untergrund schlicht und verdammend mit dem politischen Etikett »kommunistisch« zu versehen, wie das die Regierung in Manila und Mitglieder des oberen Klerus tun, ist zu einfach. Dafür ist das Spektrum der Unzufriedenheit, die sich eben auch in militanter Untergrundbewegung entlädt – *on the hills*, wie das genannt wird –, zu vielschichtig. Die NPA erhält Zulauf aus dem bürgerlichen Lager, aus kirchlichen Kreisen, aus studentischen Gruppen, aus bäuerlicher Herkunft. Mehr als 10000 – wahrscheinlich sogar viel mehr –, so die Schätzungen der Landeskenner, sollen es bereits sein, die in verschiedenen Provinzen sehr flexible Fronten aufgebaut haben und dem Militär zu schaffen machen.
In Davao erzählte mir ein Mann seine Geschichte, der zwischen die Fronten geraten ist. Ein 26jähriger Bauer aus St. Cruz, zwei Autostunden südlich von Davao. Er hatte ein paar Tage Haftbefreiung, ehe er sich wieder im Gefängnis melden mußte. Im Juli 1981 war es in seinem Heimatdorf zu Zusammenstößen zwischen NPA und Armee gekommen. Tote auf beiden Seiten. Auch unbeteiligte Zivilisten kamen ums Leben. Etwa tausend Erwachsene und Kinder wurden gezwungen, ihre Häuser abzureißen und fünf Kilometer nahe einer Straße neu zu errichten. Seither leben die Menschen in der räumlichen Enge des Wehrdorfes, kontrolliert

von der Armee, deren Versorgung nun von ihnen getragen werden muß. Die Ernte wird überwacht, damit nichts den nach wie vor in der Region operierenden Guerillas davon abgegeben wird. Nachts ist Ausgangssperre.
»Wir leben in einem Gefängnis ohne Mauern«, sagt der Bauer, »so strikt werden wir im *Hamlet* bevormundet. Soldaten vergewaltigen unsere Frauen. Die Leute sind völlig wehrlos. Sie haben Angst.« Er machte keinen Hehl aus seiner Sympathie für die NPA. Der Verdacht, ihr anzugehören, hatte ihn zusammen mit 38 anderen Männern des Dorfes ins Gefängnis zur richterlichen Befragung gebracht. Gespräche, die dazu in Laac, in Zamboanga, auf Basilian, in Davao und Manila geführt wurden, ergeben eines klar: vom Ende der *Hamletting*-Aktion kann keine Rede sein. Die Strategie muß sogar in größerem Zusammenhang gesehen werden als »nur« in der Verfolgung der NPA.
Die ökonomischen Aspekte sind nicht zu verkennen. *»Hamletting:* die Endlösung des Landproblemes?« So lautet die Frage in einer Broschüre des *Mindanao Documentation Committee for Refugees*, das seit Jahren über das Thema aus der Sicht der Opfer berichtet. Im Vergleich zu anderen übervölkerten Regionen der Philippinen ist die südliche Insel Mindanao ziemlich dünn besiedelt. Als »Land der Verheißung« wird der Boden von der Regierung schon seit langem potentiellen Investoren schmackhaft gemacht; und auf den Geschmack, dort ertragreiche Pflanzungen für Kautschuk, Bananen, Ananas, Kaffee anzulegen – alles Exportprodukte –, sind schon einige Konzerne des internationalen Agro-Business gekommen. »Dole«, »Del Monte«, »United Brands«, um nur einige zu nennen. Riesige Flächen sind für Forstprogramme mit Ipil-Ipil-Bäumen vorgesehen, die für die Papierherstellung gebraucht werden. Solchen landesintensiven Großvorhaben sind sowohl die einzelnen Bauernfamilien im Wege, die sich auf das Recht der jahrzehntelangen Nutzung berufen, als auch die Guerillas, die ein ungestörtes Investitionsklima vereiteln. Mit den strategischen Wehrdör-

fern versucht nun die Armee, beide Hindernisse für die wirtschaftliche Umgestaltung Mindanaos auszuräumen. Militär und Wirtschaft arbeiten Hand in Hand; und in einzelnen Fällen liegt das Interesse an klaren neuen Besitzverhältnissen in einer einzigen starken Hand – wie beispielsweise beim Verteidigungsminister Enrile.

Die Methoden, »den See trockenzulegen«, haben die philippinischen Generale allerdings nicht erfunden. Die erzwungene Umsiedlung hat eine lange Geschichte. Schon die spanischen Kolonialherren trieben die verstreut lebenden Landleute in Zentren zusammen, um sie besser überwachen zu können. Ein paar hundert Ordensleute und Beamte waren zu Beginn des 17. Jahrhunderts angetreten, die damals schätzungsweise 750000 Filipinos unter ihre Herrschaft zu bringen. »Reduccion« nannten die Europäer das Vorhaben, das bereits bei den Indianern in Südamerika von ihnen praktiziert worden war: Die mit Kreuz und Kanonen forcierte Schaffung neuer Siedlungszentren. Der philippinische Historiker Renato Constantino weist darauf hin, daß dieses machtpolitische Konzept, absolutes Novum gemessen an der vorkolonialen Siedlungsweise, auf heftigen Widerstand stieß, der aber von den Spaniern unterdrückt werden konnte. Das so entstandene »Poblacion-Barrio-Sitio«-System kennzeichnet weite Teile der Philippinen bis heute: Kirche und Marktplatz im Mittelpunkt, einzelne Gemeinden ringsherum.

Als zur Jahrhundertwende die Spanier von den Amerikanern abgelöst wurden und diese auch das explosive Erbe der aufständischen Moslems im Süden übernahmen, die im christlich dominierten Lande an den Rand gedrängt worden waren, da griffen die neuen Herren zum alten Mittel der gewaltsamen Zusammenführung von vereinzelt lebenden Sippen und Familien. Sogar auf nördlichen Inseln, wo sich militanter Widerstand regte, ließen amerikanische Generale ganze Dörfer in Sammellager pferchen und entzogen den Menschen so die natürliche Grundlage ihrer Existenz. Die

Strategie der Wehrdörfer wurde schließlich während des Vietnamkrieges von den Amerikanern in Südvietnam zum Bestandteil ihrer Kriegsführung. Das amerikanische Debakel ist bekannt.
Dem Beobachter in den Philippinen drängen sich starke Zweifel auf, ob es der Armee gelingen wird, den See des Aufruhrs trockenzulegen. Neben den militanten Aktionen aus dem Untergrund hat weitgefächert die gewaltfreie Opposition einen nie zuvor gekannten Auftrieb erhalten. Auch mit strategischen Wehrdörfern und der Vertreibung der Landbevölkerung lassen sich die tiefreichenden Probleme des Landes nicht lösen.

Im Schatten der Palmen

Der Ort heißt Valencia, fünf steile Kilometer von Dumaguete entfernt, mitten in einen Wald von Palmen gebreitet, der an der Südspitze der philippinischen Insel Negros die aus mitteleuropäischer Phantasie geborenen Bilder üppiggrüner Tropen noch übertrifft. Von der betriebsamen Universitätsstadt an der Küste windet sich die asphaltene Schlange der Straße hinauf bis zu Valencias Dorfplatz, den Schule, Kirche, Markt säumen. Der weitere Weg, von schweren Regengüssen ausgewaschen, ist nur noch Fußgängern vorbehalten: den Bewohnern der mit Palmwedeln gedeckten Holzhäuser oberhalb Valencias und Zufallswanderern, die der klangvolle Ortsname anlockt.
Ein nachmittäglicher Wolkenbruch hatte sich ausgeschüttet. Die Sonne, eben noch scheinbar hoffnungslos verdrängt, gewann gleißende Stärke zurück. Die grüne Dämmerung unter den Palmen leuchtete auf. Blattränder legten Kolliers aus funkelnden Wassertropfen an. Durch die Wipfel brachen Sonnenstrahlen wie durch Kirchenfenster ins Schiff

eines Domes. Feierliche Frische erfüllte den Frieden dieses Nachmittags, unterbrochen von Grillenstakkato, müdem Hundegebell zuweilen und dem Klappern der Holzräder, mit denen Hanfseile gedreht werden. Neben einigen der einzeln stehenden Häuser beiderseits des Weges sind solche Anlagen in Betrieb. Ein Kind dreht die Kurbel des Rades, an dem die Hanffäden enden, die, von Frauenhänden um immer neue Fasern bereichert, 20 Meter lange Seile ergeben, fest ineinander gezwirbelt.
Ein junges Mädchen lief mir entgegen, leichtfüßig und schön, ganz Kind dieses paradiesischen Palmenwaldes. Ein scheues Lächeln im braunen Gesicht, dann sah ich nur noch das lange schwarze Haar, das über den schmalen Rücken fiel. Nicht dieses blühende Wesen sprach mich an, sondern die eingefallene alte Frau zehn Schritte weiter. »Woher, wohin?« Ich bekundete meine Überraschung ob des einwandfreien Englischs, in dem die Fragen gestellt waren; Ausnahme dort oben, wie ich zuvor bei erfolglosen Verständigungsversuchen meinerseits erkannt hatte. Ein dankbares Lächeln belebte die welken Gesichtszüge der Frau. Sie habe ein Diplom in dieser Sprache erworben, berichtete sie, damals im Jahre 1940. Die Auskunft erfolgte spontan, die Jahreszahl wurde ohne Nachdenken genannt, offenbar unvergeßlicher Einschnitt in diesem langen Leben. Sie habe Lehrerin werden wollen, ergänzte die Greisin und fügte hüstelnd hinzu: »Aber mein Asthma, dieses immerwährende Asthma hat alle Pläne zunichte gemacht.« Dort hinten lebe sie nun, allein, da in jener Hütte. Der Zeigefinger beschrieb eine vage Richtung. Vor vier Jahren sei der Mann gestorben. Nein, Kinder habe sie keine. Die alte Frau sprach hastig, als sei sie besorgt, der Atem könne nicht mehr ausreichen, dem fremden Zuhörer ihr Dasein in wenigen Sätzen zusammenzufassen. Ein Schicksal. Es blitzte auf wie ein Sonnenstrahl in der regennassen Palmkrone über uns.
»Kennen Sie ein Mittel gegen Asthma?« Die Frage kam unvermittelt. Erwartungsvolle Spannung schwang in den

Worten mit, als habe ihr der liebe Gott endlich diesen Wanderer mit dem so lang ersehnten Medikament geschickt. Ich schüttelte den Kopf. Schweigen, und dann: »Beten Sie für mich«, sagte die Frau leise und schlurfte auf ihren abgetretenen Plastiksandalen bergab, bis sie im freundlichen Grün von Valencia verschwand.

»Gott ist auf der Seite der Armen«

Es war an einem frühen Sonntagnachmittag. Die ungünstigste Zeit, um in den Ort zu gelangen, wo der Pfarrer lebt. Der Mantel schläfriger Siesta lag über der bergigen Landschaft im Nordwesten der Insel Luzon. Es war die Zeit, da nur wenige Menschen auf Straßen und Wegen zu sehen sind. Ein Mitarbeiter im Bischofsamt von Ilagan, der Provinzhauptstadt in diesem Nordteil der Philippinen, hatte mich von dort aus ein Stück im Auto mitgenommen. Dann mußte ich einen Fluß überqueren und erstmal eine halbe Stunde auf ein Ruderboot warten. Ich ging auf staubigen Feldwegen weiter. Zwischendurch konnte ich auf einem Motorrad mitfahren. Als ich endlich im angegebenen Ort ankam, suchte ich vergebens nach einer Ansammlung von Häusern, die in nachbarlicher Dichte einen Orientierungspunkt abgegeben hätten. Ich sah eine halbfertige Halle, ein Lager für landwirtschaftliche Güter. Die Steinhäuser der reicheren Bauern standen verstreut in einer weiten Ebene. Ein paar Bäume. Einige Holzhäuser auf Stelzen, die Behausungen der Armen dieser Gegend.
»Zur Kirche? Ja, da hinten.« So die Auskunft eines Jugendlichen. Neugier empfing mich, wenn ich ins Blickfeld eines der Bewohner geriet. Europäer haben dort Seltenheitswert. Schließlich die Kirche. Ein unverputzter kleiner Betonbau, der ärmlich wirkte. Kein Pfarrer weit und breit. Ich ging

zum Nachbarhaus. Eine Gruppe von Männern saß im Schatten eines Baumes. Der Pfarrer? Der sei ausgegangen. Ich könne in ihrer Gesellschaft auf ihn warten. Warum ich denn den Pfarrer besuchen wolle? Die Frage war stärker gestellt, als daß bloße Neugier dahinter stecken konnte. Ich war von philippinischen Freunden gewarnt worden. Ich wußte von der gefährdeten Lage eines jungen Landpfarrers, der in einer abgelegenen Gemeinde nicht nur Messen liest, sondern sich auch politisch engagiert. Daß ich Journalist sei, sollte ich auf jeden Fall vor Unbekannten verheimlichen. Tourist. Freund eines Freundes. Das war die empfohlene Version. Ich merkte an den Reaktionen, daß ich da unter dem Baum nicht auf Freunde des Pfarrers gestoßen war, sondern auf Angehörige der dörflichen Oberschicht. Händler, Beamte, ein Arzt. Sie gaben sich leger, tranken Bier aus Flaschen und boten dem Fremden welches an. Doch mir schlug Mißtrauen entgegen. Noch ehe ich den Pfarrer kennenlernte, spürte ich bereits etwas von der gespannten Atmosphäre der Ablehnung, mit der er zu kämpfen hat.

Am späten Nachmittag kreuzte er auf. Ein hochgewachsener, sportlicher junger Mann. Er schien nicht sonderlich überrascht von meinem Besuch zu sein, obwohl ich mich nicht hatte anmelden können. Geradezu selbstverständlich nahm er mich in sein Haus mit. Ein paar Empfehlungsbriefe. Er warf einen flüchtigen Blick darauf. Ein paar Erklärungen. Er hörte mit ernster Miene zu. Ein jungenhafter Typ mit langen schwarzen Haaren, die bis auf seine Schultern hingen. Oberlippenbart. Die Bluejeans schlotterten ihm modisch weit um die Beine. Auf dem T-Shirt prankte ein Aufdruck. Solche Filipinos hatte ich oft in den Städten gesehen, in Manila vor allem: junge Leute, die sich betont lässig, betont modern geben. Schlaksig die Bewegungen, eine Spur von Arroganz im Auftreten. So mein erster Eindruck auch bei dem Pfarrer. Doch der Eindruck wurde ihm nicht gerecht.

Er lud mich ein, es mir in seinem karg möblierten Haus so bequem wie möglich zu machen. Nein, Betten habe er keine. Hier sei es üblich, auf Matten zu schlafen, die tagsüber zusammengerollt werden. Ein Bier könne er anbieten, aber – *sorry* – einen Kühlschrank besitze er nicht. Keine Elektrizität. Er lebe in diesem Haus ohnehin nur an den Wochenenden. Von Montag bis Samstag sei er draußen in den »Barrios«. Während der junge Mann das Bier einschenkte, las ich den Spruch auf seinem T-Shirt. »Glücklich ist der, der einen Traum träumt und bereit ist, den Preis zu dessen Verwirklichung zu bezahlen«, stand da.
Am Abend hatten wir bei den Nachbarn einen Plausch. In einem der Häuser aus Holz, die auf Pfählen stehen und Wände aus gespaltenen Bambusstangen haben. Blanke Bambuslatten bilden den Fußboden, durch dessen Ritzen der Blick auf die Erde reicht, wo Hühner und Schweine in den spärlichen Abfällen wühlen. Längst war es dunkel geworden. Die Mutter saß hinter einer alten »Singer«-Nähmaschine. Über eine Leine gehängt, baumelten die bereits fertigen Kleidungsstücke, die bis spät in die Nacht hinein geschneidert werden. Eine Petromaxlampe erhellte den Wohnraum. Zwei der fünf zur Familie gehörenden Kinder lagen schlafend auf einer Matte. Die Frau war schwanger. Der Mann bebaue ein kleines Stück Land, erklärte mir der Pfarrer. Das reiche natürlich nicht aus, um die Familie zu ernähren. Deshalb die nächtliche Näherei für kümmerlichen Lohn. Die Frau unterbrach ihre Arbeit. Die Frau lächelte. Sie nahm sich vom einzigen Möbelstück, einem abgewetzten Schränkchen, eine Schachtel Zigaretten, bot uns welche an, rauchte selbst. Die Frau sprach nicht das landesweit verbreitete Englisch, das die Amerikaner hinterlassen hatten. Die Frau sprach Ilocano. Der Pfarrer unterhielt sich mit ihr in dieser lokalen Sprache. Die Atmosphäre war entspannt. Später schaute die Schwester herein, ein Kind auf dem Arm. Er sei in diesem Haus viel häufiger als in seinem eigenen, sagte mir der Pfarrer nebenher. Bei den Nachbarn im Stein-

haus, bei denen ich so mißtrauisch empfangen worden war, lasse er sich selten blicken. Während sich die beiden Frauen unterhielten, erzählte mir der Pfarrer, daß ihm der Barrio-Chef mal angeboten habe, jeden Monat einen Sack Reis zu spendieren. Er habe das abgelehnt. Der Pfarrer zuckte bei diesen Worten leicht mit den Schultern. Wenn er solche Geschenke annehme, dann verliere er hier an Glaubwürdigkeit, hier in einem Haus wie diesem, fügte der junge Mann an. Seine Worte klangen überzeugend, kein bißchen aufgesetzt. Und dann sagte er ebenso nüchtern, daß er bei seinem kargen Gehalt als katholischer Pfarrer eine solche Aufbesserung seiner Lebensmittel wohl gebrauchen könne. In diesem Nachbarhaus sei mit keinem Geschenk zu rechnen, weil die Leute ja selbst kaum das Nötigste zum Leben hätten. Aber hier bekomme er etwas ganz anderes, nämlich das Gefühl, gebraucht zu werden – dazuzugehören; er schien ein wenig verlegen zu sein, suchte die passenden Worte und nickte, als ich etwas von menschlicher Wärme sagte. Er selbst stammt aus bürgerlich-städtischem Milieu.
War er vom Priesterseminar her vorbereitet auf die Verhältnisse in so einem Dorf? Er schüttelte den Kopf: »In keinster Weise. Wir hatten nicht die Spur Ausbildung, die auf die Arbeit ganz unten vorbereitet hätte, auf die Ebene der Graswurzeln, wie wir das nennen: Arbeit, bei der es um Gerechtigkeit geht.«
Der Pfarrer gehört zu jenen vornehmlich jungen Geistlichen und Nonnen im einzigen asiatischen Staat mit christlicher Mehrheit, die ihr Amt nicht nur im traditionellen Sinne pastoral verstehen, sondern in einem modernen Sinne auch politisch. Es sind Menschen, die bereit sind, einen hohen Preis für ihre Träume von Gerechtigkeit zu bezahlen. Unter den politischen Gefangenen befinden sich – zumindest zeitweise – auch immer wieder Pfarrer und Ordensschwestern.
Zur Frühmesse im Morgengrauen kamen die Menschen in wärmende Decken gehüllt. Es war klamm und feucht. Die kirchliche Zuflucht wirkte ungemütlich. Das war kein Ort

heiterer Geborgenheit. Illusionen gibt es nicht mal in diesem vordergründigen Sinne. Ich stand neben der Tür des kleinen Gotteshauses. Ich beobachtete den jugendlichen Pfarrer am Altar. Der Mann war Mittelpunkt, zweifellos. Seine Stimme durchdrang kräftig den von Kerzen und einigen Petroleumlampen dürftig erleuchteten Raum. Dem jungen Außenseiter gestehen die Gemeindeglieder der armen Schicht die vom Amte ausgehende Autorität zu. Sich diese Amtswürde anzuziehen wie einen schützenden Mantel, sei bequem, so hatte mir der 28jährige erzählt. Die einfachen, an Hierarchie und Obrigkeit gewöhnten Bauern zu einer Partnerschaft zu bringen, ihnen zu Selbstbewußtsein zu verhelfen, sei die eigentliche Aufgabe.
Die Reichen waren zur Frühmesse nicht erschienen. Ich schaute in den Korb der Kollekte. Ein paar Münzen lagen drin. Drei Pesos waren es, umgerechnet nicht mal 1,50 Mark. Diese bescheidene Summe und der Anblick des jungen Pfarrers da vorn am Altar machten mir dessen Position klarer: ein Mann, der mit den Mitteln vor Ort zurechtkommen muß – und zwar ausschließlich mit diesen Mitteln. Er hat keine ferne Heimatgemeinde wie seine europäischen und amerikanischen Missionarskollegen, die in der philippinischen Kirche noch immer stark vertreten sind. Für den Pfarrer und seine Gemeinde läßt sich nicht irgendwo das schlechte Gewissen einer Wohlstands-Christenheit mobilisieren. Als ich ihn darauf ansprach, verfiel er keineswegs in Bedauern oder Selbstmitleid, sondern lachte darüber. Darin liege ja gerade seine Stärke. Es sei die permanente Herausforderung, mit den eigenen Kräften zu arbeiten und dabei zu erkennen, daß die gar nicht so schwach und unterentwikkelt sind. Dies seinen Gemeindegliedern deutlich zu machen, betrachte er als eine seiner Pflichten.
»Aber Ihre Hände sind leer. Sie können schließlich kein Geld verteilen. Was können Sie praktisch tun?«
»Ich würde diese Frage ganz anders stellen. Es geht doch gar nicht darum, was ich tue, sondern darum, wie die Leute

hier dazu gebracht werden können, selbst etwas zu tun. Und die Geschichte lehrt uns, daß letzten Endes das Volk immer erfolgreich sein wird, nämlich von Ausbeutung und Unterdrückung befreit. Und was die Frage nach dem betrifft, was ich tue, nun, ich versuche, bei und mit den einfachen Leuten zu sein. Dieses Beteiligtsein klärt sie über viele Dinge auf, die sie zu tun haben.«

»Sie sind Priester. Ihre Aufgabe ist es zu predigen. Aber Sie sind in sozialen Angelegenheiten engagiert. Sie reden von einer sehr diesseitigen Ungerechtigkeit. Was bildet für Sie den Hintergrund?«

»Die Bibel. Auch das geistliche Wirken von Jesus war doch nicht nur auf Predigen begrenzt. Er heilte die Menschen. Er leistete soziale Dienste. Für mich ist der eindrucksvollste Teil der Bibel die klare Beschreibung des wiederkehrenden Messias. Das ist der Ausblick. Das ist derjenige, der die Befreiung bringen wird, die Befreiung der Ausgebeuteten, der Unterdrückten; der Gerechtigkeit bringen wird für die Opfer der Ungerechtigkeit, der die Gefangenen befreien wird. Das ist für mich die wesentliche Botschaft der Bibel. Gott ist auf der Seite der Armen, der Unterdrückten.«

»Gibt es unter Ihren Priesterkollegen viele, die so denken wie Sie?«

»Es gibt eine ganze Menge. Aber sie sind nicht die Mehrzahl. Da ist noch immer sehr viel zahlreicher der Typ des konservativen Priesters zu finden als der des progressiven. Das trifft genauso auf die Bischöfe zu. Von den rund 80 Bischöfen in unserem Lande können Sie höchstens 14 zur progressiven Gruppe rechnen.«

Und dann die heikle Frage: Ob er sich vorstellen könne, die bisherige Position zu verlassen, mit Worten, nicht jedoch mit Waffen zu kämpfen. »Wenn Sie Jahr um Jahr erkennen müssen, daß sich die soziale Kluft nicht verringert, werden Sie dann den Mund halten, in die Berge gehen, wie es bereits Filipinos tun, und mit dem Gewehr für Veränderungen eintreten?« Es war das erstemal, daß der Pfarrer nicht

spontan antwortete, sondern lange schwieg. Dann: »Gewalt? Nein, nicht ehe ich alles im Rahmen der bisherigen Mittel versucht habe.«
»Sie sind ein Optimist?«
»In gewisser Weise, ja. Ich bin noch immer sehr hoffnungsvoll. Ich glaube daran, daß die Ausbeutung des Volkes einmal vorbei sein wird, die Unterdrückung des Volkes. Sie wird überwunden werden. Ich sage das sehr kategorisch. Da bin ich sehr optimistisch.«

Krieg im Käfig

Die Luft ist schwül und stickig. Unter dem rostigen Wellblechdach der Hahnenkampf-Halle von Cavite City ballt sich das Gewitter der Spielleidenschaft zusammen. Auf den Tribünen beiderseits der Arena drängen sich einige hundert Männer. Es ist Sonntagnachmittag. Der philippinische Nationalsport bricht aus. Keine Frau wagt sich in diesen Dampfkessel; weder in Cavite City südlich von Manila, noch andernorts, wo um diese Zeit das Geschrei aus heiseren Kehlen die Alltagssorgen hinwegfegt. Wenn die eigene Stimme nicht mehr durchdringt, signalisieren aufgeregte Gesten den Willen zum Wetten. Mitten im Tosen scheinen sich Taubstumme in einer Geheimsprache zu verständigen. In einer dämmrigen Ecke der Halle werden die Messer auf's linke Hahnenbein geschnürt: sichelförmig und rasierklingenscharf. Nur lizensierte Messer-Meister dürfen die gefiederten Gladiatoren bewaffnen. Bis zum Kampf bleiben die Klingen in der ledernen Scheide, nicht nur eine Gefahr für den gegnerischen Hahn, sondern auch für den Besitzer. Der massiert und streichelt seinen Helden, glättet die Federn und bläst ihm seinen Atem in den Schnabel, als wollte der Mann dem Federvieh damit Mut eingeben. In der Arena warten die ersten Kontrahenten auf ihren Kampf. Auch zwei Scharfmacher-Hähne sind da und spielen den Feind auf Probe. Jedesmal, wenn der eigentliche Kämpfer zuhakken will, werden sie von dem sie haltenden Besitzer zurückgerissen.

Und dann: Stille. Mit einem Male. Eine Vulkaneruption fällt in sich zusammen. Kein Ton mehr. Tausend dunkle Augen starren gebannt auf die Arena. Die nächsten Sekunden werden über Gewinne und Verluste entscheiden. Der Inhalt mancher Familienkasse steht auf des Messers Schneide, die da ans Hahnenbein gebunden ist. Halsfedern sträuben sich wie kleine Schirme. Jeder Muskel ist aufgestachelte Aggression. Dann das Signal. Die Hähne schießen aufeinander los. Todfeinde. Federn wirbeln. Die Messer stoßen zu. Stumm bleiben die hackenden Schnäbel. Dafür brüllt nun die Männerwelt aufs neue los. Zurufe dem Favoriten. Pfiffe dem Schwächeren. Das Gewitter entlädt sich sich im Rausch. Blitzschnell ist das Schlachten entschieden. Ein letztes Zucken des Verlierers.

Der Kadaver wird von der Arena geholt. Was Held hätte werden können, ist nur noch ein paar Pfund Fleisch. Der Sieger wird gefeiert. Zärtlich streichen derbe Finger über das noch zitternde Tier. Scheine und dicke Bündel schmierigen Geldes wechseln ihre Besitzer. Zusammengerollte Monatslöhne gehen auf Wanderschaft. In faltigen Gesichtern schimmern Tränen. Die der Freude, die des Ruins.

Ein Kampf folgt dem anderen. Doch nicht alle Hähne wollen Helden sein oder sind als solche bereits müde. Wenn die aufgeputschte Mordlust erlischt, greift der Schiedsrichter ein, stößt die Pazifisten, denen so gar nicht der Kamm schwillt, gegeneinander; und wenn auch dies keine Leidenschaft weckt, wird beiden Hähnen ein Korb übergestülpt, der sie zu federnaher Berührung zwingt. Der Krieg im Käfig wird zum Muß. Wie das große Schlachten der Menschen auch. Irgendwelche Oberen geben die Befehle. Kleinen Leuten fällt es schwer einzusehen, warum sie aufeinander schie-

ßen sollen. Propaganda provoziert wie die scharfmachenden Hähne im Hintergrund, die sich selbst mißbrauchen lassen. Das Wettgeschäft entspricht den Profiten der Spekulanten im Waffenhandel. Der Hahnenkampf als Parabel. Auf der Strecke bleiben stets die Kleinen.
Bei einem dieser Gefechte in der Halle von Cavite City verenden beide Hähne, und das Blut beider Tiere mischt sich im Staube. Ein Unentschieden? Nein. »Der da mit dem roten Schwanz«, erklärt mir einer von den Richtern, »der da hat gewonnen.« Und warum? »Er hat als letzter zugestoßen.« Die Worte klingen so, als verleihe der Mann posthum einen Orden. Wenig später baumeln Held und Verlierer gleichermaßen nackt im Freien an der Leine. Gerupft und ausgenommen.

Kimayun vom Volke der Ifugao

Kimayun vom Volke der Ifugao lachte uns zu. In seinem kleinen braunen Gesicht mischten sich Scheu und Neugier. Sicheren Schritts lief der Junge über die nur handbreiten Erddämme voran, die die Reisterrassen begrenzen. Kimayuns nackte Füße glitten nicht ein einziges Mal aus auf dem feuchten Grat zwischem dem jeweiligen Naßfeld und der nächsten, darunter liegenden Terrasse. Der Vater im Dorf hatte uns den Sohn als Begleiter mitgeschickt. Wir balancierten und schwitzten und hatten alle Mühe, dem Kind zu folgen. In den tausend Wasserspiegeln der Reisterrassen lag das dunkle Blau des Himmels, dem wir auf den Höhen des zentralen Berglandes von Luzon im Norden der Philippinen so nahe zu sein schienen, aufgestiegen zum Achten Weltwunder; diesem grandiosen Kunstwerk, das Menschenhände seit mehr als 2000 Jahren der gebirgigen Landschaft abringen, in ungezählter Generationenfolge

gegen eine unwirtliche Natur kämpfend. Reis heißt Leben. Mit genialen Bewässerungstechniken und vollendeter Terrassenbaukunst trotzen die Ifugao den Bergen die weißkörnige Fruchtbarkeit ab.
Kimayun, der Achtjährige, führte uns duch seine Welt. Er sprach nur die Sprache der Ifugao. Die Gesten seiner Hände wiesen die Richtung; und der ernsthafte Blick aus schwarzen Augen wischte unsere Zweifel beiseite, wenn wir ob allzu steiler Hänge ängstlich wurden und die strohgedeckten Spitzen des angepeilten Dorfes unter uns zwar schon zu sehen, aber weder Pfad noch Stufen erkennbar waren.
Rund um die Stadt Banawe wuchert bereits der Massentourismus. Ein Luxushotel mit Hubschrauberlandeplatz beherbergt Pauschalreisende, denen nach dem Dinner blutlose Fließband-Folklore serviert wird. Die »Berufs«-Ifugao lassen dann das ausgeleierte Echo alter Stammeslieder erklingen und bieten den Abklatsch kriegerischer Tänze. Jeden Abend vor neuem Publikum im Gefunkel von Blitzlichtern. In der nahen Jugendherberge tauschen die weniger betuchten Touristen ihre Reiseerfahrungen aus; und in ärmlichem schmuddeligen Hotels an der steilen Hauptstraße quartieren sich die Hippies und Abenteurer ein. Banawe, dessen Häuser sich mit Stützbalken an die Berge krallen, ist von der Atmosphäre einer Goldgräbersiedlung umfangen. Auch die Nachbardörfer an unbefestigten Straßen werden von Kleinbussen angefahren und sind einbezogen in das immer dichter werdende Netz des vermarkteten *Sight-seeing*. Doch einige Kilometer weiter, nur zu Fuß erreichbar, interessiert sich noch niemand für das vermeintliche touristische Gold. Als wir Kimayun einen Kugelschreiber schenkten und ein paar Ansichtskarten unserer Heimatstadt, dankte der Junge mit bescheidener Zurückhaltung. Er hatte nichts für seine Hilfe gefordert und schien überrascht zu sein, daß ihm die Fremden etwas gaben. Noch hatte Kimayun nicht erfahren, daß es einen materiellen Zusammenhang zwischen Dienst

und Dank gibt, wenn erst der Tourismus in seiner Massengestalt einfällt. Während wir uns auf der Treppe einer Hütte ausruhten und zusahen, wie Kimayun den Kugelschreiber auf seiner Handfläche ausprobierte und von den Kindern des Dorfes bewundert wurde, wußten wir, daß wir dem Tourismus wieder mal den Weg geebnet hatten. Bei den nächsten Fremden, die Kimayun um seine Unterstützung bitten, wird er von sich aus sagen, daß er für seine Führung eine Gegenleistung erwartet; und den übernächsten Touristen bietet er seinen Dienst unaufgefordert an. Irgendwann wird auch Kimayun davon profitieren wollen, daß sein Dorf einladend auf einem Werbeplakat des philippinischen Tourismusministeriums in Manila prangt.

Der rostige Nagel

In fröstelnder Finsternis waren wir losgefahren. Unanständig laut schreckte der Dieselmotor des Omnibusses das noch schlafende Banawe auf. Das anmaßende Geknatter hallte in den abschüssigen Gassen der Bergsiedlung wider. Übermütig dröhnte die Hupe durch den Ort, in dunklen Hausnischen wartende Fahrgäste zum Aufbruch mahnend. Ein fordernder Lärm war's, mit dem dieser Bus von sich kündete; einziges öffentliches Beförderungsmittel am Tag, das aus der Höhe von Banawe hinunter nach Bontoc und weiter nach Baguio fährt. Das geräuschvolle Gehabe klang ein bißchen anmaßend im Vergleich zur technischen Beschaffenheit. Als sich zaghaft über den Bergen das Schwarz der Nacht lichtete und grauen Dämmer in die Täler schickte, als schließlich die ersten Sonnenstrahlen über die Gipfel schossen, entblößte das neue Licht die abgewrackte Schäbigkeit des Vehikels. Die Sonne raubte ihm die Exklusivität eines Wunders, die es beim Aufbruch an abgelegenem

Orte gehabt zu haben schien. Das technische Wunder schrumpfte mit steigender Sonne und fallenden Gebirgsstraßen auf die schlichte Tatsache zusammen, daß sich dieser Bus überhaupt noch bewegte und die Vorderräder den ausholenden Drehbewegungen des Fahrers hinter seinem Lenkrad folgten. Ein fragwürdiges Wunder, von dem nur wir zwei Europäer in Bann gehalten wurden, durchs Fenster in Abgründe blickend. Den Einheimischen vom Volke der Ifugao, zusammengedrängt und in Decken gehüllt wie eine Spatzenschar, die sich mit aufgeplusterten Federn vor der Kühle schützt, war der Zustand des Busses offenbar keine Sorge wert. Krachend schob er sich durch die Kehren, schabte sein Hinterteil gelegentlich an Felskanten, ließ die Reifen über liegengebliebenem Steinschlag knirschen; und der Fahrer, schwächlich und klein von Statur, gebärdete sich als Beherrscher dieses Ungetüms, dessen erste Fahrt nur wenig später gewesen sein mochte, als menschlicher Technikverstand überhaupt damit begonnen hatte, Omnibusse zu konstruieren.
Was war das!
Plötzlich stand der Bus still. Wie von Riesenfäusten festgehalten. Schrecksekunde. Dann brach Panik aus. Die eben noch lammfromm vor sich hin dösenden Menschen sprangen auf, stürzten zur einzigen Tür neben dem Fahrer, überrannten sich, kreischten. Leiber fielen übereinander. Omas verhedderten sich in ihren Gewändern. Zitternd und bleich stand die ganze Gesellschaft schließlich draußen. Als wir begriffen, was da passiert war, freuten wir uns erstmal, daß wir noch Gelegenheit hatten, dieses zu begreifen: Bei einer Rechtskurve hatten die Vorderräder nicht mehr dem Fahrer gehorcht, sondern waren links ausgeschert, den Bus gegen den Felsen treibend. Es bedurfte nicht allzuviel Phantasie, sich auszumalen, wo wir gelandet wären, hätten sich die Vorderräder für einen scharfen Rechtsschwenk entschieden. Nur auf der linken Seite ragte ein bremsender Felsen in die Höhe. Zur Rechten reichte der Blick in einen spitzen Talein-

schnitt, den nun die Morgensonne vergoldete. Wir atmeten tief ein. Eine Gefühlsmischung von Ostern und Geburtstag stieg in uns auf.
Wie uns der Augenschein lehrte, war im Lenkgestänge ein Bolzen gebrochen. Der Fahrer kramte seelenruhig aus einer Werkzeugkiste einen rostigen Nagel, klopfte ihn mit dem Hammer gerade und steckte ihn ins Gestänge. Die Leute krochen wieder auf ihre Sitze.
Der Bus rollte an – und unser eigentlicher Leidensweg begann. Da ein solches Uraltvehikel seine Macken hat, gehört zu den Selbstverständlichkeiten des Reisens. Man akzeptiert beim Einsteigen die Möglichkeit, daß jede Art von Unfall passieren kann, jede. Aber mit einer einzigen so unmittelbar konfrontiert zu werden, Ursache und Reparatur eigenäugig verfolgt zu haben, macht unruhig. Bis Bontoc kreiste unser Denken nur noch um diesen Nagel. In unseren Vorstellungen wuchs das verdammte Ding zum Schlüssel über Sein und Nichtsein. Auf die Materialgüte dieses Nagels, der da unter der Motorhaube unseren Blicken entzogen war, konzentrierte sich unser banges Hoffen. Hält er? Hält er nicht? Schluchten um uns herum. Als der Bus ins Tal von Bontoc rumpelte und uns inmitten grünender Natur das verwaschene Rot der Wellblechdächer grüßte, meinten wir, tatsächlich Osterglocken zu vernehmen. Sie übertönten den Diesel unseres Busses, der alle Bestandteile eines rollenden Sarges durch die Bergwelt von Banawe fährt, einschließlich eines rostigen Nagels.

Stadt der Toten

Übersee-Chinesen gehören in den Ländern Südostasiens zu den Minderheiten, mehr oder weniger integriert, vielerorts und häufig sogar diskriminiert. Ihres festen familiären und religiösen Zusammenhaltes und ihrer starken Stellung im Geschäftsleben wegen werden sie die Juden des Ostens genannt. Farbenfreudige Friedhöfe sind von Thailand bis Indonesien besonders eindrucksvolle Orte, wo der Übersee-Chinesen Identität zur Schau gestellt wird. In der Hauptstadt der Philippinen beispielsweise.

Die Stadt der Toten lebt. Einer Insel gleich liegt sie im urbanen Meer, das Manila heißt. Über die hohe Steinmauer ringsherum brandet Lärm. Draußen Autogedröhn, Hupen, ein Kinderlachen; drinnen Hammerschläge, das Kreischen eines elektrischen Bohrers. Zurufe von Arbeiter zu Arbeiter. Lieferwagen der Handwerker flitzen über die Asphaltstraßen der Stadt in der Stadt. Auf Kiespfaden scheppert das eiserne Rad einer Schubkarre. Die Wege tragen Namensschilder. Verkehrszeichen regeln Vorfahrtsrechte im Labyrinth zwischen Pavillons, kleinen Villen, Bungalows. Sorgsam sind die Gärtchen gepflegt, farbig die Zäune gestrichen. Aufgeräumte Wohlhabenheit. Die Luft ist erfüllt von rechtschaffener Disziplin und einem Hauch aus Hibiskusblütenduft und Magnoliensüße.

Die Bewohner scheinen ausgegangen zu sein. Schläfrige Monotonie dort, wo die Bautrupps nicht werken. Verschlossene Türen aus Glas und Aluminium verwehren dem Fremden das Betreten der prunkvollen Häuser. Viele solcher Eingänge haben einen Schlitz für Briefe, und unübersehbar steht daran in lateinischen Buchstaben das Wort *letters*. Es bleibt dem ausländischen Besucher ebenso unverständlich, wer wohl an diese geisterhaften Adressen in der Stadt der Toten etwas Postalisches zu verschicken gedenke, wie der in den Stein gemeißelte Name der Familie, die ihre Identität mit chinesischen Schriftzeichen nur Sinologen und anderen

Sprachkundigen verrät. Hier ruhen die Angehörigen der Minderheit, die in den Philippinen wie in anderen südostasiatischen Ländern über den Tod hinaus, von der nicht-chinesischen Gesellschaft isoliert, Eigenart und Reichtum zementiert.
Vor einem Jahrhundert wurde in Manila diese Stadt gegründet, in der niemand lebt und Leben doch überall greifbar ist. Die Stadt wächst und wächst; und Maurer, Gärtner, Klempner gehören zum Stammpersonal des Unvollendeten. Klassenunterschiede werden auch hier sichtbar. In der Oberstadt der Toten stehen die luxuriösen Häuser der Reichen, von Bäumen beschattet, vom Fluidum des Geldes umgeben; in der Mittelstadt der Toten reihen sich zentnerschwere Grabplatten aus Stein nebeneinander, von eisernen Ketten getrennt; in der Unterstadt der Toten markiert eine Urnenwand den sozialen Stand: Mehrere hundert Meter zieht sie sich hin, fünf Meter hoch, schachbrettartig mit quadratischen Feldern versehen, zugemauert die meisten, mit Namen und einige mit Fotos der Verstorbenen geschmückt. Zwischen den Nischen der Armen und den Pavillons der Reichen liegt das Gefälle dieser Welt.
Manch eines der zweigeschossigen Grabhäuser mit Pagodendach und marmornen Säulen hat Gardinen an den Fenstern und bietet im dämmrigen Innern eine Kammer mit WC. Daneben warten einladend Tisch und Stühle auf Besucher. Wenn Familientag ist, dann wird das Grabmal zum Treffpunkt der überlebenden Generationen. Mit Kind und Onkel und vollen Picknick-Körben fährt die Sippe vor. Ein paar Stunden zu Gast bei den Ahnen. Über die Grenze von Diesseits und Jenseits fliegt das Lachen derer, die sich in der Ordnung ihrer Welt geborgen wähnen.

Lapulapu in Manila

Da lag er vor mir: der Lapulapu, Fisch und Legende zugleich, gebraten und grätenreich, ein leiblicher Genuß und ein dankbares Gesprächsthema mit Filipinos. Die Freunde in Manila hatten zum Empfang ein Festessen bereitet; und das bedeutet auf den Philippinen: Aus den verschiedenen Töpfen asiatischer Küche etwas, wie überhaupt Kultur und Geschichte des Archipels von so vielerlei Quellen gespeist wurden. Ein chinesisch-malaiisch-indisches Potpourri füllte den reichgedeckten Tisch, zu würzen mit dem Ketchup, das die amerikanischen Köche beisteuerten, und hinunterzuspülen mit dem San-Miguel-Bier, dessen Ur-Sud einst die Europäer ins Land gebracht hatten. Der Lapulapu lag im Mittelpunkt.

Irma schnitt mir von dem Meeresfisch, der groß wie ein Karpfen war, ein braun-goldenes Mittelstück heraus. »Dem Gast das Beste«, sagte sie lächelnd und fügte an: »Bedenke, daß du da einen besonderen Fisch ißt.« Die Runde stimmte in Irmas Heiterkeit ein. Ich häufte Reis auf meinen Teller und nickte. Der Name Lapulapu mit doppeltem Sinn sei mir wohl bekannt, so ließ ich wissen, das weiße, zarte Fleisch von Gräten befreiend, doch noch kein Mensch auf den Philippinen habe mir sagen können, ob der Fisch nach dem berühmten Filipino Lapulapu benannt sei, ihm zu Ehren gewissermaßen, wie es für deutsche Zungen einen Bismarck-Hering gebe, oder aber, ob der Anführer von der Insel Mactan seinen Namen auf den Fisch zurückführe. Erneutes Lachen ringsum. Die Spekulation, genährt aus Geschichtskenntnis und Ichthyologie, konnte wieder mal beginnen.

Wie der Fisch eben nicht irgendein Meerestier philippinischer Gewässer ist, so ist dieses Thema auch nicht nur irgendein Plauderstoff. Beide Lapulapus gelten auf den Philippinen als populäre Vertreter ihrer Gattungen. Der aus dem Wasser ist allerorten geschätzte und teure Krönung sonntäglichen Festschmauses. Der andere, der von Mactan, wird als Nationalheld gerühmt, dem die insulare Nachwelt ehrende Kränze flicht und Denkmäler weiht. Denn Lapulapu ist es gewesen, der als Häuptling des winzigen Eilandes seine Krieger mobilisierte und den ersten Europäern, die in den Philippinen aufkreuzten, entschlossen die Stirn geboten hat. Das war 1521. Für den Chef der Europäer endete der Kampf mit den Männern von Mactan tödlich. Es war Ferdinand Magellan. Dafür feiert die Nation ihren Lapulapu noch heute.

Die Freunde an Irmas großem Tisch erörterten die Sache als Teil der eigenen Geschichte. Freilich verhält es sich bei der historisch eher legendenhaft überlieferten Person des Mr. Lapulapu ähnlich wie bei einem abendländischen Helden, von dem Hans Weigel einmal schrieb: »Ob Wilhelm Tell gelebt hat, weiß man nicht. Aber daß er den Landvogt Geßler umgebracht hat, steht fest.«

Irma versorgte mich mit einer zweiten Portion, während die Meinungen, ob denn nun der Fisch nach dem Mann oder der Mann nach dem Fisch heiße, in der lockeren Schwebe eines fröhlichen Unentschiedens blieb. Ich erhielt auch bei jenem Lapulapu-Mahle keine überzeugende Antwort im Huhn-Ei-Streit *à la Philippines.*

Die verrücktesten Vehikel der Welt

Mister Rodriguez ist Fahrer einer staatlichen Behörde in Manila. Das wäre kaum erwähnenswert, wenn nicht sein eigentliches Einkommen, das die spärlichen Beamtenbezüge bei weitem übersteigt, aus einem der originellsten Beförderungsmittel der Welt stammt: Mr. Rodriguez ist Besitzer zweier Jeepneys. Der Mann erwähnte das, als er uns auftragsgemäß mit dem Behördenwagen durch Manila chauf-

fierte und wir zwischen einem halben Dutzend Jeepneys eingekeilt waren.
Durch welches Autofenster unser Blick auch fiel, überall nur Jeepneys: Jene zu Minibussen umgebauten Jeeps, die zum Straßenbild der philippinischen Hauptstadt gehören wie die Schwebebahn zu Wuppertal oder rote Doppeldekkerbusse zu London.
Mr. Rodriguez stellte den Motor ab. Das Verkehrsknäuel rollte keinen Zentimeter mehr. Mit der Gelassenheit des Berufschauffeurs, der solche Manilaer *Malaise* täglich erfährt, erzählte uns der Filipino, daß er nur noch des Pensionsanspruches wegen in Staatsdiensten ausharre, ansonsten aber in seiner Eigenschaft als Mini-Fuhrunternehmer und Arbeitgeber zweier Neffen, die seine Jeepneys steuern, ein gemachter Mann sei.
Eine Erbschaft habe ihm vor Jahren den Kauf eines alten Jeepneys ermöglicht. Dank seines handwerklichen Geschicks sei das klapprige Gefährt über die Runden gekommen, habe Geld und schließlich die Gelegenheit zum Erwerb eines zweiten Jeepneys gebracht.
Die Verwaltung Manilas ringt derweil mit der Entscheidung, ob und wie die Jeepneys aus den Straßen der Achtmillionenmetropole verdrängt werden könnten. Die Verkehrsreformer wollen ein modernes Bussystem einführen. Aber das haben Versuche der Vergangenheit bewiesen: Ein Phänomen läßt sich selbst von Behörden eines Staates wie den Philippinen mit einer diktatorischen Definition von Demokratie nicht so schnell aus der Welt schaffen. Die Jeepneys sind ein Phänomen.
Nach dem Zweiten Weltkrieg wurden die ersten Jeeps aus Heeresbeständen der US-Army in den Philippinen für den zivilen Personenverkehr umfrisiert. Das war eine Notlösung. Aber bekanntlich ist nichts dauerhafter als eine Improvisation.
Aus den Jeeps machten die Filipinos Jeepneys und schufen damit das farbigste Beispiel für angepaßte Technologie. Mi-

litärische Funktionalität wurde vom Pinsel der Lebensfreude übermalt. Je greller, desto lieber.
Gemälde mit spanischen Tänzerinnen zieren die Seitenwände, Hahnenkämpfe sind da ebenso in Ölfarben erstarrt wie Landschaften, Ornamente und Raketen. Motorhauben sind mit Dutzenden von silbernen Rückspiegeln bestückt, daneben stehen Pferdchen aus Aluminium. Bunte Lämpchen lassen Jeepneys nachts als rollende Christbaumdekorationen erscheinen. Und das nicht nur zur Weihnachtszeit. Wehende Plastikbänder an den Antennen wirken wie der Schmuck von Hochzeitskarossen. Man sucht das Schild »Just married«, doch da sind ganz andere Aufschriften: »God loves us« beispielsweise oder »Distancia Amigo«.
Längst ist der Vorrat an ausrangierten US-Jeeps zu Schrott gefahren. Der Nachschub kommt aus Japan. Die Jeepney-Produktion entwickelte sich zur Industrie. In Las Piñas bei Manila stehen die Werkstätten, wo den Dieselmotoren und Chassis »Made in Japan« die Jeepney-Karossen à la Philippinen maßgeschneidert werden. Besonders schön verzierte Blechkleider mit Rüschchen an den Fenstern tragen das Signum des Designers wie ein Kunstwerk den Namenszug des Schöpfers. Technik gewinnt menschliche Züge. Jeepneys sind zum Markenartikel geworden, für die Werbung in Tourismusprospekten unentbehrlich. Überall in den Philippinen sind Jeepneys zu sehen. Allein in Metro-Manila wird heute deren Zahl auf 20 000 geschätzt. Ganz genau weiß das auch die Stadtverwaltung nicht, weil wahrscheinlich 2000 der bunten Gefährte illegal Passagiere befördern.
In endloser Kette knattern Jeepneys durch Manilas Straßen. Wenn ein winkender Passant am Wege wartet, stoppt der zumeist jugendliche Fahrer ungeachtet des jeweiligen Verkehrsgewühls. Der Fahrgast springt in den Fond, wo die Passagiere dichtgedrängt sich auf zwei Bänken gegenübersitzen. Knie an Knie. Und wo immer einer aussteigen will, klopft oder zischt er. Manchmal überhört das der Fahrer. Nicht nur des Autolärms wegen, sondern weil die Stereoan-

DWFK
CESAR
PUJ PILIPINAS · 77

lage im Jeepney noch lauter dröhnt als Hupen und Hörner der anderen. Kassettenrekorder sind der letzte Schrei. Der Fortschritt im Beatrhythmus rollt mit. Gute Laune vom laufenden Tonband. Der Fahrer wird zum Discjockey, die eine Hand am Lenkrad, die andere am Recorder. Die Frontscheibe solcher Jeepneys, ohnehin mit Aufklebern und Gardinen auf Sehschlitzformat eingeengt, erhält den Hinweis *Stereo-Music* .

Jeder Jeepney hat seine feste Rundstrecke, deren Straßennamen am Fahrzeug markiert sind. Nach anfänglichem Zögern und steter Nachfrage »Fährt der wirklich nach . . .?« benutzten wir in Manila die Jeepneys so selbstverständlich wie andernorts Straßen- oder U-Bahnen. Für ein paar Centavos kommt man meilenweit.

Mr. Rodriguez startete gemächlich. Die Jeepneys um uns herum gaben den Dienstwagen Marke VW wieder frei. Die Dieselwolke klarte auf. Bis zum nächsten Stopp hatten wir die respektable Entfernung von zehn Metern zurückgelegt.

Von der stillen Kraft des Bambus

»Slumbewohner? *Squatters?* Ja, so werden wir genannt. Vor allem von der Regierung. Aber wir hören das nicht gern. Wir sind Filipinos. Wir sind Bürger dieses Staates und nichts anderes.« Die Frau, die das sagt, ist ausgezehrt und asthmatisch kurzatmig. Ihre Worte in der Landessprache Tagalog und in Englisch kommen zögernd. In dem schmalen Gesicht unter strähnigen grauen Haaren haben sich Leid und Leiden eingeritzt. Keine tiefen Falten zerfurchen das Antlitz, sondern die vielen winzigen Spuren eines entbehrungsreichen Lebens. Jeder Windstoß würde diese kränkliche Frau aus Haut und Knochen wegblasen. So mein erster Eindruck. Im Gespräch mit ihr habe ich ihn bald vergessen.

Vor mir sitzt eine Dame, eine ehrwürdige alte Dame, deren geschwundene körperliche Kräfte im Gegensatz zu ihrem klaren Geist stehen: Flordeliza Espeldillon, 63 Jahre. Ich spüre: Von ihr geht die stille Kraft des Bambus aus, der sich in den Stürmen beugt, aber nicht bricht.
Ein Slum? Ich blicke mich um. Verwahrloste Buden, rissige Bretterwände, unverputzte Steinmauern. Gigantische elende Flickschusterei aus den Abfällen der großen Stadt. Verschlammte Wege, stinkende Müllhaufen. Die Bilder kennt man. Wenn das Fernsehen in Europa sein soziales Fenster aufmacht, dann tun sich oft genug solche Ausblicke auf. Das alles auch im Barrio Magsaysay, der zu Manilas weitem Armutsgürtel namens Tondo zählt. Doch auch anderes. Zementierte Hauptwege. Gepflegte Häuser mit Obergeschoß. Blumen. Keine Zeichen der Wohlhabenheit, dieser Irrtum denn doch nicht; aber Bilder eines Gemeinwesens, das Ordnung und Organisation ausstrahlt. Ein Slum?
Auf dem Wege nach Magsaysay hatte ich das Parterre menschlicher Not wie erwartet gesehen. In den Hinterhöfen von Manilas Chinatown. Mit einem Jeepney war ich gekommen. Das rechte Gefährt, um über das urbane Chaos einer solchen Metropole nachzudenken. Auf dem Uferweg eines Nebenflusses vom Pasig schob sich mein Jeepney zwischen Wasser und den Hütten der Gestrandeten im Überlebenskampf Manilas entlang. Eine gespenstige Szene. Aus dem Fahrzeug, schwitzend und vom Auspuffgestank zum Husten gereizt, blickte ich auf die Menschen in ihren Lumpen und Pappdeckelbehausungen. Einige der am Boden liegenden Gestalten hatten die Füße einziehen müssen, um das Jeepney passieren zu lassen. Ein Slum! Das paßte zu den vertrauten Bildern. Aber Barrio Magsaysay?
»Demolition«, sagt Flordeliza Espeldillon leise, ein magisches Wort, das die existentielle Sorge der Menschen von Magsaysay zusammenfaßt: Abbruch, Zerstörung auf Befehl der Behörden. Die 60 000 Bewohner des Barrios mit ihren zwölftausend Familien sind sogenanntem Fortschritt im

Wege. Hafenerweiterung, Industrieansiedlung, neue *Commercial Centers* – so lauten die Begriffe, die die Ängste in Magsaysay benennen. Der Grund und Boden, nur ein paar hundert Meter vom bisherigen Hafen entfernt, ist viel zu wertvoll, als daß die ausbaufähige Fläche einfach nur mit Menschen besiedelt sein dürfte: Menschen, die zu den Ärmsten Manilas gehören und auch als Steuerzahler und Konsumenten nicht sehr zahlungskräftig sind – so jedenfalls erscheint Magsaysay in der Sicht der kommerziellen Investoren und staatlichen Entwicklungsplaner. Die Menschen in Magsaysay sehen sich und ihr Siedlungsrecht verständlicherweise anders als die behördlichen Bedränger und Spekulanten.

Die zerbrechliche Frau mir gegenüber in einer der vielen Behausungen ist das lebende Archiv im Barrio Magsaysay, das Gedächtnis einer kummervollen Epoche, von der sie und ihre Familie in diesem Viertel gezeichnet worden sind. Flordeliza Espeldillon kam 1934 als junges Mädchen in die Hafengegend von Manila. 1946 hat sie geheiratet. »Im Jahr der philippinischen Unabhängigkeit«, fügt sie an. Der Zusammenhang von Leben und Politik wurde Schicksal. 1938 hatte sich die Frau einer Bürgerrechtsbewegung angeschlossen. Der Vater war Seemann gewesen, der eigene Mann Kraftfahrer. Sie war unter den ersten zehn Familien, die sich im Barrio Magsaysay ansiedelten. »1960 war das«, erinnert sie sich, »damals war hier nichts anderes als ein versumpfter Müllplatz. Wir, die Siedler, haben den Dreck bewohnbar gemacht. Die Straßen, die Häuser, die Abwässerkanäle – das alles haben wir geschaffen, wir allein.« Nachdenklich erzählt sie von den Anfängen, die Pionierzeit waren. »Land den Landlosen war schon damals unsere Forderung – erfüllt ist sie bis heute nicht«, sagt sie, und das klingt aus ihrem Munde mit den blutleeren Lippen wie ein Vermächtnis. Für eben diese Forderung hat Frau Flordeliza die zurückliegenden Jahrzehnte gestritten. An der Seite ihres Mannes.

Ihre abgemagerten Finger kramen eine Plastiktüte voller Fotos hervor. Ein Leben im matten Spiegel vergilbter Bilder. Der Mann war Gewerkschaftsführer, ein Sprecher derer, die Opfer wurden. Er starb 1964. Erst allmählich erfahre ich, daß er verschleppt wurde und niemals mehr zurückkehrte. Wahrscheinlich umgebracht von den Helfershelfern der Kreise, denen er und seine Organisation unbequem geworden waren. Ich sehe den kleinen, eher zierlichen Mann hinter dem Mikrofon, die Hand beschwörend erhoben, das Gesicht ernst und gefaßt, keinesfalls zu wilder Gestik verzogen. Ich sehe ihn vor einer Volksgruppe sprechen, bedächtig, wie mir scheint, fast beschwichtigend.
»Damals war hier die erste *Demolition*«, berichtet die Witwe, »eine von den Behörden verfügte Zerstörung unseres Eigentums. Der Bürgermeister von Manila hatte angeordnet, daß alle Leute von Magsaysay zu verschwinden hätten.«
Damals schon. Längst vor dem berüchtigten Kriegsrecht des Präsidenten Marcos. Ich sehe Fotos jenes staatlichen Kraftaktes von 1964. Soldaten. Bulldozer. Einstürzende Holzhäuser. Schreiende Kinder. Staub. Die Menschen haben sich nicht vertreiben lassen; sie sind geblieben im Barrio Magsaysay – genau wie die Ängste vor der nächsten gewaltsamen Ausweisung.
»Haben Sie versucht, über Polizei oder Armee oder Ämter etwas über den Tod Ihres Mannes zu erfahren?«
Frau Flordeliza antwortet mit einem Wort: *»Useless«,* sagt sie, es wäre sinnlos gewesen, und dann: »Wenn wir Geld gehabt hätten, dann vielleicht, aber so, nein«, und noch einmal: *»useless.«*
Fünf Kinder hatte sie durchzubringen, als der Mann nicht mehr heimkehrte. Mit Näharbeiten und der Hilfe der Nachbarn hat sie es geschafft. Vier der Kinder sind verheiratet und leben im Barrio. 14 Enkel zählt die Familie bereits. Ein Sohn wanderte als Gastarbeiter nach Saudi-Arabien aus. Ich sehe ein Farbfoto. Ein junger, stämmiger Mann lacht in

die Kamera; über die Ohren sind Kopfhörer gestülpt, neben ihm steht ein großformatiges Radiogerät. Symbole der neuen Einkommensverhältnisse, die teuer erkauft sind.
»Er schickt uns Geld, er unterstützt uns«, sagt die Mutter und etwas leiser: »Wir wollen nicht, daß unsere Kinder so weit in der Fremde arbeiten müssen, aber hier finden sie keinen Job; und wir brauchen doch das zusätzliche Geld. Was sollen wir machen?«

Annie, die Schauspielerin

Ich schätzte sie auf 25. Doch sie war erst 17. Lockenwickler bändigten ihre langen schwarzen Haare. Die rosa Plastikröhrchen wirkten wie ein Helm. Eine bunte Leinenbluse bedeckte ihre früh gerundete Weiblichkeit. Um die Hüften hatte sie ein weißes Handtuch geschlungen. Die nackten Füße steckten in Gummisandalen, mit denen das Mädchen über die verschlammten Wege von Tondo schlurfte. Nach jedem Regenguß steht das Wasser in diesem Slum von Manila. Dann wird Tondo zum größten Tümpel der philippinischen Hauptstadt. 27 000 Familien weist die Statistik für dieses Viertel auf. Durchschnittliche Familiengröße: 6,5; macht 175 000 Menschen. Hier ist das Mädchen namens Annie aufgewachsen.
Ich kam an einer Müllhalde vorbei, ehe ich die Bretterhütte erreichte, in der Annie mit ihrer Familie lebt. Kinder wühlten auf dem Berg von Dreck und Abfall nach leeren Flaschen und Konservendosen. Unter einem Dach aus Pappe und Säcken zupfte ein Mann an den Saiten seiner Gitarre. Halbwüchsige Jungen spielten Karten. Zusammengeknüllte Geldscheine flogen von Hand zu Hand. Greise schoben einen Karren mit Wassertonnen durch die Gassen. Es gibt keine Brunnen in Tondo. Der Liter, weit hergeholt, wird zu

80 Centavos verkauft. Durchschnittliches Tageseinkommen eines Bewohners in Tondo: 90 Centavos. Der Gitarrenzupfer lächelte mir zu. Die Jünglinge und die Wasserverkäufer lächelten mir zu. Freundlich und verlegen zugleich. Annie lächelte ebenfalls. »Gut, daß Sie den direkten Weg hergekommen sind«, sagte sie, »ein paar Ecken weiter hätte es gefährlich werden können.« Warum? »Ach, irgendwelche Gangs.«

Am anderen Tag las ich in der Zeitung, daß es in Tondo mal wieder zu Schießereien gekommen sei. Rivalitäten zwischen zwei Banden. Mehrere Tote.

»Eine Arbeit?« Annie schüttelte den Kopf, als ich sie danach fragte. »Ich habe keinen Job«, antwortete sie. Ihre Stimme klang rauchig; und sie sagte das so selbstverständlich, als könne es in Tondo gar nicht anders sein. »Vater ist Tagelöhner im Hafen«, erklärte sie, »ein Bruder hat einen Job im Büro.« Er ist der einzige der Familie, der regelmäßig Geld heimbringt; er hat einen Job irgendwo in der Verwaltung dieses Acht-Millionen-Molochs mit dem klangvollen Namen Manila. Vor Jahren war Annies Familie den Verlokkungen der Hauptstadt gefolgt und hatte das Dorf verlassen. Annie hat sich in der Hütte der Eltern einen eigenen Verschlag eingerichtet. Auf der festgestampften Erde nahm das Bett den meisten Platz ein. Die Bretter waren mit blauem Papier umwickelt. »Alles selber gemacht«, ließ Annie wissen und deutete auf das Holzgestell, das einen Schrank ersetzte. Die wenigen Kleidungsstücke waren säuberlich gefaltet und gestapelt. Aus Zeitschriften geschnittene Beatles-Köpfe zierten die Wände der fensterlosen Kammer. Draußen mischte sich Kindergeschrei mit Radiomusik.

»Da, schauen Sie«, Annie reichte mir ein paar Fotografien, »unsere Aufführungen.« Eine Gruppe junger Leute war zu sehen, Theater spielend auf einem freien Platz in Tondo zwischen den Hütten. Dicht gedrängt standen die Zuschauer davor. Die Akteure trugen keine Kostüme. »Warum sollten

wir uns verkleiden?« sagte Annie, »wir spielen das, was hier in Tondo passiert.«
Spielen – das Wort gewann eine zusätzliche Bedeutung, so wie es von ihr gebraucht wurde. Annie und ihre Leute schreiben Stücke und Szenen selbst. Annies Truppe macht keine Unterhaltung.
»Wir wollen den Menschen hier ihre eigene Situation bewußt werden lassen.« Annie sucht nach weiteren Fotos. Das, was die staatliche Repression auszusprechen verbietet, wird zu Theater umgeformt. »Als Trinidad Herrera im Gefängnis saß und gefoltert wurde, haben wir ihren Fall szenisch dargestellt«, erläuterte Annie die Bilder. Mrs. Herrera war damals die Präsidentin der Tondo-Selbsthilfe-Organistation ZOTO, in der die Slumbewohner gegen Behördenwillkür und für ihre Rechte kämpfen. Die meisten ihrer Führer sind im Gefängnis gewesen. Agitations-Theater ist einer der ZOTO-Proteste, die von unten kommen. Die Betroffenen spielen ihre Wirklichkeit. Sie dramatisieren das tägliche Drama mit dem Titel »Tondo«. Annie zeigte auf eine Aufnahme. »Das bin ich«, sagte sie. Ein Mädchen ohne Lokkenwickler war abgebildet. Es schrie etwas und hatte die rechte Hand zur Faust erhoben.

Die Puppe in der Unterwelt

Die Unterwelt der Allerärmsten ist vom Rauch brennender Autoreifen, verkohlenden Moders und schwelender Plastikteile eingehüllt. Feuchte Tücher bedecken die Gesichter der Menschen, um den bestialischen Gestank aus Fäulnis und Verderben ein wenig zu filtern. Nur die Augen bleiben frei, ständig auf der Suche nach dem Verwertbaren, das mit Eisenhaken aus Manilas Abfall gezerrt und in die Körbe auf den Rücken geworfen wird. Flaschen, Konservendosen,

Stoffetzen, Bierbüchsen. Tausende von Menschen leben an und aus diesem Müllberg, den sie *Smoking Mountain* nennen. Rolando, der Neunjährige, ist einer, der in die Unterwelt hineingeboren wurde und mit der Mutter von früh bis spät in den Ausscheidungen der Millionenmetropole wühlt. Ständig donnern hochbeladene Lastwagen durch die Rauchvorhänge, poltern die ausgefahrenen Wege nach oben und entleeren sich. Rolando und die anderen sind zur Stelle, lassen ihre Haken niedersausen und zerfleddern das, was anderen Menschen dieser Stadt als wertlos erschienen war. Nichts entgeht seinem Blick, der auf Müll gerichtet ist, seit Rolando überhaupt etwas wahrzunehmen vermochte. Besucher, die gelegentlich in die Unterwelt kommen, würgt der Ekel. Rolando weiß nicht, was das ist. Er kennt Hunger. Er kennt Durst. Aber keinen Ekel. Als er seinen ersten Atemzug tat in dem Bretterverschlag auf dem Rauchenden Berg neben den vielen anderen Bretterverschlägen, war die Luft nicht anders als nun, da er sich das schmuddelige Tuch fest um Nase und Mund bindet und über den Morast springt, um einer der ersten zu sein, wenn ein Lastwagen die Ladefläche hebt.

Wohl organisierte Geschäftigkeit zieht sich über den Berg wie der Rauch, der ihm den Namen gab. Was die Hakentrupps in ihren Körben heranschleppen, wird sortiert, gestapelt, gereinigt und abgefahren in Werkstätten, wo ein neuer Kreislauf des Konsums beginnt. Jungenhände zerschneiden mit einfachen Maschinen die Weißblechdosen. Gebrauchte Kleider werden nach Qualitätsmerkmalen unterschieden, die nur der geübte Blick jener erkennt, die das Aussätzigenschicksal der untersten Armut erleiden. Rangordnung auch hier. Rolando ist Zuträger, der wie die Rudel der Ratten weiß, was brauchbar ist und was nicht. Er sammelt und ist abhängig von der Ergiebigkeit dessen, was die Lastwagen ausschütten. Deren Fahrer gehören zu einer Schicht weit über Rolando und den Seinen. Fahrer haben einen bezahlten Job und brauchen sich die Finger nicht schmutzig zu machen. Rolando und seine Leute schauen auf zu den Fahrern. Noch mehr Respekt hat der Junge vor den Zwischenhändlern. Die Waage der Wiederverkäufer ist unerbittlich. Leere Flaschen haben einen festen Preis.

Rolando sucht und schleppt und schuftet und schafft es, zehn Pesos am Tag zu verdienen. Mit den Pesos der Mutter, des Vaters, der beiden Geschwister ist es immer noch nicht genug, um satt zu werden; es reicht, um nicht zu verhungern. Die Eltern, einst landlose Bauern, waren vor seiner Geburt von einer der Inseln im Zentrum der Philippinen nach Manila geflüchtet, um Arbeit und einen neuen Lebensanfang zu suchen. Nach vielen vergeblichen Anläufen mußten die beiden auf den Berg gehen, der der endgültige Abstieg ist.

Wenn Rolando im Morgengrauen noch schlaftrunken aus der Hütte tapst, den Korb geschultert, den Haken in der Rechten, sieht er am Verschlag des Nachbarn eine Puppe im

Winde schwanken. Irgend jemand hatte das beinlose Spiel
zeug aus dem Müll gefischt, einen Strick um den Kopf geschlungen und aufgehängt. Da baumelt sie nun, diese moribunde Puppe, wie das Symbol einer strangulierten Kindheit.
Ein höhnender Gruß aus der Oberwelt, die so viel Abfall produziert.

Von Slum zu Slum

Die Kulisse wirkt so, als sei sie für einen frühen Buñuel-Film errichtet worden: phantastisch, weithin sichtbar und doch irreal. Über einem grasbewachsenen Hügel stehen mannshohe Häuschen verteilt, Dutzende, Aberdutzende in Reih und Glied, plaziert wie von einem Wahnsinnigen. Die Aluminiumverkleidung der seltsamen Hütten schimmert in der Abendsonne. Einzelne wenige Passanten dazwischen wie auf der Suche nach Glück oder Christus, eine mühevolle, wenn nicht gar hoffnungslose Suche. Dieser Eindruck drängt sich dem Besucher in Sapang Palay auf, knapp 50 Kilometer nördlich von Manila. Es ist eines von einem halben Dutzend *Resettlements*, einer jener Umsiedlungsorte, mit denen die philippinische Regierung die Slums der Hauptstadt zu entvölkern sucht.
Die dringende Notwendigkeit solcher staatlicher Vorhaben steht außer Zweifel. Manila hat bereits acht Millionen ständiger Bewohner. Täglich kommen 500 000 Pendler aus der weiteren Umgebung. Ein Fünftel aller Filipinos lebt in und um Manila, rund 12 000 auf einem Quadratkilometer. Zum Vergleich: In Hamburg kommen auf jeden Quadratkilometer im statistischen Mittel 2100 Menschen. Solche Angaben verschweigen natürlich die Verteilung und die damit verbundenen sozialen Spannungen. Mehr als ein Drittel der

Manileños haust in Slumgebieten, wo die Bevölkerungsdichte erschreckend über dem Durchschnitt liegt. Wer durch die Slums, die *Squattered Areas*, geht, von denen Tondo das bekannteste und größte Gebiet ist, braucht keine Statistiken, um das himmelschreiende Problem zu erkennen. Immer enger rücken die Menschen zusammen, die aus den Dörfern flüchten, hochverschuldet und verarmt. Mehr als 200 000 kommen Jahr für Jahr dazu.

Das Problem hat weltweite Dimensionen. Die Städte in der sogenannten Dritten Welt platzen aus allen Nähten. Immer größer werdende Slums sind eine Folge. Resettlements sind eines der staatlichen Programme, mit denen die Behörden die urbane Bevölkerungsexplosion dämpfen wollen. Zurück aufs Land heißt die befohlene Devise. Freilich: In ihre ursprünglichen Dörfer können die meisten Stadtflüchtlinge nicht mehr zurück; sei es, daß sie dort mangels Land und Häusern keine Lebensgrundlage mehr haben; sei es, daß sie schon in zweiter und dritter Generation in Manila leben. Deshalb wurden völlig neue Siedlungsräume eröffnet. Sapang Palay war einer der ersten, schon 1963 eingerichtet. Die ersten Zwangsumsiedler wurden buchstäblich auf die grüne Wiese gesetzt. Mit Armee-Lastwagen kamen sie an, die dürftigen Reste ihrer Behausungen im Gepäck. Straßen, Wasserversorgung, Hütten – alles mußte aus dem Boden gestampft werden. Wer konnte, flüchtete bald zurück nach Manila. Von den Pionieren wider Willen kehrten 80 Prozent dieser ungastlichen neuen Heimat den Rücken.

Doch der staatliche Druck war auf die Dauer stärker als die Vorstellung von individueller Freizügigkeit. Heute leben in Sapang Palay schätzungsweise 100 000 Menschen, verteilt auf Hügel und Täler. Die unterschiedliche Art der Behausungen kennzeichnet wie Jahresringe den Zuwachs. Die Aluminiumhütten, die den Besucher faszinieren, bieten das jüngste Symbol des Unvollendeten. Es sind Toiletten, im staatlichen Auftrag von privaten Bauunternehmern in Großserie aufgestellt. Um solche Standard-Klos sollen nun die

Umsiedler ihre Häuser bauen. Dies ist mit einem Bündel von Schwierigkeiten verkettet.
Die gesamte Umsiedlungsaktion ist weder freiwillig noch kostenlos. Die meisten Menschen, die schließlich auf Lastwagen steigen und mit ihrer kümmerlichen Habe die Reise in eines der Resettlements antreten, müssen sowohl diesen Umzug bezahlen als auch das neue Stück Land mit dem Toiletten-Häuschen. Nur wenige Familien haben Ersparnisse. Der Landverschickung können sie sich nicht entziehen. Also müssen sie Schulden machen. Das staatliche Programm bietet Kredite an. Wie die aber je abbezahlt werden sollen, bleibt ein Rätsel.
Das Hauptproblem in Sapang Palay und in den anderen Siedlungsgebieten heißt: Arbeitslosigkeit. In Manila gibt es die vielfältigen Tagelöhner-Jobs. Mit der Arbeit der Kinder als Straßenhändler, den Muskeln des Vaters als Lastenträger im Hafen und den Back-, Wasch- und Nähkünsten der Mutter schlagen sich die meisten Familien der Slums so durch. In Sapang Palay aber ist das anders. Wenn man mit den Verantwortlichen der Umsiedlungsprogramme spricht, dann ist von geplanten Industrien die Rede, die neben den Orten entstehen sollen. Nirgends ist bisher auch nur annähernd die Zahl der Arbeitskräfte in ein Gleichgewicht zu den Arbeitsplätzen gebracht worden. Bei Sapang Palay rauchen die Schlote zweier Zementfabriken und verpesten die Luft; zusammen mit einer Handschuhfertigung und einigen Kleinbetrieben wurden nicht mal 1500 feste Jobs geschaffen. Für 100 000 Menschen! Die Folge: Viele Familienväter kehren allein nach Manila zurück, jobben dort und fahren bestenfalls am Sonntag nach Hause. Zwei Stunden mit dem Bus hin, zwei Stunden zurück. Aus Slumbewohnern wurden Pendler. Das erklärte Ziel der Umsiedlung, nämlich die Basis neuer Existenzen zu schaffen, blieb unerreicht.
Wir kommen mit den Menschen von Sapang Palay ins Gespräch. Sie wollen reden, sind fast dankbar, daß sich jemand für sie und ihr Schicksal interessiert. Rinaldo und

Lucrezia Campos beispielsweise. Er ist 36, sie 44 Jahre alt. Vor einem Jahrzehnt waren sie aus Tondo hierher verfrachtet worden. Sie erzählen von den Anfängen. Mit einem kleinen Sari-Sari-Store haben sie versucht, in Sapang Palay Boden unter die Füße zu bekommen, mit einem dieser vielen Verkaufsstände, wo die Waren vom Großmarkt mit winzigem Aufschlag gehandelt werden. Lucrezia zeigt auf eine zusammengefallene Hütte unter Bäumen und lächelt verlegen. Im Gesicht der Frau, zerfurcht und verhärmt, ist das Lächeln des Scheiterns, diese so asiatische Mischung aus Resignation und Hilflosigkeit. Von der Hoffnung auf den Neuanfang in Sapang Palay blieb ein Bretterhaufen mit einem Durcheinander von Müll und zerschlissener Kleidung. »Wir haben kein Geld, um Waren zu kaufen«, sagt die Frau leise, »schon lange nicht mehr.« Der Mann Rinaldo nickt stumm. Er ist arbeitslos.
Oder die Familie Baliente. Bevor sie nach Sapang Palay kam, wurden ihre Mitglieder bereits aus zwei anderen Slums von Manila gewaltsam vertrieben. Zweimal war ihnen das Haus von staatlichen Kommandos demoliert worden. Das TV-Gerät in der jetzigen Hütte erinnert an die Jahre, da in Manila solche Anschaffungen noch erschwinglich waren. Die Mutter und die mit 16 Jahren älteste Tochter sitzen an Nähmaschinen und rattern unendliche Nähte für Basttaschen ab. Eine Heimarbeit, die in Sapang Palay eine der wenigen lokalen Einnahmequellen ist. »Bahamas« wird auf die bunten Taschen gestickt, Touristen-Souvenirs, die im Billig-Lohn-Land Philippinen für die weit entfernte Reiseregion der Karibik gefertigt werden. Von sieben Uhr morgens bis 11 Uhr nachts lassen die Baliente-Frauen ihre Nähmaschinen schnurren. Den eigentlichen Gewinn machen Zwischenhändler und Exporteure.
Oder die Familie Roxas. In den 60er Jahren waren die Eltern noch Bauern. Dann wuchsen die Schulden schneller als Reis und Gemüse. Abwanderung in die Slumviertel von Manila. Viermal haben ihnen seither die Bulldozer staatli-

cher Slum-»Sanierung« die Dächer über dem Kopf eingerissen. Die Roxas klagten vor Gericht. Ergebnislos. An den Wänden ihres Hauses in Sapang Palay hängen Urkunden und Dokumente aus den Jahren in Manila, da sie in Bürgerinitiativen und Organisationen zur Durchsetzung der Menschenrechte mitkämpften. Vater Roxas gehört zu den wenigen, die einen regelmäßigen Job haben. Er ist Lastwagenfahrer in Manila. Der Fünf-Tonner steht vor dem Haus. Es ist Sonntag. Einmal in der Woche kommt der Vater zu seiner Familie.

Und die vielen anderen Menschen, die im Vorbeigehen ihre Stichworte zur immer wiederkehrenden Geschichte aller geben. Aus den städtischen Slumzonen sind diese vertrieben worden, weil sie neuen Straßen, Fabriken, Parkanlagen, Bürohäusern im Wege waren, all dem, was im offiziellen Sprachgebrauch »Fortschritt« genannt wird. Ein ausgelaugter Alter mit tiefen Augenhöhlen und eingefallener Brust bringt es auf eine einfache Formel: »Sie brauchen unser Land«, sagt er und faßt damit die totale Abhängigkeit zusammen. »Sie« – das sind die anderen, die stärkeren, die Regierung, die Bosse, die *Companies*: die Mächte hinter den Bulldozern und den Demolierungs-Kommandos.

Die katastrophalen wirtschaftlichen Bedingungen führen dazu, daß viele Neusiedler gar nicht erst das unbezahlbare Risiko wagen, sich um eines der Toiletten-Häuschen eine Bleibe auf Pump zu bauen, sondern im weiteren Umkreis ihre ärmlichen Hütten aus Abfall aufschlagen. Deshalb stehen die Alu-Klos so gespenstisch leer in der Landschaft herum. Deshalb wuchern an Hügeln der Nachbarschaft die neuen Slums, die denen in Manila so gleichen. Krankheiten, Mangel- und Unterernährung, Wasserknappheit, fehlende sanitäre Einrichtungen – die Menschen sind von einem Slum in den nächsten geraten, nun noch ärmer dran als zuvor.

Mit der Zwangsumsiedlung haben viele der Familien nicht nur ihre bisherige Lebensgrundlage verloren, die erbärmlich

genug war, sondern auch die gewachsenen menschlichen und sozialen Bindungen, die in Manilas Slumgürtel nachbarschaftliche Hilfe ebenso einschließen wie politisch agierende Bürger-Organisationen. Im Zusammenschluß und bei der demonstrativen Forderung ihrer Rechte sind gerade die Squatters von Manila wach und einfaltsreich. Mit ihren Protesten machen sie den Behörden immer wieder zu schaffen, was letzten Endes die gewaltsame Umsiedlung nicht verhindern kann, aber zur innenpolitischen Unruhe beiträgt. In den Resettlements werden die Menschen willkürlich aus verschiedenen Slums zusammengebracht, um so bestehende Selbsthilfe-Organisationen zu schwächen und die Gründung neuer Initiativen zu erschweren.
Davon berichten die Mitarbeiter eines Projektes in Sapang Palay, das gegen den Strom der Verelendung ankämpft. Es ist der mit Sisyphus-Mühen belastete Versuch, von unten auf die Lebensbedingungen einzuwirken. Eine Gruppe aus der Bevölkerung organisiert ein Programm zur Gesundheitserziehung. Hilfe dazu kommt von *Share und Care Apostolate for Poor/SCAPS*, eine Einrichtung der katholischen Bischofskonferenz der Philippinen. Finanziell wird das Vorhaben vom Kinderhilfswerk Terre des Hommes/Deutschland mitgetragen. So ist der Aufbau einer Organisation, die zeitweise Bezahlung von Lehrern und die Anschaffung audiovisueller Hilfsmittel möglich geworden.
Die Ordensschwester Conchita Valerio begleitet uns beim Rundgang durch die Armutsviertel von Sapang Palay. Sie gehört dem Mitarbeiterstab von SCAPS in Manila an, hat einige Jahre als Lehrerin in Sapang Palay gearbeitet und weckt ein freudig-zustimmendes Lächeln, wohin sie auch kommt. Die zierliche Frau verkörpert ein Stück Hoffnung. Zusammen mit den lokalen Mitstreitern wirbt sie für die Überzeugung, daß zum grenzenlosen Gottvertrauen ein handfester, planvoller Zusammenschluß der Betroffenen gehören muß, um die Misere aktiv anzupacken. Es geht um das zu fördernde Bewußtsein für Gesundheitsvorsorge; es

geht aber auch um die Mobilisierung des Gemeinschaftsgeistes. Krankheiten vorzubeugen und zu behandeln, ist die eine Sache; nach den sozialen und politischen Ursachen zu fragen und sie zu bekämpfen, ist die andere.
Dieser Zusammenhang wird im ersten Anlauf den freiwilligen Gesundheitshelfern vermittelt, die in Seminaren auf ihre Aufgabe, nämlich aufklärend und verbindend zu wirken, eingestimmt werden.
Ziel ist ein Netzwerk von engagierten und sachkundigen Mitarbeitern in allen Vierteln Sapang Palays. Arbeitsplätze können auch diese Helfer nicht herbeizaubern, aber sie tragen bei zur Stärkung dessen, was *Self-Reliance* genannt wird: das Vertrauen in die eigenen Kräfte, die es gemeinschaftlich zu nutzen gilt.
Die junge Witwe Teresita ist eine der Frauen, die sich am Projekt beteiligen und in langwierigen Gesprächen mit Nachbarn, Freunden und Fremden für das Ziel des Vorhabens werben. In ihrem bescheidenem Häuschen erzählt sie von dem schwierigen Unterfangen, berichtet vom Mißtrauen der Leute, deren Verschüchterung und Resignation. Im Schatten des Hofes singt eine Gruppe von Jungen zur Gitarre. Ihre Texte sind in Tagalog, der philippinischen Sprache. Schwester Conchita übersetzt. Von Freiheit ist die Rede und von der Forderung, daß die Reichtümer des Landes endlich denen zugute kommen müssen, denen sie gehören: allen im Volk und nicht nur einer Minderheit und ausländischen Geschäftemachern. Das Lied im Hof klingt kämpferisch.

Unerwünscht, ausgesetzt, diskriminiert

Diese Augen. Die großen schwarzen Augen. Ich kam nicht los von den mattglänzenden Marmelpunkten im schmächtigen Gesicht, die eine seltsame Mischung von Trotz und

Traurigkeit ausstrahlten. Marycris schmiegte sich an die sehnigen Arme des Großvaters, der sie schützend um den kleinen Körper im roten ausgeblichenen Kleidchen legte und immer wieder mal mit seinen knochigen Fingern zärtlich über die braunen Locken des Kindes strich. Die Haarfarbe verriet Marycris' Schicksal im Inselland der Philippinen, wo die Menschen mit schwarzen Haaren zur Welt kommen. Ausnahmen wie Marycris geben Anlaß für Fragen, gedachte und ausgesprochene.
»Ihre Mutter«, sagte der alte Mann und zog das Mädchen auf der Holzbank noch enger an sich heran, »ihre Mutter ist mit einem Amerikaner verheiratet.« Die Familienbeziehung, die im katholisch geprägten Land ehrenvolle Verhältnisse ausdrückte, wurde indes sogleich in ein anderes Licht gerückt, als der Greis den Ort jener Eheschließung anfügte. »Olongapo«, sagte er mit brüchiger Stimme, und in Olongapo lebe sie wie seine beiden anderen Töchter auch. Einmal im Monat komme Marycris' Mutter, um das Kind zu besuchen – oder vielleicht nur alle zwei Monate, fügte der Großvater in einem Ton an, in dem völlige Ergebenheit in ein unergründliches Dasein schwang. Früher sei es einfacher gewesen, als sie noch in Tondo lebten. Von dort lasse sich Olongapo schneller erreichen. Aber nun in Bulihan, südlich der Hauptstadt, wo sie zwangsweise sich neu ansiedeln mußten wie Tausende anderer Familien der Slums, weil die Menschen in Tondo für Hafenerweiterung und Fabriken zu weichen haben, nun sei es eben zu weit, um von Olongapo einfach mal hier in Bulihan vorbeizuschauen. »Was sollten sie tun hier, Marycris' Mutter und die anderen Mädchen?« ergänzte der Greis die philippinische Allerweltsgeschichte, »in Bulihan gibt's keine Arbeit, für Männer nicht und für Frauen schon gar nicht.«
So kommt denn ein junges Mädchen schneller nach Olongapo als von dort zurück. Der Weg dorthin, 127 Kilometer nördlich von Manila, wird für die meisten zur Einbahnstraße. Die Stadt liegt nahe der amerikanischen Militärbase

Subic Bay. Dort hat die Siebte Flotte ihren Stützpunkt im Westpazifik, und die ebenfalls in der Region angelegte Clark Air Base ist Bodenstation der 13. US Air Force. Ein gigantisches Unternehmen mit hohem Personalaufwand. Zur Siebten Flotte gehören 70000 Mann, die regelmäßig Subic Bay anlaufen. Dort arbeiten neben 23000 Filipinos ständig etwa 7000 amerikanische Marineangehörige. Eine militärische Männerhochburg ersten Ranges.
Die beiden Basen auf den Philippinen sind die größten amerikanischen Militäreinrichtungen außerhalb der Staaten. Der Ort Olongapo ist voll und ganz auf die Freizeiterwartungen der amerikanischen Soldaten und Zivilangestellten eingerichtet. Eine ganze Stadt hat sich auf Männer eingestellt. 500 Clubs, Bars, Hotels, Restaurants, Saunabäder, Massagesalons und Kliniken bieten die Dienste von mehr als 9000 registrierten Frauen an. Mehr als 8000 Prostituierte arbeiten ohne behördliche Aufsicht. Viele von ihnen entstammen ähnlichen Verhältnissen wie die Mutter von Marycris, die hineingeboren wurde in den Teufelskreis der Armut. Die Unterhaltungsindustrie à la Olongapo verlockt zum Ausbruch und bringt letzendlich nicht nur den eigenen körperlichen und menschlichen Ruin, sondern überträgt das Elend bereits auf die jeweilig nächste Generation. Da wird geheiratet oder auch nicht. Der Unterschied ist gering. Marycris' Vater sei vor zwei Jahren in die Staaten heimgekehrt, erzählte der Opa. Eine Nachricht von ihm? Eine Geldüberweisung? Der alte Mann schüttelte sanft und müde den Kopf. Es gibt so viele Olongapos auf der Welt.
Unterdes sah mich Marycris mit einem Erschrockensein an, das nicht dem Moment der Begegnung entsprang, sondern sich schon in jenem ersten Augenblick festgekrallt haben mußte, als das Mädchen drei Jahre zuvor geboren wurde: unerwünscht und der Mutter eine Last von der Stunde an, da sich Marycris in ihrem Leib angekündigt hatte. In jenem Leib, den für das Überleben der Familie die junge Frau zu verkaufen gezwungen ist. Maria und Christus sind im

Namen des Kindes zu einer Kurzform vereint, die volkstümliches Gottesvertrauen ausdrückt und ein anderes Wort für Hoffnung ist. Der Holzverschlag, der Marycris' ersten drei Lebensjahren so wenig ein Ort der Geborgenheit ist, spricht aller Hoffnung Hohn. Marycris kam auf die Welt und war schon Opfer wie die Mutter eines ist. Ich schaute in diese großen schwarzen Augen unter den braunen Locken und wurde die Frage nicht los, wann Marycris aufbrechen muß nach Olongapo.

Sie haben blonde oder krause Haare. Sie sind hell- oder schwarzhäutig. Sie fallen auf in Südostasien, wo sie als Kinder des Vietnamkrieges geboren wurden und unerwünschte Folgen einer auf Männerwünsche zugeschnittenen Vergnügungsindustrie sind: Mischlinge mit zumeist amerikanischen Vätern und asiatischen Müttern. *Amerasians* werden sie genannt; ein Begriff, den die amerikanische Schriftstellerin Pearl S. Buck geprägt hat. Niemand kennt ihre genaue Zahl. Mehr als 100000, so ernstzunehmende Schätzungen, sind es in Indochina, Thailand, Südkorea, Taiwan und den Philippinen. Amerasians gehören zu den Ärmsten der Armen; sie wurden ausgesetzt in einem Ozean der Not und vegetieren im Abseits gesellschaftlicher Diskriminierung.

Der philippinische Autor Roland G. Simbulan nennt in seinem Buch über die Stützpunkte – »The Bases of our Insecurity«, Ende 1983 in Manila erschienen – die Zahl von knapp 5000 ausgesetzten oder vernachlässigten Kindern im Umkreis der Militärbasen: Kinder amerikanischer Väter. Wieviele Säuglinge von ihren Müttern getötet werden, wieviele in der fernen heimatlichen Familie aufwachsen, bleibt im Dunkel individueller Tragödien.

Was sich heute im Zusammenhang der amerikanischen Militäreinrichtungen auf den Philippinen abspielt, ist eine Fortsetzung dessen, was vor einem Jahrzehnt in Vietnam zu Ende ging. Zehntausende von Prostituierten bevölkerten zu Kriegszeiten die südvietnamesische Hauptstadt Saigon. Heute heißt sie Ho-Tschi-Minh-Stadt; und zur Hinterlassen-

schaft der Amerikaner gehören jene Wesen, die im Volksmund geringschätzig *bui doi* genannt werden, der Staub, der Abfall des Lebens. Von 1964 bis 1975 dauerte der Krieg, dessen Mischlings-Kinder heute Teenager sind. Zu Tausenden streunen sie durch die Straßen des einstigen Saigon, betteln die wenigen Touristen an, die nun wieder das Land besuchen können, und schlagen sich erbärmlich durch in dieser Stadt, deren graue Märkte und zwielichtige Geschäfte noch immer vom amerikanischen Einfluß geprägt sind und so gar nicht zu den kommunistischen Leitlinien nordvietnamesischer Politik passen.
Die Amerasians, an Haut- und Haarfarben leicht zu identifizieren, sind die abgerissensten Kinder und Jugendlichen unter denen, die auf der Strecke des Wiederaufbaus geblieben sind. Viele ihrer Mütter wurden in Lager gesteckt und konnten sich, selbst wenn sie gewollt hätten, nicht um ihre unerwünschten Kinder kümmern. Die genaue Zahl kennt niemand. Westliche Schätzungen belaufen sich auf 12000 bis 20000. Vietnamesische Quellen geben 15000 an.
Die *bui doi* sind im Nachkriegs-Vietnam zwischen alle Stühle geraten. Der Besuch öffentlicher Schulen ist ihnen versagt; als Analphabeten haben sie kaum eine Chance, halbwegs legal ihre tägliche Schale Reis zu erwerben. Wenn die Kinder noch einem Familienverband angehören, so haben sich Verwandte um eine Ausreisegenehmigung in die USA bemüht und diese zumeist auch von vietnamesischer Seite erhalten. 4000 solcher Anträge liegen den US-Behörden vor. Doch die Einreise stößt auf viele Schwierigkeiten, weil zwischen beiden Staaten keine diplomatischen Beziehungen bestehen. So bleiben die Zukunftsaussichten der Mischlingskinder in einem undurchdringlichen Dickicht politisch-administrativer Probleme hängen.
Seit dem Fall Saigons kamen mehr als 600000 Vietnamesen auf höchst unterschiedlichen Wegen in die USA, wo sie als Flüchtlinge anerkannt wurden, wenn sie hundertprozentige Vietnamesen sind. Für Mischlinge gelten aber andere gesetz-

liche Regelungen, worauf die Pearl-S.-Buck-Stiftung in ihrer Öffentlichkeitsarbeit immer wieder hinweist; diese amerikanische Hilfsorganisation mit ihrem asiatischen Sitz in Bangkok versucht seit zwei Jahrzehnten, das Schicksal der Amerasians zu lindern. Im Oktober 1982 hat der amerikanische Präsident Reagan zwar ein Gesetz unterschrieben, das die Einreisebedingungen für Amerasians erleichtern soll, aber in der Praxis hat dies nach Angaben der Stiftung bislang wenig Abhilfe gebracht. Die Hürden reichen von der Schwierigkeit, den Mischlingsstatus nachweisen zu müssen, bis zur erforderlichen Unterstützung durch einen amerikanischen Sponsor für den Start in den Staaten.

Die allermeisten Väter sind in den USA unauffindbar, als Soldaten mehrmals versetzt oder eingetaucht wieder in den Frieden ihres zivilen Familienlebens und unwillig, an ihre eigene Rolle im Kriegsgeschehen erinnert zu werden. Für viele jugendliche Amerasians, die als Ausgestoßene aufwuchsen, wäre es ohnehin längst zu spät, in den USA einen neuen Anfang mit Schule und Ausbildung zu finden – wenn es dazu überhaupt die Chance gäbe. Ihr Ausgesetztsein hat sie, die Opfer unmenschlicher Verhältnisse, in das Dunkel der Kriminalität getrieben. Da ließe sich selbst bei gutem Willen von Behörden und Hilfsorganisationen im einzelnen Leben nichts mehr rückgängig machen oder korrigieren. Für vietnamesische Waisenkinder hatte das amtliche Amerika in den letzten Kriegsmonaten einen publikumswirksamen *Baby-Lift* eingerichtet und Säuglinge in die USA geflogen; die Kinder der eigenen Soldaten indes sind in der Hilflosigkeit offiziellen Vergessens und Verdrängens zurückgeblieben.

Vergleichbar der sozialen Außenseiterrolle in Vietnam ist das Los der Amerasians in Kambodscha, wo sie in die blutige Maschinerie des menschenverachtenden Abschlachtens nach dem Vietnamkrieg geraten sind. Über einzelne Lebenswege dringt nur noch durch die Flüchtlingslager auf thailändischem Boden etwas nach außen. Auf den überlebenden

Amerasians lastet der Haß der neuen Herren gegen alles, was die GIs in diesem Teil der Welt angerichtet haben.
In Südkorea sind amerikanische Soldaten ein Teil der Gegenwart. 38000 sind im geteilten Lande stationiert, wo seit den Tagen des Koreakrieges, also seit drei Jahrzehnten, Mischlingskinder in eine ihnen feindlich gesinnte Welt gesetzt werden. Einen Vorteil haben sie im Vergleich zu den Amerasians in den indochinesischen Staaten: die guten koreanisch-amerikanischen Beziehungen erleichtern die Übersiedlung in die USA und machen die Hilfe einer Organisation wie der Pearl-S.-Buck-Stiftung vor Ort möglich. Mehr als 90 Prozent der Amerasians sind als koreanische Bürger angemeldet, die übrigen gelten als staatenlos. Die Mischlinge haben weniger unter gesetzlichen Bürden zu leiden, als unter der gesellschaftlichen Mißachtung.
Eher umgekehrt verhält es sich mit den Amerasians in Thailand. Während des Vietnamkrieges war das Königreich das beliebte Ausflugsziel für kampfesmüde amerikanische Soldaten. Bangkoks Nachtleben wurde von cleveren Managern ganz auf die Bedürfnisse der GIs abgestimmt. Eine Industrie aus einschlägigen Etablissements und einem Heer dienstbarer Thaimädchen wuchs im Laufe der Jahre an, die sich in der Zeit nach dem Krieg reibungslos auf den zivilen Tourismus einstellte. Die unerwünschten Kinder entstammen beiden Phasen des thailändischen Ausverkaufs seiner Menschen und Möglichkeiten. Auch in Thailand geht die Zahl in die Tausende. Niemand hat die Mischlinge gezählt.
Die thailändische Gesellschaft ist tolerant genug, die ungewollten Kinder aufzunehmen, doch bei den staatlich gebotenen Bildungs- und Aufstiegschancen gibt es eine entscheidende Barriere, und die heißt Staatsbürgerschaft. Viele der Mischlinge sind im Zwielicht von Scham und Schande zur Welt gekommen, und ihre Mütter unterließen es, sich um einen Geburtsschein zu bemühen. Ohne die behördliche Bestätigung ihres Daseins sind Mischlinge ein Nichts, nicht nur ihrer miserablen Herkunft aus ärmlichen Verhältnissen

wegen gebrandmarkt, sondern auch als Nicht-Bürger zu Ausgestoßenen gestempelt.
Auch in Taiwan sind es Kinder, die zur Hinterlassenschaft amerikanischer Soldaten und Berater gehören. Anfang der 50er Jahre kamen die Abgesandten Washingtoner Bündnispolitik auf die Insel vor den Küsten der Volksrepublik China. Als sie Ende der 70er Jahre wegen der veränderten politischen Großwetterlage Taiwan verlassen mußten, blieben etwa 1300 Mischlingskinder zurück. Für die Amerasians auf Taiwan ist es schwierig, einen geachteten Platz in der Gesellschaft zu finden. Ob in der Ausbildung, ob bei der Partnerwahl – die Amerasians stehen im Abseits der gesellschaftlichen Diskriminierung.
Unter diesem Fluch müssen die meisten der Amerasians leiden, die heimat- und hilflos sich selbst überlassen bleiben, hineingeboren in die Armut, der ihre Mütter so verzweifelt und letztendlich erfolglos zu entfliehen versuchen: Abfallprodukte einer uniformen Männerwelt, in der Liebe nur als käufliche Ware eine Rolle spielt.

Arcel fliegt nach USA

Eine vielköpfige Familie hatte ihr auf dem Flugplatz nachgewunken. Immer wieder drehte sich die junge Frau von der Gangway um und winkte zurück. Später saß sie neben mir im Flugzeug. Die junge Dame blätterte in Illustrierten, aber es war ihr anzumerken, daß sie die Bilder wenig interessierten. Ihr Lachen schien in Manila zurückgeblieben zu sein.
»Traurig?« fragte ich.
Sie schaute mich überrascht an und ließ die Zeitschriften sinken. Die dunklen Augen blickten durch eine silberne Brille, die dem schmalen Gesicht etwas Intellektuelles verlieh. Eine Muschelspange bändigte die langen schwarzen

Haare. Die aparte Nachbarin nickte und versuchte ein Lächeln. Über die braunen Züge huschte wieder ein Hauch jener Pfiffigkeit, mit der die Filipina zuvor von den Angehörigen Abschied genommen hatte. »Ja, ein bißchen traurig«, sagte sie dann in exzellentem Englisch und zuckte schicksalsergeben mit den Schultern, »so ist das nun mal.«
»Wohin reisen Sie?«
»In die USA.«
»Ferien?«
Kopfschütteln. »Nein, um dort zu arbeiten.« Sie legte die bunten Hefte zur Seite.
»Was machen Sie denn?«
»Ich bin Krankenschwester. Seit zwei Jahren habe ich einen Job in einem amerikanischen Hospital an der Westküste. Gerade sind die ersten Heimatferien zu Ende gegangen.«
Warum zieht es sie in die Ferne, wollte ich wissen; findet eine Krankenschwester in den Philippinen keine Arbeit?
»O doch. Aber zu welchem Lohn!«, sagte die junge Frau, die Arcel hieß. Dann sprudelte es aus ihr heraus. Sie erzählte ihr Schicksal; eines von vielen Tausenden, die den philippinischen Ruf als gute Krankenpfleger in aller Welt begründeten: Die Familie finanzierte gemeinsam die Ausbildung und erwartet, an den späteren Früchten teilhaben zu können. Das inländische Schwestern-Salär läßt diese nicht allzu üppig werden. Der Verdienst reicht kaum zum Leben, geschweige denn, um damit die Familie zu unterstützen. Der Flug in die Neue Welt wird zur Flucht vor den heimischen Verhältnissen. Mit der monatlichen Dollar-Spritze aus USA wird das kränkelnde Budget der Daheimgebliebenen aufgepäppelt.
»Vielleicht könnte ich mit einem anderen Beruf auch in den Philippinen mehr Geld bekommen«, sagte Arcel, »aber was soll ich hinter einem Schreibtisch? Ich bin Krankenschwester geworden, um für und mit Menschen zu arbeiten und nicht, um in Aktenstaub zu ersticken.« Sie lachte und fügte hinzu: »Working with paper, no Sir.« Und nach einer

Pause: »Wenn ich nur ein bißchen mehr daheim verdienen könnte, ich bliebe dort.« Drüben in den Staaten sei zwar ihre Arbeitskraft willkommen. »Aber wissen Sie, wir Filipinos sind dort Fremde – nur Fremde.«
»Wann gibt's den nächsten Heimaturlaub?«
»Wieder in zwei Jahren.« Ihr Blick verdunkelte sich, Arcel schaute zum Fenster hinaus. Unter einer Wolkendecke blieben die philippinischen Inseln zurück.

Indonesien

Jakarta – ein urbaner Alptraum

Werbetexter sind nicht gerade zimperlich. »Kronjuwel der Smaragdinseln Indonesiens« wird Jakarta in den Hochglanzprospekten gepriesen. Die Metropole ist demnach »Stadt der netten Erlebnisse« und *a destination of endless fascination* und »ein Paradies der Gaumenkitzel«. Touristen mögen auf ihre Kosten kommen, im doppelten Wortsinne, aber der Alltag der allermeisten jener mehr als sieben Millionen Einwohner Jakartas sieht anders aus. Einem alles verschlingenden Ungeheuer gleicht die Stadt; und die Fachleute nennen Jakarta auch Megapolis oder gar Tyrannopolis: ein gewaltig wachsender, hungriger, durstiger Gigant mit üblen Ausdünstungen.

1619 schossen holländische Kanonen die Holzhäuser der Siedlung am Ciliwung-Fluß in Schutt und Asche, die seit 1527 Jayakarta genannt worden war. VOC stand auf den Kanonen der Holländer, die berüchtigte Abkürzung jener Handelsgesellschaft, die schließlich den ganzen Archipel unter ihren Einfluß brachte: die Vereinigte Ostindische Companie. Die Eroberer tauften ihre strategische Neuerwerbung an der javanischen Nordwestküste in Batavia um.

Mehr als drei Jahrhunderte blieben sie die Herren (bis auf ein kurzes, grausames japanisches Interim 1942/45) im Reich der 13000 Inseln, bis die Holländer nach langwierigem Kampf zum Ende der 40er Jahre dieses Jahrhunderts das koloniale Feld räumen mußten. Die indonesischen Herren tilgten das verhaßte Batavia von der Landkarte und erweckten den alten Namen als Djakarta verkürzt zu neuem Leben. Nach der Sprachreform zu Beginn der 70er Jahre wird es Jakarta geschrieben.
Bis in die späten 50er war holländische Behäbigkeit atmosphärisch und architektonisch erhalten geblieben, dann ging sie unter in den Turbulenzen des politischen Umbruchs und wurde verschüttet in jener urbanen Explosion, die seither alle diese tropischen Metropolen beutelt. Jakarta, von einer devisenträchtigen Woge indonesischen Erdöls in den fragwürdigen Ozean sogenannten Fortschritts gespült, ist eine besonders gesichtslose Drittwelt-Hauptstadt geworden: eine Sieben-Millionen-Metropole mit ihrem Nebeneinander von Tausenden von Dörfern, den Kampungs, und einigen Dutzend futuristischer Hochhäuser, von ewig verstopften »Schnell«-Straßen ebenso durchzogen wie von stinkenden Abwässerkanälen, von luxuriösen Villenvierteln und erbärmlichen Slums geprägt.
1945, als die Unabhängigkeit proklamiert wurde und mit dem Präsidenten Sukarno ein neues Kapitel der indonesischen Geschichte begann, lebten in Jakarta 600000 Menschen. Vier Jahrzehnte danach sind es mehr als sieben Millionen. Zur Jahrtausendwende wird nach den Hochrechnungen der Vereinten Nationen die fünfzehnte Million überschritten sein. Damit bietet Jakarta ein eindrucksvolles Beispiel für die städtische Explosion in sogenannten Entwicklungsländern. Damals in den 40er Jahren war Shanghai die einzige Stadt der später als Dritte Welt bezeichneten Erdteile mit mehr als fünf Millionen Einwohnern. Im Jahre 2000 wird Jakarta eines von dann bereits 45 solcher Städtemonster sein.

Hochhäuser bestimmen das neuzeitliche Gesicht der Stadtteile, wo Geld und Macht konzentriert sind. Was einmal entlang der Jalan Thamrin und in der Nähe des ersten großen Hotels der Nachkriegsära, des Hotel Indonesia, begann, hat sich mit den Erdöleinnahmen gut geschmiert in immer weitere Viertel ausgedehnt. Wer im Jahresabstand die indonesische Hauptstadt bereist, staunt jedesmal über die neuen herausragenden Bauten. Längst ist der Mietpreis für Büroräume gesunken. Ein Höhepunkt von Spekulation und schnellem Profit scheint überwunden zu sein. In den Büros der Geschäftsleute werden Investitionsklima und wirtschaftliche Großwetterlage noch immer als gut bezeichnet. Doch rasch fügen die kompetenten Herren ein »mittelfristig« an alle Prognosen; es umfaßt einen Zeitraum von etwa fünf Jahren. Darüberhinaus wagt kaum jemand, sich festzulegen. Das heißt: Kapital soll sich schnell vermehren, und das treibt Häuser und Preise weiter in die Höhe.
Die Wolkenkratzer fallen aber auch deshalb auf, weil sie – aufs Ganze gesehen – in Jakarta noch immer die Ausnahme darstellen und nicht prägend für das Gesamtbild der Stadt sind. Auch Mietskasernen gibt es bisher nur wenige. Die Mehrzahl der Menschen lebt in kleinen, erdgeschossigen Häusern mit roten Ziegeldächern. Beim Anflug wird dies dem Besucher besonders deutlich. Unter sich sieht er eine endlose Ansammlung von solchen Dächern, immer wieder das Grün kleiner Gärten dazwischen, und mittendrin in diesem urbanen Meer die Landmarken der Hochbauten.
Früher stöhnten die Europäer über die Moskitos, denen die Kolonialherren mit ihren Kanälen nach Amsterdamer Vorbild ideale Brutstätten angelegt hatten. Kapitän James Cook, der wegen eines Lecks an seinem Forschungsschiff »Endeavour« 1771 die Werft von Batavia hatte anlaufen müssen, schrieb in sein Logbuch: »Es ist meine feste Überzeugung, daß die Luft Batavias für den Tod von mehr Europäern verantwortlich ist, denn die Luft an irgendeinem anderen Platz.« Während der wenigen Wochen seines Auf-

enthaltes starben ihm Dutzende seiner Männer an Ruhr und Malaria weg. Das ist nun schon lange her, aber auf den Straßen Jakartas ist man an Cooks Verdammungsurteil erinnert, obwohl selbstverständlich heutzutage nicht nur die paar Tausend in der Hauptstadt lebenden Europäer unter Atembeschwerden leiden, sondern die sieben Millionen Indonesier gleichermaßen. Sie haben ihrem Sprachschatz längst als Lehnwort den Ausdruck »Polusi« angefügt, abgeleitet vom englischen *Pollution:* Verunreinigung der Umwelt.

An den Abenden wölbt sich über den Hauptstraßen ein Smogtunnel, und man hat das bedrückende Gefühl, in eine graue, schwere Rauchwolke hineinzufahren. Die Lastwagen und Omnibusse wirken wie rollende Vulkane, die schwarze Abgasfahnen hinter sich herziehen. Der zusammengepreßte Pulk aus Autos, Motorrädern und den dreirädrigen Minitaxis, den »Bajajs« mit den rußenden Zweitaktmotoren, schiebt und drückt und steht – und stinkt zum Himmel. Motorradfahrer haben sich Taschentücher vor Mund und Nase gebunden und sehen aus, als wollten sie gleich eine Bank überfallen. Längst hat sich die japanische Industrie, die auch die meisten Fahrzeuge liefert, auf »Polusi« eingestellt und bietet Helme mit eingebautem Filter an. Bis vor einigen Jahren hatte der Fußgänger in Jakartas Straßen nur einen Schweißfilm auf der Haut, nun überzieht ihn die von Abgasen durchsetzte Schwüle mit einem schwarzen Firnis, der nur durch intensives Schrubben zu entfernen ist. Ich bin mal einige Stunden lang auf dem Rücksitz eines Motorrades durch Jakarta gefahren und sah danach aus, als sei ich in einem Kohlebergwerk gewesen.

Heute rollen, nein: verstopfen 700000 Fahrzeuge die Hauptstadt. Das Dilemma läßt sich mit drei Zahlen ausdrücken: Jedes Jahr gibt es in Jakarta 4,5 Prozent mehr Menschen, 17 Prozent mehr Motorfahrzeuge, aber nur zwei Prozent mehr Straßen. Diese so unterschiedlichen Zuwachsraten führen in die Sackgasse einer zerstörten Umwelt. In diesen Werten drückt sich die rasante Entwicklung der

Kapitale im materiellen Bereich privatwirtschaftlicher Investition und Kaufkraft ebenso aus wie die behördliche Schwäche, diesem Druck planend und korrigierend zum Wohle aller entgegenzuwirken. »Macet« heißt das indonesische Wort, das einem jeder Taxifahrer über kurz oder lang als Erklärung für Umwege und Schneckentempo sagt, verstopft, festgeklemmt; und er sagt's mit der Schicksalsergebenheit dessen, der auch den zusammengebrochenen Straßenverkehr als gottgewollt betrachtet.
Die Verkehrsplaner haben den »Becaks«, den dreirädrigen Fahrradrikschas, den Kampf angesagt. Immerhin wurden diese mit Muskelkraft betriebenen Gefährte bis vor kurzem auf 65000 in Jakarta geschätzt. Sie müssen verschwinden, weil sie den Verkehr behindern. Untersuchungen haben ergeben, daß sich der Autostrom immer mehr auf eine Durchschnittsgeschwindigkeit von 15 Kilometer je Stunde verlangsamt. Da wären Becaks schneller – wenn sie freie Bahn hätten; sogar die Pferdefuhrwerke der kolonialen Epoche, die Bendis, waren einstmals fixer. Und noch so eine aufschlußreiche Zahl: Nur 40 Prozent der Pendler benutzen ihre privaten Fahrzeuge, um täglich vom Heim zum Job zu gelangen, aber diese 40 Prozent brauchen dafür 80 Prozent der gesamten Straßenfläche.
Die Busse sind zum Bersten gefüllt. In den vergangenen Jahren wurden das Netz öffentlicher Verkehrsmittel und die Zahl der Fahrzeuge sichtbar vergrößert. Die Anstrengungen der Verwaltung sind unverkennbar. Aber es ist wie mit allen anderen Bereichen des Lebens in Jakarta: jedes Plus an Straßen, Häusern, Wasser, Nahrungsmitteln wird wegen der Bevölkerungsentwicklung und der ungerechten Verteilung zwischen Arm und Reich zu einem neuen Minus für die breite Masse.
Die Wasserverkäufer gehören zum Bild der Straßen und Gassen des Hafenviertels Tanjung Priok und der zahlreichen anderen Armensiedlungen. Mit ihren langen, schmalen Karren und den Kanistern kommen die Wasserhändler auch

durch den engsten Gang zwischen den niedrigen Häusern, um überall ihre kostbare und für die Mehrheit ihrer Kunden auch kostspielige Ware anzubieten. Mit Tankwagen werden die zentralen Zapfstellen für die Wiederverkäufer angefahren, von dort ziehen sie los. Es ist ein wohlorganisiertes Großgewerbe, das Tausenden von Zwischenträgern eine bescheidene Einnahmequelle verschafft. Aber für die Bewohner ist es die tägliche Ausgabe, die unvermeidlich ein tiefes Loch in das kümmerliche Familienbudget reißt. 15 Prozent ihres Einkommens müssen die Angehörigen der unteren Schichten für das Trinkwasser ausgeben.
In früheren Jahren sprudelten die Brunnen hinterm eigenen Haus ausreichend. Doch mit der rapide zunehmenden Bevölkerung – etwa zwei Drittel natürlicher Zuwachs, ein Drittel Zuzug vom Lande und anderen Inseln – wurde das Grundwasser immer knapper. Als besonders durstig erweisen sich die Geschäftshäuser, die in den neuen Vierteln Jakartas ebenso in den Himmel schossen wie die Hotelklötze. Für sie und die Villen der begüterten Bewohner ist das teure Naß im Überfluß vorhanden. Der Verbrauch der Reichen, verschwenderisch mit Duschen, Autowäsche und Schwimmbecken gemessen am Rinnsal der Mehrheit, hat eben dieser Mehrzahl zusätzlich das Wasser abgegraben. Viele der kleinen Brunnen von gestern bieten heute in Tanjung Priok nur noch schmutziges, ungenießbares Brackwasser. Die Wäsche muß ohnehin im Kali gesäubert werden, in einem der Kanäle und Flüßchen, die auch Fäkalien aufnehmen und für das tägliche Bad herhalten. Eine Krankheitsgefahr ersten Ranges.
Außerdem: Jeden Tag türmt sich in Jakarta ein Abfallberg von 17500 Kubikmeter. Nach offiziellen Angaben werden davon nur 13000 Kubikmeter von der organisierten Müllabfuhr beseitigt. Mit dem Rest, immerhin ein Viertel, müssen die Menschen selber fertig werden. Es sind die Ärmsten, die auf ihrem Dreck sitzen bleiben. Buchstäblich. Es gehört zu den Wundern in Tanjung Priok und Umgebung, daß dort

die Seuchen bisher in größerem Umfange ausblieben; und es überrascht immer wieder, die Menschen in sauberer Kleidung zu sehen. Die ewig flatternde Wäsche, gerade wieder tropfnaß aufgehängt zwischen den Hütten, wirkt wie die allerorten zu erkennende Fahne des Selbstbehauptungswillens.

Der Wassermangel und die ungleiche Verteilung dieses Lebens-Mittels gehörten zu den schwerwiegendsten Nöten der Metropole. Die erforderlichen Investitionen für ein den Bedürfnissen entsprechendes Leitungssystem und die Zufuhr gesunden Wassers aus entfernteren Gegenden übersteigen bisher alle dafür eingeplanten Gelder der diversen Pläne. Auf die finanzielle Beteiligung der Ärmsten ist nicht zu bauen. Die Anschlußgebühren für einen Leitungshahn werden mit 120 000 Rupien veranschlagt (etwa 360 DM), ein Betrag, den keine Durchschnittsfamilie in Tanjung Priok erübrigen kann.

Beim Straßenbau ist mit kühnem Schwung gearbeitet worden. Einige Stadtautobahnen durchschneiden bereits das Jakartaer Durcheinander. Sogenannte *fly over* werden mit einem gigantischen Aufwand an Beton hochgezogen: Brükken über bereits vorhandene Verkehrsschlagadern. Zeitweise beschleunigt das den Fahrzeugfluß, oft genug aber findet damit das Chaos nicht mehr nur zu ebener Erde, sondern auf zwei Etagen statt. Immerhin: Die neuen Wege leiten über zu einem Projekt der Superlative, mit dem sich die Planer des künftigen Jakartaer Großraumes eine Lösung im Dilemma der zu rasant gewachsenen Metropole erhoffen. JABOTABEK heißt die kühne Idee. Es ist die Abkürzung aus den Städtenamen Jakarta, Bogor, Tangeran, Bekasi; die Nachbarn, die wie ein Kranz um Jakarta liegen. Sie sind ohnehin schon zusammengewachsen und bilden ein Verbundgebiet mit regem Pendlerbetrieb.

Das Ziel ist es, nicht wie bisher nur im engeren Stadtbereich Jakartas für Verbesserungen der Infrastruktur zu sorgen, sondern den Raum insgesamt in einen Masterplan einzube-

ziehen und alles, was Jakarta heißt, weitflächig zu entflechten. Straßen und öffentlicher Nahverkehr bilden dabei das Rückgrat jeglicher sinnvollen Entwicklung. Es gibt Ansätze, die bereits überzeugen. Die Eisenbahn zwischen Jakarta und Bogor in kurzen Abständen beispielsweise. Aber Entwicklung besteht aus vielen verzahnten Elementen. Da liegt das Problem. Entscheidend wird sein, ob es halbwegs gelingt, eine Balance zwischen Transport, Arbeitsplätzen und Wohnraum zu schaffen.
Der neue Flughafen »Sukarno-Hatta« ist ein Vorzeigestück der Verkehrsplanung. Er liegt 24 Kilometer östlich von Jakarta und nahm Anfang 1985 seinen Betrieb auf. Französische Experten, die bereits den Airport »Charles de Gaulle« planten, sind in »Sukarno-Hatta« beteiligt. Es ist einer der größten und modernsten Flugplätze der Welt geworden. Neun Millionen Menschen können jährlich ankommen und weiterfliegen. Faszinierend, doch es ist mit dem neuen Flugplatz wie mit anderen Großprojekten: sie stehen in der Stadtlandschaft beziehungslos zu den Wünschen der breiten Masse. Nicht von den Prestige-Inseln im Meer der unerfüllten Grundbedürfnisse wird die Zukunft einer Megapolis wie Jakarta abhängen, sondern von der Gesamtentwicklung. Läßt sich eine menschenfreundliche Vision ausmachen, oder wird es ein urbaner Alptraum sein?
Die Ausmaße sind gewaltig: JABOTABEK umfaßt 7500 Quadratkilometer (Hamburg zum Vergleich mit 754); und wenn die Berechnungen stimmen, dann werden in diesem Gebiet um das Jahr 2000 mehr als 25 Millionen Menschen leben. Freilich bleibt abzuwarten, ob dann ihr Dasein mit dem Wort »leben« noch zutreffend beschrieben sein wird. Schon heute sind bei vielen Bewohnern Jakartas dabei Zweifel erlaubt. Und Unzufriedenheit ist sogar bei äußerst geduldigen Javanern der Nährboden für gewaltsame Auseinandersetzungen.

Fünf-Fuß-Händler sind in

In Indonesien braucht man nicht
Markt kommt einem ins Haus. A
ben und Karren eilt er daher. »
die Fliegenden Händler genann
dernden Handwerker, die es in dem s
staat zu Millionen gibt. Fünf-Fuß-Händler
setzung. Über die Herkunft des volkstümlich
gehen die Meinungen auseinander: Fünf-Fuß-Händ
die einen, sei die Umschreibung der Schnelligkeit, mit der
so ein Mann sein Gewerbe betreibt. Fünf Fuß, so sagen die anderen, gehe als Maßeinheit auf die Kolonialzeit zurück, als mit dieser Entfernung der Abstand von einem Geschäftslokal bis zur Straße festgelegt wurde: fünf Fuß breit – die im europäischen Sprachgebrauch als Bürgersteig bezeichnete Fläche, auf der die Straßenhändler ihre Waren und Dienstleistungen feilbieten. Die Fünffüßigen gehören zu jenem Heer der arbeitenden Bevölkerung, in Indonesien wie in vielen anderen Entwicklungsländern, mit dessen numerischer Erfassung sich die Statistiker ebenso schwertun, wie die Finanzplaner und Steuererheber der jeweiligen Regierung.
Weltweit haben immer mehr Menschen immer weniger Arbeit. Unterbeschäftigung und versteckte Arbeitslosigkeit sind eine statistisch und volkswirtschaftlich schwierig zu fassende Größe. Die Grenzen zwischen festem Arbeitsplatz und Arbeitslosigkeit lassen sich nicht mal in der Bundesrepublik so klar ziehen, wie das die Statistik auszusagen scheint; Schwarz- und Gelegenheitsarbeit entzieht sich auch in einem über-verwalteten Industriestaat mit einem dichten Kontrollnetz aus Vorschriften, Computern und Steuerfahndern der exakten Bemessung. In einem Land der sogenannten Dritten Welt aber ist diese erst recht zum Scheitern verurteilt. Was bleibt, sind Schätzungen. Das internationale Arbeitsamt in Genf, ILO, nennt für außereuropäische Ent-

nder die Zahl von mehr als 30 Prozent der igen Bevölkerung, die von versteckter Arbeitslo- etroffen sind. Das heißt: mehr als ein Drittel der hsenen hat keinen regelmäßigen Job. Was das bedeu- läßt sich in Indonesien an jeder Straßenecke beobach- .

edes Jahr wächst die *Labour Force*, also der arbeitsfähige Teil der Bevölkerung, um mehr als 1,5 Millionen. Jedes Jahr müßten für die mittlerweile 160 Millionen Indonesier 1,5 Millionen neugeschaffener Arbeitsplätze zur Verfügung stehen. Eine astronomische Zahl. Weder der traditionelle Bereich der Landwirtschaft, noch der relativ junge Bereich von Industrie und Bergbau können dem Bedürfnis nach Arbeit entsprechen. Die Abwanderung vom Lande, von den Dörfern in die Städte, ist eine der Folgen.

Fortschritt wird mit Stadt gleichgesetzt. Selbst das ärmste Land besitzt in seiner Kapitale einen modern ausgestatteten Flugplatz. Der Autoverkehr in ihren Straßen bringt Zivilisationsnöte wie fehlende Parkplätze und verpestete Luft. Die Fassaden der Banken, Hotels, Ministerien unterscheiden sich in Jakarta, Neu Delhi, Nairobi, Rabat oder Brasilia kaum von denen in den Hauptstädten der Industrieländer. Nirgends werden die Einflüsse der westlich-japanischen Konsumenten-Gesellschaft so deutlich wie in den Metropolen, die mit Schaufenstern des Wohllebens ausstaffiert werden. Sie machen den Gegensatz zwischen der armen Masse und der reichen Minderheit, der auf dem Lande eher verwischt wird, offensichtlich. In den Dörfern bieten Tradition und Verwurzeltsein einen Kitt, der die Risse im Sozialgefüge überdecken kann. In der Stadt werden die Klüfte unüberbrückbar. Für die Mehrzahl der Abwanderer vom Dorf erfüllen sich die Träume vom festen Job, vorzugsweise an einem Schreibtisch, ganz und gar nicht. Weder Behörden, noch Industriebetriebe können den endlosen Strom der zugewanderten und nachgewachsenen Arbeitssuchenden aufnehmen.

Arbeitslosenunterstützung ist für diese Menschen ein Fremdwort. Auf Hilfe vom Staat zu warten, wäre Illusion. Was das Überleben ermöglicht, ist einmal die Zugehörigkeit zur Großfamilie, zu einem menschlich-verläßlichen Verband, der noch immer in Entwicklungsländern die solideste Grundlage sozialer Bindung und Sicherheit gewährt; und da ist zum anderen die Phantasie, sich selbst einen Job einfallen zu lassen oder mit Ausdauer das zu kopieren und zu variieren, was Millionen anderer bereits auf dem weiten Feld der Dienstleistungen tun.

Dabei sind zwei Gruppen zu unterscheiden: die eine, die sich mit einem gewissen Anfangskapital selbständig machen kann, mit erforderlichen Werkzeugen, Geräten, Transportmitteln. Deren Anschaffung wird zur unüberwindlich-hohen Schwelle für die allermeisten Menschen auf Jobsuche, die damit zur beträchtlich größeren zweiten Gruppe verdammt sind, die nichts als Muskeln, Verstand und Erfahrungen in die Jagd zum Überleben einbringen kann.

Die Fünf-Fuß-Händler Indonesiens sind in der Mehrzahl zur ersten Gruppe zu rechnen, die in Ausrüstung und Verbrauchsmaterial investieren. In einen fahrbaren Herd und zu verarbeitende Nahrungsmittel beispielsweise. Unter den »Pedagang kaki lima« bilden die Essensverkäufer eine Zunft für sich. Unverkennbar im Gewühl der Straßen die Krupuk-Händler. An wippender Bambusstange, die sie über der Schulter tragen, hängen zwei hüfthohe Blechtonnen, in denen das knusprige Krabbenmehl-Gebäck gestapelt ist. »...puuuk!« schallt seine Stimme durch die Siedlungen; und alle Leute wissen bei dem Ruf ebenso Bescheid wie beim Ruf »Satee!«, der die auf Holzkohle gebratenen Fleischspieße ankündigt, oder »...bur ayam!«, was die Abkürzung von Hühnerbrei bedeutet. Der Bakmi-Verkäufer schlägt gegen eine seiner Pfannen, um die darin gekochten Nudeln und Gemüse zu propagieren. Der Bakso-Händler trommelt auf ein hohles Stück Holz, und sein Toktoktok wirbt für Suppe mit Fleischklößchen. Der Eismann kündigt sich und sein zuckersüßes gefrorenes Wasser mit einem kleinen Gong an.

Es gibt kaum etwas, was man unter indonesischer Sonne zum Leben braucht, was da nicht schnellfüßig offeriert wird. Nicht nur wandernde Garküchen auf zwei Rädern oder an Bambusstangen baumelnd gehören zum Bild der Straßen, auch die Händler mit Kerosin, deren langgezogenes »...nyaaak« für das Wort Minyak/Öl steht und den Inhalt der Blechkanister anpreist; und »...puuu!« ist zu hören, was Sapu heißt und für tausenderlei Haushaltswaren wirbt, für weit mehr als nur den mit diesem Wort benannten Besen, neuerdings neben Bürsten und Körben auch grellbunte Plastikwaren. So ein Besenhändler hat seine Siebensachen um sich drapiert wie der Pfau sein Rad. Der blinde Masseur, der Tukang Pijat, tastet sich mit einem Stock voll angebundener Eisenstücke durch die Straßen, bei jedem Aufstampfen ein schepperndes Geräusch von sich gebend, was allen Menschen ringsum seine Dienste signalisiert.

Ob rufen, klopfen, tönen – die Fünf-Fuß-Zunft hat allbekannte Markenzeichen. Ohne auch nur aufschauen zu müssen, wissen die Bewohner eines Viertels, wer da was offeriert. Jeder Mann ist Spezialist. Jede Fachrichtung unter den Straßenleuten hat Tradition. So sehen die rollenden Küchen bis auf wenige Eigenheiten überall in Indonesien gleich aus. Nicht bloß die Speisen und Waren und deren lautstarke Ankündigung sind gewissermaßen genormt, auch die Geschäftszeiten liegen fest. Der Masseur macht nach Einbruch der Dunkelheit seine Runde. Der Verkäufer von Sekoteng, dem heißen, braunen Ingwergetränk, ist ebenfalls nur abends zu hören, wenn er mit dem Löffel auf die drei, vier Gläser seines Unternehmens schlägt. Suppenverkäufer haben ganztägig geöffnet, ebenso der Händler mit Haushaltsgegenständen. Wer aber in den Gassen »...yuuur!« ruft, was Sayur/Gemüse heißt, muß schon im Morgengrauen auf den Beinen sein, um seine Ware loszuwerden – bevor nämlich die Hausgehilfinnen auf den Markt

gehen, wo das Gemüse ein bißchen billiger ist. Die paar Rupien Aufpreis machen das Wander-Geschäft aus.
»Reich« wird man als Fünf-Fuß-Händler selbstverständlich nicht. Der Ölverkäufer, der einen langen Tag mit seiner flüssigen Last kilometerweit umherläuft, bringt es bestenfalls auf 2000 Rupien, also etwa sechs Mark, wenn er ein eingeführtes Geschäft mit Stammklientel hat. Er gehört damit bereits zu den Spitzenverdienern am Straßenrand. Die Händler betreiben ihr bescheidenes Geschäft in den großen Städten auch vor den Schaufenstern moderner Superläden, wo die neue Zeit mit Registrierkassen berechnet wird. Angesichts dieser Konkurrenz fehlt es den fliegenden Händlern an vielem, nur an einem nicht: an Selbstvertrauen. »Wenn ich genügend Kapital hätte«, sagte mir einer der Bakmi-Köche mitten in Jakarta, »dann wäre ich auch clever genug, eine Fabrik zu gründen.« Ja, wenn...
Der Abstand zwischen Verkäufern und zahlungskräftigen Kunden scheint immer größer zu werden. Eine Eisenbahnfahrt macht es offensichtlich. Die Waggons der billigsten Klasse sind üblicherweise mit Menschen dicht gefüllt. Doch bei genauerem Hinsehen merkt man, daß sehr viele von ihnen nur mitfahren, um etwas verkaufen zu wollen. Getränke, Eßwaren, Bücher, Kleidung. Zeitweise hat der Beobachter den Eindruck, im Zuggewühl befinden sich mehr fliegende Händler als tatsächliche Passagiere.
Für die meisten Menschen im weiten Bereich des Dienstleistungsgewerbes reicht das Geld nicht einmal für die Investition, um sich einen Essensstand, eine fliegende Werkstatt oder eine Friseurausrüstung für das Haareschneiden unter freiem Himmel anschaffen zu können. Alle die über solche Produktionsmittel verfügen, rangieren auf der sehr differenziert abgestuften Gesellschaftsleiter schon ein paar Sprossen über der zweiten Kategorie von Dienstleistungen anbietenden Kollegen, die nur ihre Arbeitskraft offerieren können.
Weder Ersparnisse, noch eine Versicherung bieten einen

Rückhalt, weil keiner aus der wachsenden Masse der Unterbeschäftigten oder mehr oder weniger Arbeitslosen dafür auch nur eine Rupie auf die Seite legen könnte. Im Gegenteil. Schuldenmachen ist der Puffer zwischen Einnahmen und Ausgaben und bedingt eine lebenslängliche Abhängigkeit von Gläubigern. Zum unübersehbaren Heer des Dienstleistungsgewerbes zu gehören, bedeutet, von der Hand in den Mund zu leben. »Cari makan« heißt das in der indonesischen Sprache: immerzu auf der Suche nach Eßbarem zu sein. Es ist eine Gratwanderung zwischen Jobben und Betteln.

Wasserspiele und der Fortschritt

Es gibt viele Anlässe und Orte auf der Welt, um über die Segnungen des Fortschritts nachdenken zu können. Das Badezimmer eines modernen Hotels in Indonesien ist so ein trefflicher Platz. Den Gast empfängt vertrauter Komfort, der von westlich geschulten Innenarchitekten auf den Äquator verfrachtet wurde. Chromblitzende Hähne, farbenfreudige Emaillewannen, Duschen im Design internationaler Wohnkultur. Chic, teuer und supermodern. Schäbig wirken dagegen die traditionellen Badekammern, die zu den indonesischen Häusern gehören wie der Reis zum dortigen Essen. Ein simples Wasserbecken, Bak genannt, fängt das Regenwasser auf oder speichert den letzten Tropfen aus der Wasserleitung. Keiner geht verloren. Die Menschen, die es zur Meisterschaft bei der Bewässerung ihrer Reisterrassen gebracht haben, wissen auch für die häusliche Hygiene das kostbare Naß zu nutzen. Ein Blick in den Bak genügt, um zu erkennen, wie sparsam oder wie verschwenderisch der Gast mit dem Wasser umgehen kann, das er sich mit einer Schöpfkelle über den Körper gießt.

In einem der piekfeinen Hotels, die überall in den Himmel Indonesiens sprießen und auf wohlstandsverwöhnte Touristen warten, ist solch bescheidener Genuß indes nicht immer zu haben. Das Badezimmer modernsten Zuschnitts läßt sich zwar importieren, nicht aber das dazugehörige Leitungsnetz permanenter Wasserversorgung. Die ist vielerorts längst nicht mehr dem gestiegenen Verbrauch gewachsen. So bieten die luxuriösen Waschutensilien zuweilen neben dem optischen Reiz nichts, was der erwünschten Säuberung diente. Wassermangel degradiert die protzigste Badezimmereinrichtung zur bloßen Ausstellungsware der Abteilung Fortschritt. Kein prüfender Blick offenbart dem Gast, wieviel die Leitung während seiner Reinigung an Flüssigkeit zu spenden bereit ist. Ein Wasserspiel beginnt.
Tropft es aus dem Hahn? Sprudelt es? Bleibt man auf dem Trockenen? Solch ein modernes Badezimmer ist wahrlich der geeignete Ort, um über Fortschritt nachzusinnen. Wenn man gerade von oben bis unten eingeseift ist, die Haare voller Shampoo hat und sich dann der Wasserstrahl aus der Leitung tröpfelnd auf wer weiß wie lange verabschiedet, kommen einem zu diesem Thema besonders gute, wenn auch nicht unbedingt druckfähige Gedanken.

Tee in Wonosari

Marktflecken. Das Wort klingt ein wenig altmodisch. Ein Hauch von Vergangenheit schwingt mit, herübergeweht aus einer Zeit, da es noch keine Superläden und Warenhäuser gab. Nicht Dorf, nicht Stadt. Ort zwischen Ackererde und Asphalt. Wonosari auf Java ist ein Marktflecken.
Ich war mit dem Kleinbus vom urban-brodelnden Yogyakarta auf die südöstlichen Höhen ländlicher Abgeschiedenheit gefahren. Die saftigrünen Sawahs, die Reisfelder in

der menschenwimmelnden Ebene, blieben zurück; es wurde karg und kühler, bis die schwätzende Reisegesellschaft der beleibten Frauen mit Körben und Bündeln, der Schüler in weiß-blauen Uniformen, hageren Bauern und bebrillten Beamten schließlich Wonosari erreichte. Der Bus flitzte den Alun-Alun entlang, den weitflächigen Platz, von Moschee, Verwaltungskontoren und Schule umgeben, der sich grau und leer ausbreitete und nichts vom Glanz der Paraden und Massenschwüre an Festtagen verriet.

Vor dem Markt, ein paar staubige Ecken weiter, wo die Kleinbusse enden und schreiende Jungen um Passagiere für die Rückfahrt werben, drängten und stolperten die Ankommenden ins Freie.

»Jokjokjok... Jokja!« brüllten die Jungen und übertönten die laufenden Motore. Ankunft und Aufbruch, Kindergeplärr und bellende Hunde. Mopedgeknatter. Hupende Fahrer, die in ihren bereits vollbesetzten Bussen noch freie Plätze signalisierten, wo ein europäisches Auge nur Haut an Haut gepreßte Menschen auszumachen vermag. Erst im Schatten der von Stand zu Stand gespannten Leinwanddächer des Marktes verebbte der Trubel. Dort schlägt Wonosaris Herz; nicht aufgeregt, sondern so gleichförmig wie die Pendel alter Standuhren, aus holländischer Kolonialepoche stammend, von denen auch in den Häusern wohlhabender Bürger Wonosaris noch einige die moderne Zeit anzeigen.

In diesem Rhythmus drehen die Schneider auf dem Markt, mit gekreuzten Beinen vor eisernen Nähmaschinen hokkend, ihre Handkurbel, deren Schwung eine Nadel in baumwollne Stoffe picken läßt. Nur Männer gehören der Zunft an, islamischen Gepflogenheiten folgend; und ein Dutzend stichelt und zwirnt in einer offenen Halle nebeneinander, in die der laue Wind die Düfte und Gerüche des Marktes trägt: süße Orangen, faulige Durian, blumige kosmetische Wässerchen, stinkender Hühnermist, scharfer Suppendampf aus der rollenden Küche des Kochs für jedermann. Und die beißenden Rauchschwaden der Teestände, wo auf glühender Holzkohle das Wasser kocht. An den langen Tischen daneben nimmt jeder mal Platz, der auf dem täglichen Markt von Wonosari seinen Reis verdient, als Käufer nach preiswerten Angeboten ausschaut, gerade eingetroffen ist von beschwerlicher Überlandpartie oder wartet, bis ihn ein Kleinbus wieder mitnimmt. Durst stillen. Natürlich auch das. Überall auf Java gehört der Tee zum Ausdruck des Willkommens, des Miteinanders; und das mit einem Deckel aus Stroh, Blech oder Plastik vor Fliegen geschützte Teeglas steht als Standardausrüstung auf allen Schreibtischen der Kontore. Auf dem Markt von Wonosari aber wird das Übliche als Zeremoniell gepflegt.

Ich setzte mich auf einen der Schemel. In rußgeschwärzten Blechkanistern brodelte das Wasser. Mehrere Dutzend dunkelbrauner Keramikkannen standen bereit. Ein fragender Blick im bärtigen Gesicht des alten Wirtes. Ich nickte. Er schüttete Blätter in eine der Kannen und goß zischendes Wasser hinein; er tat's bedächtig und würdevoll. Ein paar Minuten später servierte der Mann auf einem kleinen Tablett die Kanne nebst Glas, ein Schälchen mit grünen, murmelkleinen Zitronen, einen Topf mit braunen Rohrzukker-Kristallen und einen Emailleteller voll knuspriger Küchlein und einer gebratenen Banane auf klebrigem Blatt. Das alles war bäuerlich handfest, weit entfernt von höfischer Sitte, die den Teegenuß in Silber kleidet, doch es hatte Stil, der zur Landschaft paßt. »Wenn's beliebt, reiche ich gern Wasser nach«, empfahl familiär-freundlich der Wirt seine Dienste.

Niemand, der mich wie an anderen Orten Javas so oft nach Woher und Wohin gelöchert hätte; keiner, der unbedingt seine kümmerlichen Englischbrocken an den fremden Mann zu bringen versuchte. Ich durfte in Ruhe genießen wie die Männer und Frauen um mich herum. Sie redeten über Preise und Nachbarn, über das Wetter, die steigenden Arztkosten und ihren Zweifel am Nutzen neuer Medikamente. Und sie nippten wie ich an ihren Gläsern, die sie mit beiden

Händen umfaßten. Kein lautes Wort. Kein lautes Lachen. In der Luft lag Harmonie von der spröden, herben Art des Tees in Wonosari. Heiß und rauchig-süß mit Bitterstoffen.

Reis ist Leben

Europäische Besucher geraten ins Schwärmen angesichts der Naßreisfelder und Terrassen, der Sawahs, auf den Inseln Bali, Java und Sumatra. Keine andere Kulturlandschaft vereint Form, Farbe und Funktion in so harmonischer Weise wie die in langer Tradition geschaffenen Sawahs Südostasiens mit ihrer gelbgrünwogenden Fruchtbarkeit. Vergleiche mit dem Paradies drängen sich auf. Der Bauer unter beschirmendem Strohhut drückt den Pflug in den weichen, schwarzglänzenden Schlamm und treibt den Wasserbüffel zu munterer Gangart an. Sich sanft wiegende Kokospalmen säumen den Weg zum Dorf, dessen rote Ziegeldächer über Bananenbüsche und Papayabäume ragen. Eine zweirädrige Pferdekutsche, ein Delman, eilt der Siedlung zu; einziges Element schneller Bewegung in diesem Bild zeitloser Ruhe und einer tief in Javas guter Erde verwurzelten Gelassenheit. Den Hintergrund füllt die zartblaue Silhouette eines Vulkans aus, dessen ausgewogener Kegel sich hoch über das Land erhebt, gleichermaßen Quell des Lebens wie des Verderbens, Sitz der Götter, die über Segen und Fluch gebieten. Alles zu seiner Zeit. Ein feiner, märchenhafter Dunst hüllt die Landschaft ein; ein Hauch nur, doch dauerhaft gesponnen aus den Fäden des Geistes einer Jahrtausende währenden Reiskultur.

Ein ausgeklügeltes System regelt die Bewässerung. Die Nutzung natürlicher Gegebenheiten und das gemeinschaftliche Wirken der Menschen ringt dem Boden seinen Reichtum ab. Mit den Reisüberschüssen hatte dies einst Aufstieg und

Macht der frühen großen Reiche im Archipel möglich gemacht. Davon sind der Menschen Wesen und Werte geprägt, die sich während vieler Generationen wenig wandelten. Aber stimmt diese Idylle noch mit der Wirklichkeit überein? Trug sie je paradiesische Züge?

Reis ist Indonesiens Grundnahrungsmittel. Die meisten Menschen der Inselwelt decken ihren Kalorienbedarf zu 60 bis 80 Prozent damit. Essen, vor allem gut und traditionellen Maßstäben entsprechend essen, heißt: Reis zu sich zu nehmen. Eine Mahlzeit nur mit Backwaren oder gar den weniger angesehenen Süßkartoffeln und Cassava gilt nicht als vollwertig und wird nur als Imbiß zwischendurch oder in Notzeiten als unvermeidlicher Ersatz akzeptiert. Reis ist mehr als ein Lebensmittel; Reis ist Sinnbild des Lebens schlechthin. Die Wortvielfalt der indonesischen Sprachen, um unterschiedliche Wachstumsstadien und Verwendungsarten zu bezeichnen, gibt dieses innige Verhältnis der Menschen zum Reis wieder. Dewi Sri heißt bei den Javanern die Reisgöttin, der zu huldigen den Jahresrhythmus bestimmte und die Felder wie Anbau und Ernte mit einer Fülle von Mystik und Märchen und Sprichwörtern umgibt.

»Mit einer Handvoll Reis zufrieden leben ist erstrebenswerter, als einen gefüllten Reisspeicher sein eigen zu nennen und dann von Sorgen beladen zu sein.« Solch indonesische Volksweisheit bietet nur eine scheinbare Alternative. Die meisten Menschen können keine Wahl treffen zwischen dem Wenigen und dem Überfluß, weil sie im wahrsten Sinne des Wortes aus der Hand in den Mund leben; es bleibt nichts anderes übrig, als damit zufrieden zu sein.

Der Reispreis ist staatlich festgelegt; und Teuerungen sind ein sensibles Barometer für die Stimmung im Volke. Reis als Naturalienzuwendung für Beamte, Soldaten oder Angestellte privater Unternehmen gilt als Nebenwährung. Gerade für die unteren Chargen bildet die Zuteilung einer bestimmten Reismenge zum kärglichen Salär die Basis fürs Überleben.

Über Jahrhunderte hinweg konnte der mit der anschwellenden Bevölkerungszahl auch zunehmende Hunger durch die Urbarmachung immer weiterer Felder gestillt werden, ohne die Anbau- und Erntemethoden zu verändern. Drastische Eingriffe der Holländer im vorigen Jahrhundert führten regional zur Umstellung von Reis auf Zuckeranbau, ließen aber die Art und Weise der Reiskultur unberührt. Nach dem Zweiten Weltkrieg waren dabei jedoch die Grenzen des Wachstums erreicht. Auf Java und Bali hatten die Menschen auch das letzte verfügbare Stück Land unter Hacke und Pflug genommen. Immer schneller brach das harmonische Verhältnis zwischen dem bestellten Boden und der Anzahl der davon lebenden Bewohner zusammen. Politische Unruhen nach dem Krieg und die Spannungen einer feudalistischen Gesellschaftsstruktur in der Herausforderung der Neuzeit verzögerten gerade im ländlichen Bereich die Modernisierung.
Von Jahr zu Jahr waren die Bauern weniger in der Lage, die Reisschüsseln ihrer Landsleute zu füllen. Indonesien, mit seinen Hauptinseln ein klassisches Reisanbaugebiet im Einzugsbereich feuchter Monsunwinde gelegen, wurde zum Importeur dieses Nahrungsmittels. 1977 mußten 2,6 Millionen Tonnen eingeführt werden; das entsprach 25 Prozent der Weltmarktmenge. Die Überschuß produzierenden Länder Thailand, Birma, Taiwan profitierten von der enormen indonesischen Nachfrage. Dank seiner Erdöleinnahmen konnte Jakarta die Ausgleichskäufe bezahlen. Aber parallel zu einer kostspieligen Einfuhrpolitik mußten Neuerungsprogramme bis in die entlegenen Dörfer propagiert werden, um einen Ausweg aus dem Reisdilemma zu finden.
Nach dem Umsturz von 1965, der einen radikalen politischen Wandel brachte, die Armee in Schlüsselpositionen des Staates verankerte und eine stärkere Anbindung an westliche Geldgeber und deren Know-how zur Folge hatte, wurde ein staatliches Programm entwickelt, das unter seiner Abkürzung BIMAS landesweit die Dörfer erfaßte. Die

Abgesandten der Landwirtschaftsbehörden versuchten, die Bauern für ein ganzes Bündel an Neuerungen zu begeistern:
ertragreichere Reissorten, die in den Versuchsfeldern des Reisforschungsinstitutes Los Baños in den Philippinen gezüchtet wurden,
Anwendung von Kunstdünger und Pestiziden,
Aufnahme von Krediten staatlicher Banken,
Teilnahme an Beratungsdiensten,
Anschluß an staatliche Vermarktungsorganisationen.
Es war ein Lernprozeß für beide Seiten, bei dem ebenso bäuerliches Mißtrauen wie behördliche Fehler auszumachen waren. Ein sehr langwieriger Prozeß. Zwar konnte die Produktion gesteigert werden, doch das Bevölkerungswachstum war immer wieder schneller. Weder Familienplanung, noch das staatlich forcierte Vorhaben der Umsiedlung auf andere bislang weniger bewohnte Außeninseln vermochten den Bevölkerungsdruck und damit die Nachfrage nach Reis wesentlich zu dämpfen. Immer wieder rückte der Durchbruch zur Selbstversorgung in weitere Ferne. Indonesien blieb Dauerkunde bei den Reisexporteuren. Fehlplanungen in der Vorratswirtschaft und ungünstige Wetterbedingungen brachten stets neue Rückschläge. Die langanhaltende Trockenheit in Südostasien 1981/82 schien die Erreichung des Zieles wieder einmal auf den Sankt-Nimmerleins-Tag hinauszuschieben.
Nicht nur die Bevölkerung hat sich seither vermehrt: jährlicher Zuwachs knapp über zwei Prozent, was dem Land mit seinen mehr als 160 Millionen Menschen den fünften Platz auf der Weltrangliste garantiert. Auch der Pro-Kopf-Verbrauch ist als Folge allgemeinen Einkommenszuwachses gestiegen.
Vor dem Kriege betrug die Durchschnittsmenge 60 bis 90 Kilogramm je Jahr; bis heute hat sie sich verdoppelt. Darin spiegelt sich ein insgesamt ansteigender Lebensstandard wider, der freilich in solchen Pauschalangaben offen läßt, in welcher Verteilung er wem zugute kommt. Von einer aus-

reichenden und qualitativ ausgewogenen Ernährung kann für die Mehrheit der Indonesier noch nicht gesprochen werden.
Doch eine Wende zeichnet sich ab. Es mußte sensationell erscheinen, als in den letzten Jahren eine Rekordernte nach der anderen gemeldet wurde. 1984 war mit mehr als 25 Millionen Tonnen eine Traumgrenze überschritten worden. Die weiteren Aussichten sind vielversprechend. Indonesiens Behörde für Vorratswirtschaft – BULOG – muß mit einem neuen Problem fertig werden: Wohin mit dem Reis? Die Lagerhallen reichen nicht mehr aus. Schon immer hatten die Bauern ihre Not, die Ernten vor Ratten und Ungeziefer zu schützen. In manchen Jahren verzehrten die ungebetenen Gäste ein Drittel der Erträge. Mit hohem Finanzaufwand werden nun die staatlichen Reisspeicher vergrößert und dem neuen Segen der Dewi Sri angepaßt. Das schier Unglaubliche ist Wirklichkeit geworden: Indonesien verfügt gegenwärtig über Reisreserven von etwa drei Millionen Tonnen, der zur Zeit größte Vorrat auf der Welt. Es ist etwa die Menge, wie sie 1977 eingeführt werden mußte. Wegen langfristiger Verträge kauft Indonesien auch in absehbarer Zeit auf fremden Märkten Reis ein.
Aber es ist auch wieder möglich geworden, was in den 40er Jahren getan wurde: nämlich den Reis zu exportieren. Indonesien liefert mehr als 100000 Tonnen an die Philippinen und 170000 Tonnen in afrikanische Länder. Die Mengen sind vergleichsweise bescheiden; die politische Signalwirkung ist spektakulär.
Der Blick in die Statistiken rechtfertigt den Jubel, in den Indonesiens offizielle Männer und Medien einstimmen. Die Grüne Revolution, unterstützt von gutem Wetter und weitgehend in Ruhe gelassen von natürlichen Schädlingen, trägt üppige Früchte. Doch was Zahlen und behördliche Statements verschweigen, ist der Preis dafür. Das BIMAS-Programm hat nicht nur die Reislücke zu schließen vermocht, es hat auch soziale Veränderungen ausgelöst oder beschleu-

nigt, die das Dorfleben seit einigen Jahren in seinen Grundfesten erschüttert.
Die stetig wachsende Bevölkerung macht es erforderlich, das zu vererbende Land unter immer mehr Menschen aufzuteilen. Die kleinbäuerlichen Betriebe machen das Gros der Erzeuger auf Java und Bali und Sumatra aus. Die meisten besitzen nicht mal einen Hektar. Landverkäufe bietet häufig die einzige Rettung, um den zu groß gewordenen Schuldenberg abzutragen, wobei damit endgültig die Existenzgrundlage aufgegeben wird. 30 bis 40 Prozent der Dorfbevölkerung verfügen nicht mehr über eigenes Land. Bodenspekulation hat auch in Indonesien trübe Blüten gezeugt. Reiche Städter kaufen Felder auf, verpachten sie, übertragen einzelne Titel auf Verwandte und Strohmänner. Dorfvorsteher, üblicherweise aus den wohlhabenden Familien stammend, erhalten während ihrer Amtszeit zur Nutzung größere Ländereien aus Gemeindebesitz. Da solche Ämter vielerorts innerhalb der Familien weitergegeben werden, ist damit zwar nicht im engeren Sinne Großgrundbesitz zustandegekommen, de facto aber die Verfügbarkeit weiter Flächen an eine Familie gebunden.
So waren von Anfang an die Adressaten der staatlichen Innovationsprogramme die bereits reicheren Bauern und die Interessenvertreter der städtischen Bodenbesitzer vor Ort. Das Bündel an Maßnahmen, das mit Grüner Revolution bezeichnet wird, setzt Investitionsbereitschaft, Sicherheiten für die Aufnahme von Krediten, persönliche Beziehungen zu Behörden, Kapital und Wissen für eine Phase des Experimentierens voraus. Dies bedeutet ungleiche Startbedingungen für die Teilnahme an Modernisierung. Über die Jahre hinweg sind so die reicheren Bauern reicher geworden, die ärmeren ärmer. Die Zahl der selbständigen Betriebe ging zurück, die Masse der auf Saisonarbeiten angewiesenen Tagelöhner stieg an.
Das Fatale des Fortschritts ist, daß zu seiner Erreichung auch in der Landwirtschaft immer weniger Menschen erfor-

derlich sind. Bei den Erntegewohnheiten und deren Veränderungen läßt sich das besonders deutlich beobachten. Berühmt ist das System, das auf Java »Bawon« genannt wird. Es vereinte in traditioneller Weise das religiöse Empfinden mit Arbeit und einer praktischen Entlohnung. In günstigen Regionen kann in fünf Jahren dreimal geerntet werden. Zumeist waren damit Frauen beschäftigt, die für ihre Mühe ein Zehntel oder ein Fünfzehntel des von ihnen geschnittenen Reises behalten durften; das machte zwischen 20 und 30 Prozent der gesamten Ernte aus. Für die Frauen der landlosen Bauern und deren Familien bildete diese Einnahme eine wesentliche Quelle der Ernährung. Außerdem wurde bei diesem Verfahren in behutsamer Weise jeder Reishalm einzeln abgetrennt. Dazu hatte die Frau ein Rundmesser in der Hand, das »Ani-Ani« heißt, mit dem Halm für Halm geschnitten wurde. Die Überlieferung sagt, daß so der Reisgöttin am ehesten gerecht und dem Reis am wenigsten Leid zugefügt werde.
Die neue Erntetechnik, »Tebasan« genannt, nimmt auf solche religiösen Regungen keine Rücksicht mehr. Die Reisbüschel werden mit der Sichel gekappt. Die Ernte läßt sich in viel kürzerer Zeit bewältigen und erfordert weniger Hände als bisher. Es ist vornehmlich Männerarbeit. Außerdem erfolgt die Entlohnung in barem Geld. Nicht mehr die Dorfgemeinschaft in enger Verbundenheit ist an der Ernte beteiligt, sondern ein Trupp von Wanderarbeitern, die vielerorts von den Aufkäufern des Reisertrages geschickt werden. Das seit Jahrhunderten hochgelobte Prinzip des »Gotong Royong«, der gegenseitigen Hilfe auf unentgeldlicher Basis, ist somit ausgehöhlt worden. Die sozialen Bindungen, die wichtigster Halt im Überleben waren und ebenso Mißernten wie Eingriffe während der Kolonialzeit meistern halfen, werden immer brüchiger.
Arbeitskräfte sind im ländlichen Bereich das einzige, was in reicher Zahl vorhanden ist. Mit der Ernteart »Bawon« war es möglich, einen großen Kreis von Menschen in den

Arbeitsprozeß einzubeziehen. Die Grüne Revolution nun, so die Kritiker, hat nicht nur dörfliche Strukturen wesentlich verändert, sie hat auch Einnahmemöglichkeiten der ärmeren Leute vernichtet. Schätzungen gehen bis über zehn Millionen Bauern, die während der vergangenen Jahre landlos wurden; und schon zwischen 1970/75 soll mehr als eine Million Menschen arbeitslos geworden sein, deren Erntehilfe wegen des neuen Systems nicht mehr gefragt war. Weder der städtische, noch der industrielle Arbeitsbereich bieten den abwandernden Landleuten Jobs in erforderlicher Anzahl.

Noch nicht abzusehen sind die Folgen der Grünen Revolution im gesamten Naturhaushalt. Der Gebrauch von künstlichen Düngemitteln und chemischen Schädlingsbekämpfungsmitteln ist Voraussetzung, um die Erträge zu steigern. Die neuen Reissorten sind beträchtlich pflegebedürftiger und anfälliger als die alten. Ohne Hilfe der chemischen Industrie ist Grüne Revolution in ihrer bisherigen Gestaltung nicht möglich. Mißbrauch und Überdosierung von Pestiziden sind nicht auszuschließen. Veränderungen der Bodenstruktur werden erst langfristig, dann möglicherweise irreparabel wirksam. Mit den neuen Sorten ist die Artenvielfalt deutlich zurückgegangen. Nicht nur in Indonesien!

Auf den Teufelskreis zwischen volleren Getreidespeichern und einer empfindlicheren Natur weisen Umweltschützer seit Jahren hin. Auch in Indonesien mischen sich in den Stolz über die endlich erreichte Selbstversorgung beim Grundnahrungsmittel Reis die kritischen Stimmen, die über Preis und Folgen für die Volkswirtschaft debattieren. Ein Thema von weltweiter Tragweite. Vorsichtiger Optimismus gebietet, in Indonesien von einer nur vorerst oder einer bis auf weiteres geschlossenen Reislücke zu sprechen. Im Hinblick auf die negativen Aspekte der Rekordernten gewinnt das Sprichwort von der zufrieden verspeisten Handvoll Reis und dem mit Sorgen beladenen überquellenden Reisspeicher eine ganz neue Bedeutung.

Von der Wiege bis zur Bahre

Der Anblick verblüfft den europäischen Passanten. Nahe des Präsidentenpalastes in Jakarta wird ein neues prunkvolles Regierungsgebäude aus dem teuren Boden gestampft, der in diesem Viertel das Zentrum der Macht im indonesischen Inselstaat markiert. West-östliche Architektur geht da eine Ehe ein, über deren Stil und deren Kopien griechischer Säulen man streiten kann. Die Baumaschinen sind letzter Technikerschrei, das viele Meter hohe Gerüst aber ist geradezu klassisch bodenständig: es ist aus Bambus gefertigt.

In allen Städten Südostasiens, selbst im super-fortschrittlichen und auf westliche Technologie eingeschworenen Singapur, läßt sich diese Art von Häuserbau beobachten. Kühle, nüchterne Fassaden aus Stahl, Glas und Beton wachsen umgeben von einem verwirrenden Geflecht aus Bambusstangen in die Höhe. Das Beispiel beweist eindrucksvoll, wie auch im Zeichen des Fortschritts das Bewährte seinen Platz behalten kann. Bambus hat sich seit Menschengedenken bewährt.

Plastik, Blech und Zement haben auch in sogenannten Entwicklungsländern das Leben bereits nachdrücklich verändert, wobei allein der Gebrauch eben dieser modernen Materialien für viele Leute schon Entwicklung bedeutet. Doch kein neuzeitlicher Werkstoff hat bislang das neben den Produkten der Palmen am vielfältigsten genutzte tropische Naturgeschenk im Alltag der meisten Menschen beiderseits des Äquators ersetzen oder verdrängen können: den Bambus. Noch heute ist vor allem im ländlichen Bereich, wo die Mehrheit der Bevölkerung wohnt, das Leben ohne Bambus gar nicht denkbar. Von der Wiege bis zur Bahre – Bambus ist immer dabei.

Mehr als 75 Arten von Bambus kennen die Botaniker, die das Gewächs der Großfamilie der Gräser zurechnen. Die bis zu 40 Meter in den Himmel ragenden Stangen, deren Durchmesser 30 Zentimeter erreichen kann, sind entfernte Verwandte von Weizen, Reis und Mais. Außer in Europa, wo er als Zier- und Zimmerpflanze gezüchtet wird, gedeiht Bambus in allen Kontinenten. In tropisch-schwülen Äquatorregionen fühlt er sich am wohlsten, aber anpassungsfähig klettert er auch bis zu 4000 Meter kühler Bergeshöhe. Undurchdringlich dicht stehen die Bambusstengel zusammen, jeweils eine Gruppe von vielen Dutzend im Kreis, von Ferne wie ein gigantisches leuchtendgrünes Grasbüschel anzusehen. Überall und zu allen Zeiten haben sich die Menschen der schier unbegrenzten Verwendungsmöglichkeiten dieses Riesengrases bedient. Offenbar war Bambus stets eine Herausforderung an den Einfallsreichtum der Handwerker, Künstler, Krieger und Köche.

Um die Jahrhundertwende hat sich ein Japaner einmal die Mühe gemacht, die Bambus-Nutzung in eine systematische Liste zu bringen. Seine Aufzählung enthält 1084 Stichworte vom Musikinstrument Angklung bis zum simplen Zahnstocher. Seither ist manches aus der Mode gekommen oder wurde von industriell hergestellten Gegenständen überholt. Aber Bambus ist nützlich und nährend geblieben wie eh.

Schon auf dem Wege zu einem asiatischen Dorf begegnet einem ein Stück praktischer Bambus-Verwendung. Stämme vom Umfang eines Oberschenkels, zu Röhren von ein bis zwei Metern geschnitten, zusammengebunden und über die Schultern von Mann oder Frau gelegt, dienen als Transportbehälter für Wasser und Palmwein. Kilometerweit werden so die Flüssigkeiten getragen. Die Konstruktion ist den natürlichen Bedingungen schmaler, abschüssiger Wege sehr viel besser angepaßt, als es Eimer oder Blechtonnen wären. Sogar in den Beispielen, wo Bambus neuzeitlichen Materialien in der Qualität unterlegen ist, hat das Naturprodukt einen entscheidenden Vorteil, der volkswirtschaftlich von größerem Nutzen ist: Bambus wächst dort, wo die Menschen leben, unmittelbar davon profitieren und den Stoff reproduzieren können. Für Wasserleitungen beispielsweise. Zahlreiche Ortschaften haben zwischen den Quellen und

Sammelbecken im Dorf halbierte Bambusrohre verlegt, die einer europäischen Regenrinne ähnlich sind. Mit leichtem Gefälle angebracht, auf hölzernen Stützen ruhend, leiten solche Bambus-Aquädukte das lebensnotwendige Naß mehrere Kilometer weit. Eine Art angepaßter Technologie, zu deren Erfindung die Menschen Asiens keine weitgereisten Entwicklungshelfer gebraucht hatten.
Das gilt auch für den Fischfang. Aus gespleißtem Bambus werden Fallen gebogen und geflochten, die unter Wasser liegen und den Fischen zum Verhängnis werden. Eine uralte Methode, die durch die natürlichen Eigenschaften des Bambus möglich wurde. Ebenso bei Transportmitteln. Ob Auslegergestänge bei Booten, Aufbauten von Ochsenkarren, ob Brücken oder Flöße, stets wird dazu Bambus verwendet. Er ist leicht, biegsam, wasserdicht. Diese Qualitäten erklären unter anderem, warum der Gast, schließlich in einem Dorf angekommen, nicht lange nach Bambus zu suchen braucht. Fast jedes Haus eignet sich zu Studienzwecken.
Die traditionellen Langhäuser Borneos haben Fußböden aus Bambuslatten, die eng aneinandergereiht bis zu zehn Meter tief und hundert Meter breit sein können, also eine Fläche von 1000 Quadratmetern ausmachen; eine gelegentlich schwankende, aber von Baumpfosten stabil getragene Lebensgrundlage eines ganzen Dorfes. Die Wände bestehen aus geflochtenen, wasserundurchlässigen Bambusstreifen.
Der Blick in den Küchenbereich läßt den Besucher weiter darüber staunen, was mit dem Vielzweck-Bambus alles gemacht wird. Kochlöffel, Dampfgefäße für den Reis, Schüsseln, Schalen – alles aus Bambus. Und während Mutter mit der Essensvorbereitung beschäftigt ist, wiegt die ältere Tochter das Baby in den Schlaf. Der Säugling liegt in einer Stoffbahn, die an einem Viereck aus Bambusrohren befestigt ist und an Stricken von den Deckenbalken hängt. Auch solche Stricke können aus den Fasern des Bambus gefertigt sein.
Für die Dächer werden üblicherweise Palmblätter verwen-

det. Aber einige Volksgruppen haben auch dafür den Gebrauch von Bambus zur Meisterschaft entwickelt. Die Torajas auf der indonesischen Insel Sulawesi, das frühere Celebes, um eine zu nennen. Die weit aufragenden Dächer ihrer wie kieloben-liegenden Häuser sind mit mehreren Lagen halbierter Bambusschindeln bedeckt und verzahnt, anzusehen wie Wellblech und mindestens so dauerhaft wie dieser moderne Werkstoff.
Gerade die Torajas sind es, die den praktischen Nutzen von Bambus mit ästhetischem Stilempfinden verbinden. Zu Bechern, Matten, Körben wird Bambus allerorten verarbeitet, die Torajas bemalen und verzieren solche Gefäße mit natürlichen Farben. Hier wie in anderen Bambus-Regionen wird das kräftig verholzte Material zum Gegenstand künstlerischen Ausdrucks. Die Muster der Matten geben dem Kenner Aufschluß über Religion und Kult.
Auch für Musikinstrumente wird Bambus variationsreich verwendet. Flöten aus fingerdünnen Stengeln gehören auf Java zur Ausstattung eines Gamelan-Orchesters. Der klagende Gesang dieser »Suling« tönt auch heute noch durch die Dörfer, wenngleich hart bedrängt von Transistoren und Kassettenrecordern. Eine musikalische Spezialität auf Java bieten auch die Angklung-Spieler. Jeder hält ein Instrument aus unterschiedlich großen Bambusröhren in den Händen. Die einzelnen Holzteile schlagen beim Schütteln gegeneinander und sind auf nur einen Ton gestimmt. Ein Orchester mit 20, 30 Angklung-Musikern vermag traditionelle indonesische Klänge ebenso zu spielen wie europäische Volkslieder.
Was mit Bambus alles zu machen ist, wenn west-östliche Geister zusammentreffen, hat im vorigen Jahrhundert der spanische Pater Diego Cerra in den Philippinen an einem besonders ausgefallenen und einmaligen Objekt bewiesen. Er baute eine Orgel mit Pfeifen aus Bambus. Damit das Material, das auf Veränderungen der Luftfeuchtigkeit sehr empfindlich reagiert, haltbarer werde, wurden die Bambus-

stücke monatelang im heißen Sand des Strandes vergraben. In der Kirche San José von Las Piñas nahe der philippinischen Hauptstadt Manila ist das Werk noch heute zu besichtigen und zu hören. Vor einigen Jahren war die Orgel in der Bundesrepublik restauriert und mit Metallpfeifen ergänzt worden. Und wenn schon von den Philippinen die Rede ist: Einer der Nationaltänze heißt »Tinikling«, bei dem die Mädchen über vier Bambusstangen springen müssen, die über Kreuz auf dem Boden liegen und von vier jungen Männern in schnellem Rhythmus gegeneinander geschlagen werden; nur der geübten Tänzerin gelingt es, die Füße heil aus dem Bambus-Geklapper herauszuhalten.

Doch nicht nur für die Kunst, auch für den Krieg war und ist Bambus ein oft verwendetes Hilfsmittel. Blasrohre der Dayaks auf Borneo, mit denen vergiftete Pfeile geschossen werden, sind ebenso wie diese aus Bambus gemacht. Die Dörfer sind umgeben von geschärften Bambuslatten. Und bis in den Vietnamkrieg und andere Dschungelkämpfe hinein hat sich die Technik der Fallgruben erhalten, aus deren Boden angespitzte Bambusstämme ragen – eine tödliche Gefahr für Mensch und Tier.

So hart und unzerbrechlich ausgewachsene Bambusstangen sein können, so weich und zart sind deren Sprößlinge. In vielerlei Zubereitung werden sie als Gemüse verzehrt. Prominentester Feinschmecker dieser Sprößlinge ist aber niemand von der Gattung Homo sapiens, sondern jener schwarz-weiße Riesenpanda, der in China zu Hause ist und sich ausschließlich von Bambus-Schößlingen ernährt, als Liebling aller Chinesen gilt und in überseeischen zoologischen Gärten ob seiner Vermehrungsscheu berühmt ist. Wegen seiner ziemlich einseitigen Ernährung wird er auch Bambus-Bär genannt.

Der Vollständigkeit halber sei auch der medizinische Aspekt des Bambus erwähnt. In den Höhlungen der Halme einer bestimmten Art sammelt sich Kieselsäure, die unter dem Namen »Tabaschir« als Heilmittel in Asien gehandelt wird.

Im übertragenen Sinne erscheint Bambus auch in Liedern und Literatur. Seine Eigenschaften symbolisieren das Zusammenleben traditioneller Dorfgemeinschaften und Großfamilien: sehr biegsam und anpassungsfähig, im Verbund stark und von keinem Sturm zu knicken. Selbst in der Weltpolitik hat der Bambus zu einem Begriff geführt. Als Bambusvorhang kennzeichnet das Gewächs das asiatische Gegenstück zum Eisernen Vorhang im Westen, die undurchdringliche Grenze zwischen den Machtblöcken; eine Wortschöpfung aus der Zeit nach dem Zweiten Weltkrieg.
Bambus ist in einem noch viel umfassenderen Sinne beispielhaft: An seiner Nutzung oder Verdammnis läßt sich Fortschritt messen. Es ist eine Gabe der Natur, die die Techniker, Architekten, Entwicklungsexperten nicht zur Suche nach industriellen Retorten-Produkten veranlassen sollte, die den Bambus ersetzen, sondern zur Ideen-Sammlung anregen müßte, was die Menschen der Dritten Welt noch alles damit anfangen können, um mit Bambus ein bißchen weniger abhängig von westlicher Technologie zu werden. So könnte die – wie es ein einschlägiger Buchtitel nennt – »stille Kraft des Bambus« auch in Zukunft zum Segen für Millionen Menschen werden.
Übrigens: Ein Stückchen Bambus steht am Anfang einer der epochalen Erfindungen, die die Welt heller gemacht hat und auch in Entwicklungsländern selbstverständlich geworden ist: die Glühbirne. Was Thomas A. Edison zur industriellen Reife brachte, hatte bei dem deutschen Mechaniker Heinrich Goebel bereits 1854 einen Vorläufer. In luftleerer Glasglocke ließ der Tüftler einen verkohlten Glühfaden aufleuchten. Es war ein Faden aus Bambus.

Bali jenseits von Eden

Bali ist wiederzuerkennen. Aber die Kopie wirkt ärmlich. Das Gapura, das gespaltene Tor am Eingang des Dorfes Kembang Mertha, ist nur eine hölzerne Attrappe; die roten Backsteine der fernen Originale werden durch Ölfarbe angedeutet. Das einzige Götterstandbild im Ort ist wenig verziert, das Gras ringsum kniehoch verwildert. Die Opferhäuschen bestehen aus Bambuslatten; ein paar der stabileren tragen Wellblechdächer. Die Zeugnisse balinesischer Lebensart erscheinen kraftlos und blutleer, aufgepfropft. Nur die Menschen sind echt. Menschen von Bali verpflanzt durch Transmigrasi, wie das staatliche Umsiedlungsprogramm in Indonesien heißt. Ihre Heimat ist 1300 Kilometer entfernt. Kembang Mertha liegt im Norden der Insel Sulawesi, die früher Celebes genannt wurde.

Drüben auf Java und Bali glauben Touristen, wenn sie erst die bedrückende Enge der Hauptstadt Jakarta hinter sich haben und Verkehrschaos, Luftverschmutzung, Slums und

Arbeitslosigkeit den Rücken kehren, dem Paradies ein bißchen näher zu kommen. Sattgrüne Reisterrassen überall. Die Bauern ziehen mit Holzpflügen hinter Wasserbüffeln her, bis über die Knöchel im fruchtbaren Schlamm. Freundliche Siedlungen neben den Feldern. Ein Garten Eden. So der Augenschein. Doch der Eindruck ist falsch.

Die Reisterrassen und weitgedehnten Felder sind nur eine andere Szenerie für das gleiche Problem: Überbevölkerung. Da gibt es kein Stück bebaubarer Erde mehr, das nicht bereits kultiviert wäre. Umverteilung heißt das Schlüsselwort bei der Minderung indonesischer Nöte – und zwar im doppelten Sinne: einmal, was die Früchte der wirtschaftlichen Entwicklung betrifft, die bisher nur einer kleinen wohlhabenden Minderheit zugute kommen; und zum anderen Umverteilung im Bevölkerungsgefälle zwischen Java, Madura und Bali und den Tausenden dünn besiedelter Inseln, die es im indonesischen Archipel außerdem gibt. Java und Bali und Madura platzen aus allen Nähten. Sie gehören zu den Regionen mit der größten Menschendichte der Erde. Deshalb das Transmigrasi-Programm. Doch die Erfolge sind bescheiden. Bali läßt sich nicht verpflanzen. Und Java auch nicht. Zu tief reichen die Wurzeln der ländlichen Bevölkerung in die Heimaterde. Zu unterschiedlich sind die kulturellen, sozialen und religiösen Eigenheiten der indonesischen Inseln.

»Asimilasi«, sagte Mariam Latajang lächelnd und wies auf ihren Mann. »Asimilasi«, sagte Made Subadra und nickte zu dem Wort, das aus dem europäischen Sprachgebrauch übernommen wurde. Der Mann ist Bürgermeister im Transmigrantendorf Werdhi Agung, nur ein paar Kilometer von Kembang Mertha entfernt. Auf der schwarzen Tafel voll statistischer Angaben in seinem Haus wird die Zahl der Seelen mit 2741 registriert. Fast alle Bewohner sind Balinesen und mit mehr oder minder starkem staatlichen Druck in den Norden Sulawesis verfrachtet worden. Sie sind Hindus. Auch Made Subadra war einer. Bis er Mariam kennenlernte, eine Frau aus dem Süden Sulawesis, zum Volke der Buginesen gehörend: eine Moslemfrau. Der Hindu trat zum Islam über, um sie heiraten zu können. Der Chef eines balinesischen Dorfes ein konvertierter Moslem – das Beispiel ist kennzeichnend für die möglichen Wandlungen durch Transmigrasi. Freilich: eine Ausnahme jenseits von Eden.

Discosound in Bambushütten

Der indonesische Bauer Slamet hütet ein neues Haus-Heiligtum. In seiner Pfahlhütte am Mahakam-Fluß steht ein schwarzer Kasten mit Drucktasten und Drehknöpfen. Ein weißes Stück Leinen liegt darüber, um Insekten, Staub und Feuchtigkeit fernzuhalten; Plagen unter denen Mensch und Tier im Dorf Tering zu leiden haben, Plagen, die auch den Schatz des Bauern Slamet ruinieren könnten. In Tering kann er sich zwar Ersatz, aber keine Ersatzteile beschaffen; und im Umkreis Hunderter von unwegsamem Wald bestandenen Kilometern wäre kein Mensch anzutreffen, der im Falle eines Defektes helfen könnte.
Tagelang waren wir von der Ostküste Kalimantans, dem indonesischen Teil der Insel Borneo, mit einem Motorboot den Fluß hinaufgetuckert, hatten den geschäftigen Holzverladehafen Samarinda hinter uns gelassen und waren eingetaucht in die grüne Eintönigkeit Borneos, die sich dem Reisenden abseits einiger Flugpisten und weniger Straßen nur auf solchen Strömen wie dem Mahakam oder dem Barito öffnet. Zurückgeblieben war der technische Fortschritt mit der Vielzahl seiner Krachmacher. Dachten wir.
Eine ausgetretene Leiter aus verwittertem Holz führt zur Hütte des Bauern Slamet. Die Dielen sind mit Matten aus Bambus bedeckt. Von den Wänden lächeln ein paar Kalenderschönheiten. Am Deckenbalken baumelt eine Petroleum-

lampe. Bis in sein Haus reicht keine Stromleitung, andernorts die Nabelschnur des Fortschritts. In Tering leisten andere Energieträger geräuschvolle Geburtshilfe für Veränderungen.
Der Bauer Slamet zieht das Schonerdeckchen zur Seite und zeigt uns seine Neuerwerbung: einen Kassettenrecorder. Ein Findelkind aus der Welt der Industrie.
Beim Dorfhändler hatte der Bauer seinen alten Transistorenempfänger gegen das Kassettengerät eingetauscht und einen Aufpreis bezahlt. So berichtet er uns, und in seinen Worten klingt Zufriedenheit. Es sei ein guter Handel gewesen, sagt der Mann. Den staatlichen indonesischen Rundfunk habe er in dieser abgelegenen Region sowieso nur schlecht empfangen können; ausländische Sender über Kurzwelle interessieren ihn nicht. Nun aber könne er endlich schöne klare Musik hören, so oft er wolle und er sich die Batterien dafür leisten könne.
An der Wand hängt ein kleines Regal mit Kassetten. Auf dem Wochenmarkt, zu dem die Händler von weit her den Fluß herauf- und herunterpaddeln, werden seit einiger Zeit neben Gemüse, Trockenfisch und Stoffen auch Kassetten angeboten.
Wir sehen und hören. Der allwöchentliche Stand, wo ein mit Autobatterie gespeister Lautsprecher die elektronischen Töne einer neuen Zeit erschallen läßt, ist von den Dorfbewohnern umlagert. Vor allem junge Leute lauschen weit hergebrachten, neuen Idolen, die an den Ufern des Mahakams keine Ahnen haben: Schlagerstars und Popsänger. Die barfüßigen Fans in Tering drängeln sich auf morastigem Markt, wo bis vor kurzem solche Stimmen nur aus dem Transistorradio erklangen, atmosphärisch gestört und von Nachrichten unterbrochen. Nach der Ära der billigen Transistorgeräte hat die Ära der Musik am laufenden Band begonnen. Überall in Südostasien. Omnibusse sind mit den Geräten ausgerüstet. Taxifahrer fragen gar nicht erst die Gäste, sondern drücken aufs Kassetten-Knöpfchen. Das schmale Ton-

band umschlingt mehr und mehr sogar die dörfliche Welt, wo die traditionellen Klänge alter Überlieferungen immer leiser, aber Discosound und Poptöne immer lauter werden. Bei Hochzeiten, früher geheiligte Anlässe, das musikalische Erbe erklingen zu lassen, tönt neuerdings das auf Band konservierte Echo ferner Elektrogitarren und Saxophone. Auch in Tering. Bei Familienfeiern helfen sich die Nachbarn mit Tellern, Besteck und Kassetten aus. Ein deutscher Borneo-Besucher vernahm einst »Zaubertrommeln am Barito« und nannte sein Anfang der 50er Jahre erschienenes Reisebuch danach. Er würde heute seinen Ohren nicht mehr trauen.
Der Bauer Slamet streicht liebevoll das Tuch über seinem Kassettenrecorder wieder glatt, nachdem wir das Gerät bewundert haben. Seine Zaubertrommel ist *made in Japan.*

Tarzans Brüder auf Yogyakartas Straßen

Nahe der Sultan-Agung-Straße in der indonesischen Universitätsstadt Yogyakarta reihen sich einige Kioske nebeneinander, hölzern, grau und ärmlich; »warung« in einheimischer Sprache genannt. Da kann man allen möglichen Haushalts-Krims-Krams kaufen. Eine dieser Buden allerdings hat weder Nützliches noch Nährendes zu bieten. In Regalen und auf Tischen türmen sich da Bilderhefte auf; zerlesen und zerfleddert viele, schreiend bunt die meisten. Der jugendliche Warung-Chef hat hier im wahrsten Sinne des Wortes eine Markt-Nische entdeckt: er verleiht Comics. Die Gebühr ist ziemlich bescheiden, das Publikum sehr jugendlich. Wenn in den benachbarten Schulen große Pause ist, dann drängen sich die Neugierigen in dem engen Häuschen, stöbern und schmökern in den Produkten eines Massenmediums, das während der vergangenen Jahre einen beispiellosen Boom unter den Druckerzeugnissen zu verzeichnen hat.

In Indonesien und anderen Ländern des süd- und fernöstlichen Asiens. Comics haben sich zum publizistischen Renner von Sri Lanka bis Japan gemausert. Die farbigen Hefte zu verleihen, ist dabei nur ein Aspekt des Comics-Geschäftes. Bereits das flüchtige Blättern im Warung nahe der Sultan-Agung-Straße offenbart wichtigeres: Die Mehrzahl der Bilder und Broschüren ist *made in Indonesia.* Die Figuren entstammen der asiatischen Welt, die Texte sind in der nationalen Sprache Bahasa Indonesia geschrieben. Das kennzeichnet den Trend der Zeit und läßt sich auf die asiatischen Nachbarstaaten übertragen.
Tarzan hat starke Brüder bekommen, die ihm und seinesgleichen aus den Comics-Fabriken des Westens heftige Konkurrenz machen.
Zwar liegen in den Buchhandlungen der jeweiligen Hauptstädte auch englische oder in einheimische Sprachen übersetzte Lizenz-Ausgaben von Mickymaus, Asterix & Co., aber was Verbreitung und Auflage betrifft, so haben die bodenständigen Comics den westlichen Ahnen längst den ersten Rang abgelaufen.
Die Philippinen liegen dabei an der Spitze. Jede Woche kommen dort mehr als 40 verschiedene Comics-Hefte auf den Markt. Die Gesamtauflage wird mit zwei Millionen geschätzt. Sie erreichen mehr als 16 Millionen Leser. Keines der anderen südostasiatischen Länder erreicht bislang solche Comics-Dimensionen. Aber überall, wo private Geschäftsleute aktiv werden können – also jenseits kommunistischer Grenzen –, profitieren asiatische Verleger vom Bilder-Boom. Den in den vergangenen Jahrzehnten importierten West- und Western-Helden werden mehr und mehr einheimische Typen entgegengestellt. Innerhalb weniger Jahre sind die Bildergeschichten zum populären Unterhaltungs-Hit geworden. Kein anderes der Printmedien kann sich damit messen. Denn Bücher sind trotz relativ starker Zunahme an Titeln und Exemplaren in keinem der südasiatischen Länder ein Medium der Massen; und weder Zeitun-

gen noch Zeitschriften werden von einem so breiten Publikum von Hand zu Hand gegeben und sind so langfristig im Umlauf wie eben die Comics. Die Kaufkraft der Bevölkerungsmehrheit, namentlich der Jugendlichen, reicht nicht aus zum regelmäßigen Erwerb von Büchern; und das Abonnement einer Tageszeitung ist vornehmlich eine städtische Angelegenheit und nur in Beamten- und Intellektuellenkreisen selbstverständlich.
Der Comics-Konsum aber geht weit über solche Minderheiten hinaus. Die Hefte dringen über die kommerziellen Händler bis in kleine Städte vor und werden von Reisenden mit in die Dörfer gebracht.
Wenn man die Tafeln der europäischen Bänkelsänger als Vorformen moderner Comics ansehen will, dann gibt es vergleichbare grafische Vor-Bilder auch in Asien. Eine Art des indonesischen Wayangs beispielsweise ist den Bänkelplakaten durchaus verwandt. Szenen, Figuren, Themen aus dem Mahabharata, aus dem indischen Epos, sind bei der »Wayang Beber« genannten Version auf Papier- oder Stoff-

bahnen gemalt und um Stäbe gewickelt; sie lassen sich abspulend einem Publikum vorführen und Motiv nach Motiv erklären. Diese Wayang-Art ist nahezu ausgestorben. Grafische Elemente leben in Comics fort.

Ein weites Feld des unterhaltenden Comics wird thematisch mit traditionellen Stoffen und Sagen und historischen Episoden, kriegerischen zumal, aus den jeweiligen Ländern bestellt. Vielfältige Motive aus Märchen und Geistergeschichten, die jahrhundertelang erzählend von Generation zu Generation übertragen worden sind, werden nun auch in Comics umgesetzt. Konkurrenz für die Oma. Mündliche Überlieferung wird optisch festgehalten, solcherart zweifellos verflacht und vordergründiger Spannung wegen im poesievollen Höhenflug gebremst, aber doch populär erhalten. Eine bemerkenswerte Entwicklung in Sachen asiatischer Comics, deren Folgen und Wirkung nicht absehbar sind. Freilich: Das ist nur ein Themenbereich unter vielen.

Gewalt und Liebe erfreuen sich der größten Beliebtheit. Der amerikanische Superman erlebt in Asien viele variierte Neuauflagen. Ob Bulko in den Philippinen oder Hulk in Malaysia oder ähnliche durchschlagende Typen: die Figur des starken Mannes ist allerorten gefragt. Zupackende Fäuste ersetzen allzu komplizierte Argumente; Draufgängertum weckt staunendes Interesse. Was Gewalt und die damit verbundene Spielart Sex betrifft, so kann Hongkong für sich den fragwürdigen Ruhm beanspruchen, das breiteste Bilderangebot an Brutalität und Perversion zu liefern. Mehr als 30 regelmäßig erscheinende Comics gehören in der britischen Kronkolonie zu dieser Schmutz-Kategorie. Ihre Auflage wird insgesamt mit einer Million beziffert. In keinem der anderen asiatischen Länder (mit Ausnahme wahrscheinlich von Japan) würde eine solch gezeichnete Schreckensschau vom staatlichen Zensor geduldet, obwohl die Toleranzschwelle gar nicht so niedrig ist. In Indonesien muß man sich wundern, was die Zensoren, deren schwarzer Filzstift sogar den Bikinimädchen internationaler Zeitschriften die

erogenen Zonen raubt, in den heimischen Comics an Gewalt übersehen.
Was offenbar bei asiatischen Lesern wenig willkommen ist, sind Western- und Indianer-Storys. Deren Helden werden allenfalls verballhornt und tauchen als Witzfiguren auf. Western-Serien, die ernstgenommen werden wollen, haben sich im asiatischen Kulturkreis, wo die Cowboy- und Rothaut-Assoziation der Europäer keine historische Entsprechung hat, nicht durchgesetzt. Dagegen sind Phantasie-Heros dutzendfach zu finden, einschließlich der Weltraum-Helden. Science-fiction-Hefte starten auch von asiatischen Zeichentischen zu hohen Publikumserfolgen. Je weniger Ähnlichkeit mit der unmittelbaren Wirklichkeit, desto beliebter die Comics-Themen.
Das gilt auch für die gefühlsträchtige Palette der Liebesgeschichten, die eine Art asiatischer Ausgabe von gezeichneten »Lore«-Romanen darstellen. Bevorzugtes Milieu solcher Bilderfolgen: die städtische Wohlstandswelt zwischen klimatisiertem Fernsehzimmer und Flugplatzromantik. Es ist die Welt, wo sexuelle Tabus und gesellschaftliche Hindernisse leidenschaftlicher Liebe tatsächlich oder angeblich über Bord geworfen werden. Im Zusammenhang mit anderen auf Optik zugeschnittenen Medien wie Illustrierte, Film und Fernsehen bieten diese Comics ein verlogenes Fenster zum sogenannten Fortschritt.
Ansatzweise wird das Medium Comics auch von Interessengruppen für ihre Botschaften verwendet. So haben christliche Kirchen die simple Bildgeschichte schon vor langem entdeckt, um damit missionierend in Regionen zu wirken, wo die Analphabeten besonders zahlreich sind. Namentlich im einzigen asiatischen Land mit katholischer Mehrheit, in den Philippinen, hat diese Comics-Gattung eine Vielzahl an Titeln hervorgebracht; ausliegend vor Wallfahrtskirchen und in christlichen Buchläden.
Auch die Propagandisten regierungsoffizieller Programme versuchen, die Popularität der Comics für ihre Zwecke zu

nutzen. In Indonesien wird beispielsweise für Familienplanung mittels Bilderheften geworben. Doch Bilderfolgen für den Bildungs-Bereich in Südostasien stecken erst in den Anfängen; noch werden sie hoffnungslos vom Berg der kommerziellen Unterhaltungs-Comics erdrückt.

Die Papierflut an dümmlichen Witzblättern im Comics-Stil wirkt unübersehbar. Ein Magazin ragt in origineller Weise heraus, das dem amerikanischen *Mad* nachempfunden ist, in Malaysia erscheint und auch im Titel »Gila-Gila« die überseeische Anregung zum gestrichelten Nonsens signalisiert: verrückt, verrückt. Unter diesem Etikett bringt das Heft in 14tägiger Erscheinungsweise 100000 Exemplare unters malaiische Volk. Neben ausgemachtem Blödsinn spießen seine Karikaturisten sozialkritisch auch heikle Themen aus Politik und Gesellschaft auf. In diesem Zusammenhang sind Cartoonisten wie der Malaysier Lat zu nennen, dessen Zeichnungen und Bilderfolgen ein entlarvender Spiegel alltäglichen Lebens auf der malaiischen Halbinsel sind. Lats Produkte erscheinen in Tageszeitungen und sind als Bücher Bestseller. In unverwechselbarem Strich hält Lat typische Szenen und Zustände seines gemischtrassigen Landes fest. Von dörflichen Kindheitserinnerungen mit einem Hauch von Nostalgie bis zu beißendem Spott über umwelt- und menschenfeindliche Segnungen des Fortschritts reichen seine Themen. Bei Lat sind angelsächsischer Humor und die asiatische Art, indirekt Kritik an Menschen und Mächtigen zu üben, eine liebenswerte Ehe eingegangen: ein Beispiel für eigenständige Comics-Formen in Asien.

Video-Fieber akut

Das Warten auf Jakartas Flugplatz ist so lästig wie eh; von tropischen Regengüssen, asiatischem Zeitgefühl und der Reparaturanfälligkeit älterer Maschinen abhängig, also unberechenbar. Doch das Warten in der indonesischen Hauptstadt ist unterhaltsamer geworden. Go-go-Girls, Schlagerstars und Operettenchöre geben sich alle Mühe, die Geduld der Reisenden zu belohnen. Auf Fernsehschirmen trällern und tanzen unermüdlich die Akteure des Video-Showbusiness, unterbrochen nur von Werbespots und nüchternen Zahlen, wenn die Flugzeiten und Verspätungen eingeblendet werden.

Hat sich der Reisende in Südostasien für ein Hotel der gehobenen Preisklasse entschieden, dann kann er die Fortsetzung des Programms erwarten. Zu den Pflichten des Boys bei der Ankunft des Gastes gehört der Druck aufs Knöpfchen des TV-Apparates im Zimmer; und schwupps flimmern da Go-go-Girls, Schlagerstars und Operettenchöre farbenfroh und ohne Unterbrechungen.

Und was wird dem Besucher bei der Einladung in die häusliche Wohlhabenheit gutverdienender Kreise geboten? Beispielsweise Go-go-Girls, Schlagerstars und Operettenchöre. Ob Pop, Mickymaus oder Krimi und Kung Fu – der jeweilige Hausherr präsentiert die Kassetten-Schau mit dem stolzen Bewußtsein, über eines der modernsten Prestige-Symbole verfügen zu können.

In Südostasien ist ein Video-Fieber ausgebrochen, das in rasender Geschwindigkeit Millionen von Menschen angesteckt hat und sich weiter verbreitet. Vor allem in den ASEAN-Staaten Indonesien, Singapur, Brunei, Malaysia und den Philippinen (weniger bislang in Thailand) kann das Fieber diagnostiziert werden, mit noch hochgradigerem Befall in Taiwan und Hongkong. Was mit Transistorgeräten vor Jahrzehnten begann, mit TV-Apparaten, Tonband-Kassetten und Walkmen in den vergangenen Jahren fortgesetzt wurde, treibt nun mit Video zu neuen Höhepunkten: die Durchdringung der südostasiatischen Länder mit westlich geprägter elektronischer Massen-Unterhaltung. Die Anstekkung, sich ein Video-Gerät zu kaufen, wird beschleunigt durch persönliches Prestigebedürfnis, nationale Fernsehprogramme mit lückenhaftem Unterhaltungsangebot, durch ein immer engmaschiger werdendes Vertriebsnetz für bespielte Kassetten und die Flut billiger, illegaler Raubkopien aus dem internationalen Showbusiness. Bislang war das Video-Fieber in Südostasien mehr eine Wohlstandskrankheit, aber mehr und mehr greift es auf breitere Schichten der Bevölkerung über.

Was den Beobachter südostasiatischer Entwicklung immer wieder überrascht, ist das Tempo bei der Übernahme westlicher Verhaltensweisen im Konsumbereich. Gemessen an dem dafür verfügbaren Geld – trotz aller regionalen Unterschiede – ist kein Durchschnittsbürger zwischen Hongkong und Bali zu vergleichen mit dem Durchschnittsbürger Japans, Westeuropas oder der USA. Doch erstaunlich ist die Annäherung im Wünsche- und Wertekatalog. Das reicht von der populären Attraktivität westlicher Softdrinks über bedruckte T-Shirts bis hin zu Elektronikgeräten modernster Bauart. Für die breite Masse südostasiatischer Bevölkerungen sind die Grenzen der zum Eigengebrauch erwerbbaren Produkte genau in dieser Reihenfolge definiert; damit ist aber auch die Stufenleiter des durch materielle Waren erreichten Prestiges gekennzeichnet, an deren oberster Sprosse ein automobiler Stern aus Deutschland glänzt.

Für dieses Konsumverhalten gibt das Video-Fieber einigen Aufschluß. Die weitverbreitete Fortschrittsgläubigkeit war bisher mehr auf den Besitz industrieller Güter gerichtet. Mit den immer zahlreicher werdenden Video-Fenstern läßt sich nicht nur Konsumstreben befriedigen, damit öffnen sich mehr und mehr auch Einblicke in eine Welt, deren Werte nicht nur räumlich weit vom geistigen Erbe Südostasiens entfernt sind. Den Hauptanteil am Gewinnkuchen schneiden sich übrigens die Hersteller der Videogeräte und der Videokassetten ab. Es sind fast ausschließlich die Japaner, die auf diesem Felde nicht nur die europäischen Konkurrenten total überflügelt haben, sondern den südostasiatischen Markt ohnehin beherrschen. Die Markennamen »Sony«, »National«, »Sharp« und »JVC« sind Synonyme für Fortschritt geworden.

Natürlich lassen sich Video-Filme nicht vom üblichen TV-Programm trennen. Doch die Möglichkeit, in eigener Regie die Zeiten und Inhalte bestimmen zu können, stellt das jeweilige offizielle Fernseh-Spektakel in den Schatten. Am Verlautbarungs-Journalismus, der in den Ländern mit regierungsoffiziellen oder offiziösen Programmen die Tagesordnung bestimmt, sind die meisten Zuschauer nicht interessiert. So wird mit Filmen von Kassetten all das an Propaganda und Pädagogik überspielt, was sich die PR-Beamten in ihren Ministerien fürs Volk ausdenken. In der Machart sind die staatlichen Fernsehbilder ohnehin weniger unterhaltsam. Die allabendlichen Präsidenten-Statements, die ministeriellen Brückeneröffnungen, die Tagungsstreiflichter vergraulen das Publikum. Was vom kommerziellen Showgeschäft offeriert wird, trifft mehr den volkstümlichen Geschmack.

Video wird im allgemeinen Verständnis als Unterhaltungsmedium aufgenommen. Das bilderreiche Instrument in edukativer Weise zu nutzen, die den Zuschauer nicht hoffnungslos in die Ecke der Passivität drängt, ist Ziel manch ambitionierter Bildungsplaner, hat in der Praxis bislang jedoch nur sehr bescheidene Ansätze. Während asiatische Kultusminister, Lehrer, Künstler über die pädagogischen Möglichkeiten der Videofilme nachzudenken beginnen, überschwappte die kommerzielle Bilderflut längst den Markt. Dabei könnte das Medium im Lernbereich weites Neuland erschließen. Vor allem in Regionen mit hohem Anteil an Analphabeten bietet ein auf die lokalen Informationsbedürfnisse zugeschnittenes Videoprogramm, produ-

ziert in der Landessprache, eingebunden in die Vermittlung durch einheimische Multiplikatoren, eine Horizonterweiterung ungeahnten Ausmaßes.
Der Bildschirm wird ja schon seit langem auch als Schultafel genutzt. Bildungsfernsehen hat in Südostasien vielfältige Variationen, über deren Erfolg die Meinungen auseinandergehen. Video könnte dabei als Ergänzung und als eigenständiges Medium verwendet werden. Die Vorteile liegen auf der Hand: Video ist unabhängig von Sendezeiten, was gerade im ländlichen Bereich bei von Wetter und Saison bestimmten Arbeiten eine Rolle spielt. Video kann beliebig oft wiederholt werden, was dem unterschiedlichen Bildungsniveau der jeweiligen Zuschauer entgegenkommt.
Freilich: Die Einbindung des Videomediums in diesen Bereich ist vom Aufbau neuer Produktionsstätten und Vertriebssysteme abhängig. Wer soll das bezahlen, organisieren, umsetzen? Die Antwort muß auf politischer Ebene gegeben werden. Denn in erster Linie sind es staatliche Institutionen, die Video in die Bildungslandschaft einbringen müßten. Entwicklungshilfe, auch die kirchliche, kann unterstützend wirken. Noch ist Video in Südostasien fast ausschließlich ein benutztes, aber kein genutztes Medium. Für Optimismus, das könne sich in naher Zukunft ändern, besteht wenig Anlaß. Ein Grund dafür ist die Kommerzialisierung der Videowelt, die einerseits den rasanten Boom ermöglicht, andererseits der anspruchsvolleren Qualität der Inhalte kaum eine Chance einräumt, weil dies der Markt nicht aufzunehmen scheint. Eine Frage heißt, ob mit der schnellen Verbreitung gerade des seichten Videoangebotes der populäre Geschmack und die Erwartung der Zuschauer bereits so festgelegt werden, daß auch die ambitionierte Nutzung des Mediums künftig wenig wahrscheinlich wird.
Nicht nur in den Hauptstädten schießen die Kassettenverleih-Läden aus dem Boden; auch in kleineren Orten packen clevere Geschäftsleute ihre Regale voll mit Videoangeboten. Das Vertriebsnetz wird eng geknüpft und ruht längst in

Händen von internationalen Unternehmen, in denen vor allem chinesisch-stämmige Investoren die Chancen des Marktes entdeckt haben. In Indonesien beispielsweise treffen sich Familien mit ausgeprägtem Gemeinschaftssinn in Videozirkeln. Reihum werden Filme ausgeliehen, gemeinsam angeschaut und anteilig bezahlt. Geteilte Gebühren bringen doppelte Freude. Dieses Gruppenvideo schmälert längst die Kassen der Kinos. Dort kostet eine Eintrittskarte zwischen 1000 und 5000 Rupien. Videofilme werden ab 1000 Rupien je Abend vermietet. Klare Sache. Die Investition eines Wiedergabegerätes rentiert sich.
Nach Buchhandlungen oder Bibliotheken würde man außerhalb der Hauptstädte zumeist vergeblich suchen. Das gedruckte Wort spielt in den Ländern mit langer Erzähltradition und oralen Formen der Kommunikation nur eine Rolle für Minderheiten. Die belebten Bilder eroberten sich vom TV-Start an vor einigen Jahren ein Massenpublikum. Video bietet nun eine völlig neue Dimension. Was da von Pop bis Porno produziert oder des Profits wegen bloß kopiert wird, trifft auf Gesellschaften mit alter eigenständiger Kultur. Was die technische Übermittlung angeht, so stellt Video wie das Fernsehen eine revolutionierende Form der Kommunikation dar für Lebensbereiche, in denen das Miteinanderreden bislang vorherrschte. Die Inhalte orientieren sich in vielen Fällen an westlichen Vorbildern, die in ihren Ursprungsländern längst fragwürdig geworden sind. So gesehen, trägt Video zur weiteren kulturellen Nivellierung der Erdkreise bei.
Und da ist eine zusätzliche Attraktion: Video schlägt dem staatlichen Zensor ein Schnippchen. Mit den öffentlich vorgeführten Kinofilmen werden die Scheren der Zensur noch fertig. Über die Leinwände der Filmtheater Südostasiens läuft keine Szene, die nicht durch einen Stempel im Vorspann ausdrücklich als erlaubt gekennzeichnet ist oder eine Art von Selbstzensur passiert hat, die Folge allgemeiner politischer Repression ist. Aber was in den Regalen der

Video-Verleiher ausliegt oder was unter den Ladentischen gegen Aufpreis zu haben ist, entzieht sich weitgehend den staatlichen Argusaugen.

Der Schmuggel blüht. Bei den endlosen Küsten Südostasiens sind die jeweiligen Zollbehörden bereits im Aufspüren üblicher Konterbande überfordert. Mit Videokassetten jedoch scheint sich eine Art offizielle Resignation einzuschleichen. Von Zigaretten bis elektronischem Gerät lassen sich die meisten Schmuggel-Importgüter per Augenschein als solche erkennen. Videokassetten können indes mit Etiketten mehr verheimlichen als verdeutlichen.

Videopiraten setzen mit modernstem technischen Equipment eine Plünder-Tradition fort, die die einstigen Seeräuber – was Organisation, Cleverness und Rechtsbruch betrifft – zu tumben Stümpern degradiert. Das in Hongkong erscheinende Wochenmagazin *Asiaweek* stellte die Frage, was denn amerikanische Spielfilme wie *Superman, For Your Eyes Only* und *Raiders of the Lost Ark* miteinander verbinde? Die Antwort war simpel. Diese drei Titel gehören zu einer Vielzahl von Filmen, die in Südostasien als Kassette eher auf den Märkten gehandelt wurden, als sie in den Kinos der Region oder gar als sie in amerikanischen *movie theaters* zu sehen waren. In allen Zentren Südostasiens, vor allem in Taipeh und Hongkong, werden die Kinofilme in großen Auflagen kopiert. Dank Beziehungen und Bestechung kommen die Videopiraten an die Originalstreifen; zuweilen gelingt dies während der Produktion in den Studios und Kopieranstalten. Da wird wenig dem Zufall überlassen. Die Piraten kennen den Markt und die Wünsche des Publikums: Das ist in Asien kaum anders als in Europa, wo ebenfalls die dunklen Geschäfte mit kopierter Video-Action zu Millionenprofiten erblühen. Unterschiedlich sind jedoch die Rechtsgrundlagen der Strafverfolgung und deren Praxis.

In der Bundesrepublik Deutschland hat es bereits spektakuläre Vorstöße der Staatsanwaltschaften gegeben, den Videopiraten das Handwerk zu legen. Ein Fall für den jeweiligen

nationalen Staatsanwalt in Südostasien wird diese Bilderräuberei selten. Die Copyright-Gesetze stammen zumeist aus den Zeiten, da die Leinwandbilder das Laufen lernten, TV und Video aber noch nicht in Sicht waren. In fast allen asiatischen Ländern haben die zuständigen Behörden primär darauf zu achten, *was* auf den Kassetten zu sehen ist, und weniger, ob und von welchem Urheber das elektronische Spiel gestohlen wurde. Ein philippinischer Kenner der Videoszene: »Die Kopiekosten sind gering, die Profite gigantisch, und das Risiko ist gleich Null.«
Das hat freilich längst auch schon tagespolitische Aspekte. Wer im Herbst 1983 durch die Philippinen reiste, wurde von Freunden, die der Regierung des Präsidenten Marcos nicht wohlgesonnen sind, allerorten mit der Frage empfangen: »Habt ihr schon den japanischen Film über die Ermordung Aquinos gesehen?« Es war die Version eines japanischen TV-Filmes, der sich äußerst kritisch mit der offiziellen Darstellung der Erschießung des philippinischen Oppositionsführers bei dessen Heimkehr aus dem amerikanischen Exil am 21. August 1983 auseinandersetzt. Fazit schon damals: So wie es die Marcos-Regierung der Öffentlichkeit plausibel machen wollte, kann es nicht gewesen sein. Ein Film, der selbstverständlich über keine philippinische Station ausgestrahlt wurde. Als Videokassette mit englischer Übersetzung machte der japanische TV-Report jedoch in den Philippinen die unerlaubte Runde. In Hunderten von Kopien war er zu sehen.
Video – auch ein Medium der jeweiligen Opposition? In den Philippinen jedenfalls mit einer hohen Dichte an privaten und halbprivaten Abspielgeräten, ist dieses neue Medium von der Regierung und ihrem Überwachungsapparat schon nicht mehr zu unterdrücken. Interessante Ausblicke in einem Medienbereich, der in Südostasien noch eher und schneller in Bewegung geraten ist als im alten Europa, bieten sich an. Das Video-Fieber in Südostasien hält Einzug in immer weitere Kreise.

Singapur

Visionen auf dem Viadukt

Ein neues Stück Singapur ist dem Meere abgetrotzt. Der Viadukt steht auf dem festen Boden Singapurer Tatsachen, wo vor ein paar Jahren noch Schiffe kreuzten. Nach Benjamin Shearer ist das Jahrhundertwerk benannt; mit dem Namen des 1981 verstorbenen Präsidenten verbindet sich diese weitere in Beton erstarrte Kunde vom Termitenfleiß jener Bewohner des Stadtstaates, die ein Spötter ihrer angeblich keuschen Dauerarbeitswut wegen »Singapuritaner« nannte. Kühn im stabilen Look der Macher schwingt sich der *high-way* auf steinernen Stelzen entlang der *skyline*. Es ist kein Zufall, wenn sich einem bei der Beschreibung die Amerikanismen aufdrängen. Die himmelkratzende Silhouette Singapurs ist nun mal ein Markenzeichen des modernen *big business* geworden, ein Hort heutigen Kapitalismus, wie er dem ankommenden Reisenden bereits auf den Hochglanzseiten des *Inflight Magazine* der zu Singapur gehörenden Luftfahrtgesellschaft entgegenleuchtet, Konsumwünsche, vornehmlich aus der Elektronik, weckend.
Der Viadukt wird zur gigantischen Galerie. Allerdings nicht für Fußgänger; erlaubt sind nur Menschen mit Maschinen –

oder eher umgekehrt. Wir fahren mit dem Motorrad. Ich auf dem Rücksitz. Den Kopf in den vorgeschriebenen Schutzhelm gezwängt. Den Blick über die linke Schulter auf eine Vision gerichtet. Wir kommen vom Hafenviertel. Kurz nach 18 Uhr. Vor rötlichblauem Himmel steckt die untergehende Sonne die Hochhäuser in Brand. Je nach unserem sich mit 50 Stundenkilometern wandelnden Blickwinkel werden einem Dach nach dem anderen flammende Fackeln aufgesetzt. Ich sehe Singapur, doch in das Gebanntsein unmittelbaren Erlebens mischt sich das beklemmende Gefühl von *Déjà-vu.* Schon mal gesehen, so etwas, aber wo?
Rasche Fahrt. Bewegung. *Movement. Movie. Movie?* Das ist's. Wir rauschen durch einen Film. Der Augen-Blick wird zum Kameraschwenk. Das ist nicht mehr die eine Gegenwart. Da, zur Linken türmt sich gewaltig hoch die Kulisse für Science-fiction. Zukunft dreidimensional. Kein Mensch ist zu erkennen in dieser künstlichen Landschaft technischer Präzision. Nur dieses funkelnde Häusergebirge da drüben, dem das schwindende Tageslicht die Konturen der Seelenlosigkeit meißelt. Sind das die riesenhaften Boxen einer neuen Spezies funktionaler und deshalb funktionierender Retortenwesen? Von Robotern konstruiert? Eine tropische Metropolis? Die Welt von morgen, bei Sonnenuntergang vom neuen Singapurer Viadukt aus gesichtet?
Löwenstadt heißt sie in der Übersetzung ihres Sanskritnamens: Singa-pura. Stadt der Baulöwen wäre indes die treffendere Bezeichnung für das Manhattan Südostasiens. Das königliche Wappentier ist längst von pragmatischeren Symbolen wie Bagger und Betonnmischmaschine verdrängt worden. Nirgends sonst in der Region wurde auf so wenig Platz so viel und so hoch gebaut wie in Singapur während des vergangenen Jahrzehntes. Die asiatischen Züge der einstigen *Chinatown* bleiben auf der Strecke gleichmachenden Fortschritts.
Schließlich biegen wir in die Jalan Laut ein, deren einst aufs Wasser bezogener Name – Meeresstraße – vom landgewin-

nenden Fortschritt Singapurs sinnentleert wurde. Dann die Kreuzung an der Beachroad, vom Strand heutzutage ebenfalls weit entfernt. Die Ampel auf Rot. Blick in die Rochorroad vor uns. Was ist das? Da breitet sich ja doch noch das andere Singapur aus, das von gestern. Chinesenstadt. Jedes der kleinen grünen Häuser beherbergt einen Laden mit zeitloserem Kram, als es elektronische Taschenrechner sind. Vor den geöffneten Geschäften zu ebener Erde richtige Menschen; sie reden miteinander. Ich entdecke eine Fahrradrikscha zwischen den Autos. Ampel auf Grün. Weiter, nach links, die Beachroad entlang. Auf der rechten Seite kommt ein grauer Kasten ins Bild, ein von Palmen gesäumtes Haus mit den Schnörkeln vergangener Kolonialzeiten. Ich spüre so etwas wie Erleichterung. Gott sei Dank, auch das Hotel steht noch, mit dem der englische Schriftsteller Somerset Maugham »all die Legenden des exotischen Ostens« verband. Das *Raffles.* Der Freund bringt das Motorrad zum Stehen. Entspannung. Wir sind aus dem 21. Jahrhundert zurückgekehrt.
Das gegenwärtige, sich täglich, stündlich modernisierende Singapur fordert zum historischen Vergleich geradezu heraus. Schon lange stimmt das malerische Image aus Literatur und Fernweh nicht mehr mit der Wirklichkeit überein. In Singapur ist der Wandel von einer typisch asiatischen Hafenstadt mit allen Schattenseiten wie Slums, Prostitution, Korruption zu einer Metropole ohne kommerzialisiertes Laster, ohne Seuchen und Armut konsequent und radikal vollzogen worden.
Das Pro-Kopf-Einkommen liegt im asiatischen Vergleich mit an der Spitze. Ein gewaltiges staatliches Bauprogramm hat der Mehrheit der 2,5 Millionen Einwohner zu soliden Wohnungen verholfen. 80 Prozent leben bereits in sauberen Trabantenstädten. Wie Riesenpilze sprossen die Hochbausiedlungen aus dem teuren, weil so eng begrenzten Boden Singapurs, das aus einer Hauptinsel und einigen Dutzend kleineren Eilanden davor besteht. Mit aufwendigen Landge-

winnungs-Vorhaben wurde die Fläche beträchtlich erweitert. Ähnlich dem holländischen Vorbild, Gewässer trockenzulegen und aufzuschütten, gehört Singapur zu den wenigen Staaten der Welt, die ihr Territorium ohne kriegerischen Raub vergrößern konnten. Im vergangenen Jahrzehnt wurde das Gebiet von 580 auf 618 Quadratkilometer vergrößert. Eine beachtliche neue Grundlage für den Singapurer Fortschritt, der von Rigorismus geprägt ist. Die alten engen Straßen der *Chinatown* haben da keinen Platz mehr. Räumbagger schaffen unaufhörlich neuen Raum für Wohnsilos, *Shoppingcenters* und Büroräume. Nur wenige Gebäude aus der kolonialen Epoche werden verschont und im Interesse der Tourismuswerbung als Museen ihrer selbst geduldet. Das *Raffles*, das Hotel, ist eines. Nach Jahren der Ungewißheit, ob denn das *Raffles* überhaupt von der Spitzhacke unberührt bleibe, dürfte die Zukunft nun ziemlich gesichert sein. Renovierung heißt die Devisen bringende Devise.

Unter den Reisenden hat sich's ja herumgesprochen, daß in Singapur die standardisierten Luxushotels explosionsartig in den Himmel schießen, austauschbar und kunststoffglatt, daß aber Orte mit unverwechselbarem Charakter immer mehr zur Rarität werden. Sogar in der Statistik schlägt sich das Bedürfnis nach letzterem nieder: Anfang der 70er Jahre war das *Raffles* zumeist nur zu einem Drittel belegt. Heute sind seine 127 Zimmer auf Wochen im voraus ausgebucht.
Die Ausmaße der Gästeräume – deren dazugehörige Badezimmer man getrost an Kleinfamilien untervermieten könnte – schließen eine Ära ein, da in Singapur der Bauplatz noch nicht der teuerste aller Rohstoffe war wie heute. Des weißen Mannes Herrenanspruch verschaffte sich Ellenbogenfreiheit, die kaum ein Zimmer in den modernen Durchschnittshotels zu bieten hat. Die Attraktion des *Raffles* steigt im selben Maße wie die Höhe der neuen Häuser ringsum. In einer Ecke des üppig bewachsenen Innengartens, lässig auf Rotan-Sesseln sitzend, gelingt es einem noch, den Singapurer Himmel ohne Wolkenkratzer verstellt zu sehen. Wenn erst einmal die benachbarte *Raffles-City* mit ihrem Konzentrat aus Einkaufszentren, zwei Hotels mit 2100 Zimmern und Parkdecks fertiggestellt ist, dann wird das *Raffles-Hotel* daneben eines der letzten Stücke kolonialer Vergangenheit sein: Ein Ort literarischer Reminiszenzen wie eine Oase im stromlinienförmigen Fortschritt. *Raffles-City* aber ist eine neue Stadt in der Stadt, überragt von einem Büroturm mit 42 Stockwerken. Der Name erinnert ebenso wie der des Hotels aus dem Ende des vorigen Jahrhunderts an den Gründer des modernen Singapur.
Sir Thomas Stamford Raffles handelte 1819 im Dienste der britischen East-India-Company den malaiischen Herren den damals unbedeutenden insularen Siedlungsplatz an der Südspitze der Halbinsel Malaya ab. Ein paar Dutzend Familien hatten sich zu jener Zeit an der Küste niedergelassen, deren wirtschaftsstrategische Bedeutung sehr schnell bei den geschäftstüchtigen Briten zu Buche schlug. Ganz

nebenbei hatten sie mit Singapur auch einen Stützpunkt in die Hand bekommen, der das benachbarte Niederländisch-Indien und die holländischen Machtansprüche in der Region nachhaltig bedrängte.
Als die Briten in Singapur herrschten und die Insel zur Festung ausbauten, betrachteten sie das Territorium als Gibraltar des Ostens. Zwischen Indischem Ozean und Pazifik gelegen, zwischen der malaiischen Halbinsel und Sumatra am Ausgang der Malacca-Straße, ist die Lage ideal, um den südostasiatischen Raum zu überwachen. 1959 zogen sich die Briten zurück. Nach einigen Übergangsjahren ließ sich Singapur mit Malaya und den einstigen britischen Kolonien auf der Insel Borneo in die Föderation Malaysia aufnehmen. Die Ehe ging schief. Zu unterschiedlich sind die völkischen und rassischen Verhältnisse. In den übrigen Teilen Malaysias sind die Chinesen in der Minderheit, wirtschaftlich zwar stark, aber politisch von der malaiischen Mehrheit am kürzeren Zügel gehalten. In Singapur jedoch bilden die Bewohner chinesischer Abstammung mit knapp 80 Prozent die Mehrheit (neben 14 Prozent Malaien, 6 Prozent Indern und einigen tausend Weißen); und nur in Singapur (außerhalb der Volksrepublik China, Hongkongs und Taiwans) geben die Chinesen den politischen Ton an. Die Föderation war zum Scheitern verurteilt. So stieg Singapur aus dem Verband aus.
Am 9. August 1965 wurde der selbständige Staat ausgerufen. Ein Mann übernahm die Führung, der noch immer die Geschicke des Stadtstaates lenkt. Die Politik Singapurs ist vom Pragmatismus des Ministerpräsidenten Lee Kuan Yew bestimmt. Der chinesische Politiker, der in Cambridge Jura studierte, steuert einen eigenen Kurs zwischen Sozialismus und Kapitalismus. Kein Millionär Singapurs wird enteignet, die Lebensverhältnisse der Mehrheit haben sich deutlich verbessert – auf diesen Nenner läßt sich das Lee'sche Konzept beispielsweise bringen. Seine Methoden, an der Macht zu bleiben, sind nicht unumstritten. Seine Feinde nennen

ihn Sozialfaschist; von den Freunden wird Lee als einer der dynamischsten Staatsführer Asiens gepriesen.
Aus dem Gibralter des Ostens ist eine turbulente Drehscheibe für Kapital, Erdöl und Touristen geworden. Singapur verfügt über keinerlei Bodenschätze oder Ölvorkommen. Doch seine Lage und das wirtschaftspolitische Geschick seiner Regierung haben es zum prosperierenden Umschlagplatz gemacht. Die Raffinerien sind für Südostasien von Bedeutung. Längst ist Singapur nicht mehr bloßer Verladehafen. Industrieanlagen wurden buchstäblich aus dem Boden gestampft. Am Anfang waren die billigen Arbeitskräfte der Trumpf. In der Textilherstellung konnten die Weltmarktpreise unterboten werden. Nun ist eine Generation qualifizierter Facharbeiter herangewachsen. Die Industrie hat sich auf Elektronik und Datenverarbeitung spezialisiert.
Und Geld, natürlich, fast das Synonym für Singapur. Der Stadtstaat ist das Bankenzentrum Südostasiens geworden, neuerdings attraktiv auch für umzugsbereite Kapitalanleger aus Hongkong, die der Zukunft der britischen Kronkolonie pessimistisch entgegensehen. Ob deren Rechnungen in Singapur besser aufgehen, bleibt abzuwarten; unübersehbar indes sind die rapide wachsenden neuen Banken und Büros. Wer im Abstand weniger Monate immer wieder mal über der Skyline Singapurs einfliegt, wundert sich ob dieser städtebaulichen Annäherung an Manhattan stets aufs neue.
Singapurs umfangreiches und aufwendiges Entwicklungsprojekt geht jedoch nicht himmelgreifend in die Luft, sondern sogar kilometerweit unter die kostbare Erde. Es ist *Mass Rapid Transit* (MRT), ein Verkehrssystem, das einige Milliarden Dollar verschlingen wird. Im Oktober 1983 war Grundsteinlegung; ein Jahrzehnt werden die Bauarbeiten dauern, bis die verschiedenen neuen und alten Zentren mit 66,8 Kilometer langen Schienen verbunden sein werden. Von den 42 Stationen sollen 15 unter Tage sein. Im ersten Anlauf sollen täglich 150 000 Passagiere befördert werden;

um die Jahrtausendwende eine Million. In der internationalen Projektausschreibung konnten sich japanische Unternehmen die lukrativsten Aufträge bei der Konstruktion sichern.
Ob es einem als europäischem Gast mit nostalgischen Erwartungen gefällt oder nicht: Singapur hat kühne asiatische Maßstäbe für Fortschritt gesetzt. Unverkennbar macht bei den städtebaulichen Plänen und Neuerungen in den anderen Metropolen der Region, in Kuala Lumpur, Jakarta, Manila, Bangkok, das Beispiel Schule: Auch deren Vorzeigeseiten sollen alle einmal so werden wie Singapur heute schon ist.

Malaysia

Sandy und die Gummizeit

Sandy, eine junge Engländerin, hatte in Australien entfernte Vettern und Basen besucht und war auf dem Heimweg. Getreu der Erfahrung, daß man im Flugzeug weder Land noch Leute kennenlernen kann, reiste die junge Dame zwischendrin ein Stück mit der Eisenbahn durch die malaiische Welt. Von Singapur bis Kuala Lumpur. Wir lernten uns im Speisewagen kennen. Zu Beginn der Reise war Sandys Glauben in die Verläßlichkeit eines tropischen Fahrplanes noch ungebrochen. Doch der Glauben blieb auf der Strecke: auf offener Strecke, wo das grüne Meer der Palmpflanzungen bis an die Gleise reicht. Grüne, nichts als grüne Ausblicke zu beiden Seiten. Stunde um Stunde müht sich der Zug durch die Gasse zwischen den Bäumen. Es ist eine eingleisige Linie. Eben dies brachte Sandys Zeitpläne durcheinander.

Mitten in der grünen Einförmigkeit blieb der Zug auf einem Ausweichgleis stehen. Wir mußten auf den Gegenzug warten. Zehn Minuten. Eine halbe Stunde. Eine Stunde. Nichts war zu hören außer einigen Vogelstimmen in der Plantage, über der die Mittagssonne lastete. Die malaiischen Mitreisenden, an einen Zeitbegriff gewöhnt, den sie in ihrer Sprache »Jam Karet« – Gummizeit – nennen, lehnten sich in ihre Sitze zurück. Sandy dagegen hielt von solch temporärer Dehnung nichts. Das arme Mädchen sah das im voraus gebuchte Flugzeug in Kuala Lumpur bereits ohne sie gen England entschwinden.

Doch eine Zugverspätung, die in Mitteleuropa ein Ärgernis ist, wird in einem Land wie Malaysia zum Anlaß menschenfreundlichen Einandernäherkommens. Zwei uniformierte Schaffner, zuvor noch strenge Amtspersonen, erkundigten sich nach der Ursache von Sandys Betrübnis. Der Kellner des Speisewagens brachte einen Extrakaffee. Zwischendurch schaute der Maschinist der Lok herein. Allesamt sprachen sie Sandy mitfühlend zu. Ein islamischer Malaie, muselmanische Alkoholverbote in den Wind schlagend – »Hier kennt mich ja niemand«, sagte er zutreffend –, offerierte Trost aus Bierflaschen. Ein dicker Inder bot seine astrologischen Kenntnisse an. Er schaute Sandy zuerst in die Augen, dann auf die Handflächen und stellte ihr schließlich ein hoffnungsvolles Horoskop, das für die kommenden Jahre Gutes voraussagte, Nebensächlichkeiten wie die Ankunftszeit in Kuala Lumpur freilich unerwähnt ließ.

Die Anteilnahme rundherum brachte den Zug keinen Zentimeter weiter. Aber Sandys Blick hellte sich allmählich auf. »Wie heißt diese komische Zeit bei Ihnen?« fragte sie einen der einheimischen Reisenden. »Jam Karet«, sagte er. Und alle lachten. Als nach fast zwei Stunden endlich der erlösende Pfiff des Gegenzuges ertönte, ließ sich sogar der Lokführer kurz im Speisewagen blicken. Der Mann versprach beschleunigte Fahrt. Bis Kuala Lumpur hatte Sandy einige neue Freunde gewonnen. Ihr Flugzeug erwischte sie übrigens doch noch. Es hatte auch Verspätung.

Das Raubtier und die Orchideen

Durch den eigenartigen Park, ein paar Kilometer außerhalb von Kuala Lumpur gelegen, strich der milde Abendwind, der die Hitze des Tages fortblies und den Schweiß trocknete. Es war jene halbe Stunde zwischen untergehender Sonne und Dunkelheit, jene Schonfrist in den Tropen, die wohltuende Zeit des Aufatmens. Ein Gefühl von Leichtigkeit und Heiterkeit durchströmte die Brust. Die importierte Hetze der malaysischen Hauptstadt war hinter uns geblieben. Der Park nahm uns auf wie eine Oase. Unter dem Dach ausladender Bäume versteckten sich kleine Wohnhäuser; schmuck und sauber, Geborgenheit ausstrahlend. Im nahen Kuala Lumpur hat sich der Moloch namens Fortschritt längst durch die Landschaft gewühlt und kreuz und quer seine asphaltenen Kriechspuren hinterlassen und als Zeichen seiner Herrschaft seelenlose Hochhäuser errichtet. Bis zu jenem Wohnpark war dieses Ungeheuer noch nicht vorgedrungen. Vor den Häusern saßen Menschen mit viel Zeit.
Ein alter Mann zeigte uns seine Orchideenzucht. Im sanften Licht der schwindenden Sonne leuchteten die Blüten auf; und ein Abglanz spiegelte sich in den Augen des Alten, die den paradiesischen Frieden ringsum aufnahmen. Von ihm ging Ruhe aus. Einzig mit den dunklen Augen lächelte der Mann. Seinem Gesicht fehlten die Lippen; kein schützendes Fleisch verbarg mehr die Zahnruinen vor fremden Blicken; und anstelle der Nase klaffte ein Loch.
»Kostbare Blüten, nicht wahr?« sagte der Mund, der keiner mehr war. Die Stimme klang heiser und gepreßt. Liebevoll fuhren die Fingerstümpfe der rechten Hand über die Orchideen, ohne die Pflanzen wirklich zu berühren. Der Mann winkelte den in Lappen gehüllten Stummel der Linken an seinen Oberkörper und klemmte so den Stiel des Besens ein, mit dem er zuvor Blätter zusammengefegt hatte. »Jahrelange Geduld ist erforderlich, um solche Orchideen zu züchten«, erklärte er und fügte fast entschuldigend hinzu:

»Jeder Handgriff tut weh.«
Früher, als er noch in Kuala Lumpur leben durfte und Beamter in einem Ministerium gewesen sei, da habe er richtig zupacken können; damals, bevor ihn ein unersättliches Raubtier anfiel, die Zähne in seinen Körper grub, ihm Finger, Bein und Arm abfraß und sein Gesicht verstümmelte. Diese Bestie verbannte ihn in das Dorf in jenem eigenartigen Park ebenso wie seine Leidensgenossen in den Nachbarhäuschen, wo das unsichtbare Raubtier allgegenwärtig ist, das Lepra heißt und auch Aussatz genannt wird.

Hilfe für Buchstaben-Blinde

Der Papierkrieg, die phrasenreiche Auseinandersetzung mit getippten Worten und mehreren Durchschlägen, hat auch in Asien viele Fronten. Die Orte aber, wo demjenigen verbale Hilfe zuteil wird, der nur mangelhaft mit Schreibwerkzeugen und geringer sprachlicher Treffsicherheit ausgerüstet ist, werden immer rarer. Unter den Bäumen Malakkas sind noch Außenposten stationiert, die letzten Mitstreiter einer aussterbenden Zunft: die öffentlichen Schreiber. Wo die malaysische Stadt ihr europäisches Erbe besonders auffallend zur Schau stellt, haben sie sich niedergelassen.
Das wuchtige Stadthaus mit seinen karminroten Mauern verweist auf den holländischen Machtanspruch in diesem Teil Südostasiens. Als sei's für die Ewigkeit gedacht, so massiv hatten die Niederländer im 17. Jahrhundert ihre Verwaltungsburg nahe des Hafens von Malakka gebaut, wo die Schätze des Orients umgeschlagen wurden. In warmem Rot leuchtet auch die trutzige Kirche daneben, von frommer Verbindung zwischen Geschäft und Glauben kündend. Und der Brunnen davor, endlos plätschernd, erinnert an die Briten, die der Holländer Kolonialdasein beendeten, um das

eigene zu beginnen. Auf solch geschichtsträchtigem Boden im Schatten alter Bäume stehen die kleinen Tische mit den Schreibmaschinen der Briefsteller.
Ein ganzes Dutzend wackerer Sekretäre ist's, das da gegen Gebühr in die abgewetzten Tasten greift und im papierenen Gefecht eindeutig Stellung für den Klienten bezieht. Die Schreiber sind mit allen sprachlichen Tricks vertraut. Manch einer verdient den Titel Straßenrand-Advokat. *Petition-writer* ist eine andere Berufsbezeichnung. Es sind fast nur ältere Herren, die hinter ihren ebenso betagten Schreibmaschinen angepaßte Formulierungen feilbieten. Die Eingabe an die Behörde erhält jenen abgerundeten Schliff, der untertänige Höflichkeit mit einem Rechtsanspruch vereint. Die Botschaft an die Versicherung zeugt von vertrauter Kenntnis des Kleingedruckten. Die Beantwortung einer polizeilichen Anfrage wird zum Muster sprachlicher Kosmetik. Zu den wortreichen Qualitäten der Ghostwriter in Malakka gehört die Beherrschung mehrerer in dieser Weltecke üblicher Idiome. Chinesisch ebenso wie Englisch und Malaiisch. Ehemalige Beamte haben da die Front gewechselt und bessern mit solchen Briefen ihre magere Pension auf. Lehrer sind zu dieser speziellen Art von *homme de lettres* ebenso avanciert wie Kaufleute und Ex-Reporter.
Die Herren können auf eine alte Tradition der Zunft zurückblicken. Als Analphabet zu sein – oder Buchstabenblind, wie das die Malaien nennen – noch nicht als Schande galt und Nicht-Schreiben-Können von den meisten Menschen keinesfalls als Mangel empfunden wurde, stand das Ansehen der öffentlichen Briefschreiber überall in hoher Blüte. Neben Ämtern und Postschaltern, auf Märkten und vor Fürstenhäusern hielten die Schriftkundigen ihre Stifte bereit wie Pfeile im Köcher, um dem zahlenden Auftraggeber die Teilnahme am Papierkrieg zu ermöglichen oder auch diskret von Amor eingegebene Schwüre zu Briefpapier zu bringen. Auf Malakkas Platz im Schatten der Zeitlosigkeit werden solche Dienste noch immer in Anspruch genommen.

Die Tarife liegen fest wie die meisten der gedrechselten und hundertmal getippten Sätze. Deshalb wird wohl keiner der heutigen öffentlichen Schreiber von Malakka auf einen solchen Trick hereinfallen, den einst Rudyard Kipling seinen jugendlichen Romanhelden Kim anwenden ließ. Der diktierte auf einem indischen Markt einen Brief und teilte dem Empfänger mit: ». . . schicke mir etwas Geld, denn ich habe nicht genug, um den Schreiber zu bezahlen, der dies schreibt.« Es waren die letzten Worte der schon verfaßten Epistel. Der Schreiber begnügte sich, staunend den Betrug zu akzeptieren.

Entdeckungen im Kolonialfriedhof von Penang

Die Nacht des 25. Oktobers 1878 war die letzte im Leben des Christopher Henry Lloyd. Er wurde von einer Bande chinesischer Räuber ermordet: *»Murdered by a Gang of Chinese Robbers«*. So steht es eingemeisselt auf seinem Grabstein. Als Beruf gibt die verwitterte Platte »Superintendent« an. Stichworte einer Tragödie, vom Tropenregen verwaschen. Der Nachfahre entziffert die Inschrift auf dem Kolonialfriedhof der malaysischen Insel Penang. Andernorts mögen solche Chiffren fremder Schicksale im Generationenabstand bestenfalls noch von familiärem Interesse sein. Auf Penang markieren sie eine Epoche.

Raben wachen über die Vergangenheit. Wütend flattert die schwarze Schar über die Gräber, wenn sich ein Besucher in ihr Reich verirrt. Oft geschieht dies nicht, obwohl der Friedhof mitten in der geschäftigen Großstadt Georgetown liegt. Jenseits der Mauern fließt auf der Notham Road der endlose Strom von Autos vorbei. Hinter den Bäumen heben sich die klimatisierten Hotelklötze des Massentourismus

gegen den blauen Himmel ab. Diesseits der Mauern ist der Reisende auf eine Insel auf der Insel geraten.
Christopher Henry Lloyds Grab ist eines der jüngsten. Das älteste Grab wurde im Oktober 1789 zugeschaufelt. Nur den Namen H. D. D. Cuningham gibt die Platte noch preis. Er starb, drei Jahre nachdem die Briten die Insel für sich hatten vereinnahmen können. Jahrelang hatten die Abgesandten der East India Company in diesem Teil der indischen Gewässer nach einem soliden Hafen gesucht. Die britischen Interessen waren handfest gewesen. Es galt, den Seehandel mit Opium aus Bengalen und Tee aus Kanton zu schützen. Außerdem wollten sich die Briten einen Stützpunkt sichern, von dem aus die holländischen Kolonialkonkurrenten bekämpft werden konnten. Der Kapitän Francis Light brachte Penang 1786 in den Einflußbereich der East India Company, indem er mit dem Sultan von Kedah einen Vertrag abschloß. Penang wurde die erste britische Niederlassung in der Malakka-Straße. 33 Jahre danach gründete Sir Raffles das an der Südspitze der malaysischen Insel gelegene Singapur. Als Francis Light und seine Leute auf Penang anlegten, war die Insel kaum bewohnt. Ein paar Fischerfamilien hatten sich angesiedelt. Gelegentlich flüchteten sich die »Lanuas« genannten Piraten vor ihren Verfolgern in die Buchten Penangs. Mit dem Union Jack über der Insel hatte sich das britische Empire weiter ausgedehnt. Erst 171 Jahre später holten die Kolonialherren ihre Fahne endgültig (1942–1945 japanische Besatzung) wieder ein, um die Malaysische Förderation in die Unabhängigkeit zu entlassen.
Francis Light starb am 21. Oktober 1794. Einer der wuchtigen grauen Steine ist ihm gewidmet, *»who first established this island as a British settlement«*. Wie sein Grabmal, so demonstrieren auch die meisten anderen im Kolonialfriedhof von Penang den Machtanspruch jener Epoche: klotzig und derb. Die Sarkophage des Empire haben keine eleganten Linien. Gesteinsblöcke türmen sich meterhoch, als müß-

ten sie für alle Zeiten den Monsunstürmen trotzen. Der Friedhof ist ein erhaltenes Zeugnis der geschlossenen Europäergesellschaft der kolonialen Gründerzeit. Die meisten Namen sind englischer Herkunft: ein paar holländische, ein paar deutsche daneben. Den Titeln nach zu urteilen, kamen die Männer jener Jahre schnell zu hohen Ämtern. Die Zeit, Macht und Prestige zu genießen, war jedoch kurz. Die Lebensdaten, vom Meißel für die Nachwelt aufgeschrieben, lassen daran keine Zweifel. 20 Jahre, 25, 30 – nur auf wenigen Grabsteinen ist ein höheres Alter zu lesen. Die Tropen forderten ihr Opfer.
Der heutige Reisende, wohl geschützt durch Impfungen und abgestiegen im kühlen Hotel, kann sich die Beschwernisse der früheren Jahre kaum mehr vorstellen. Er buchstabiert die Inschrift am Grab jenes Quintin Dick Thomson Esq., der am 29. Juni 1806 als 26jähriger starb – *»after an illness of only 2 days«*. Daß Penang »die Perle des Orients« sei, die »Smaragdinsel im Indischen Ozean«, fiel erst späteren Generationen ein. Als die ersten Europäer hier ihren Fuß an den Strand setzten, war das Eiland nichts für zarte Naturen.

Unter den Steinbrocken im Kolonialfriedhof liegen die Typen begraben, die in Joseph Conrads Romanen unsterblich geworden sind und in den Stories von Somerset Maugham weiterleben. Die schrulligen Kolonialbeamten mit Tropenhelmen: die Gestrandeten, die nur noch an der Whiskyflasche ihren Halt hatten; die Glücksritter, die in die Zauberbande malaysischer Flüche verstrickt wurden; die Missionare, die Asiens Lächeln zur Verzweiflung trieb; die billardspielenden Obristen; die Kautschukpflanzer in Khakianzügen; die Händler in Klubs mit ihrer snobistischen Distanz zu Chinesen und Malaien und, *last but not least,* die Seeleute.

Dem Reisenden, der auf den bemoosten Grabsteinen im Friedhof von Penang solchen Abenteurern nachspürt, fällt Somerset Maughams Geschichte von jenem englischen Geschäftsmann ein, jenem *»number one«* in einer der bedeutendsten Filialen eines britischen Handelshauses im Osten, der durch den Europäerfriedhof seiner chinesischen Stadt bummelt, mit Befriedigung darüber nachdenkt, wen er von den alten Rivalen überlebt und wen alles er aus dem Rennen um Profit und Ansehen geworfen hat, dann an einem gerade ausgeschaufelten Grab vorbeikommt und sich nicht mehr von der Idee losreißen kann, daß es für ihn bestimmt sei; in der folgenden Nacht starb der Mann.

Im Kolonialfriedhof von Penang werden heute keine Gräber mehr ausgehoben. Die Bäume lassen schwere weiße Blüten auf die Steinkolosse fallen. Hunde streunen dazwischen. Der Hauch von Geschichte weht darüber hinweg. Geschichte, deren Erbe weit über die Friedhofsmauern hinausreicht. In Penang liegt auch der Traum vom ewig dauernden britischen Empire begraben.

Die Perle des Orients mit matten Stellen

Die chinesischen Frauen hoben bedauernd die Schultern, als wir sie auf englisch und dann mit malaiischen Worten ansprachen. Zigaretten rauchend saßen sie im düsteren Gang des Hauses, das unsere Neugier fesselte. Die Villa nahe den modernen wolkenkratzenden Hotels im östlichen Georgetown auf der malayischen Insel Penang war uns schon Tage zuvor aufgefallen, ehe wir wagten, neben dem Haupttor und den steinernen Löwenwächtern durch eine Seitentür einzutreten. In chinesischer Sprache riefen die Frauen etwas in ein Nebenzimmer.

Ein betagter Mann kam aus dem Halbdunkel. Er empfing die hereingeschneiten Besucher mit der Gelassenheit eines lebenserfahrenen Asiaten. Fast selbstverständlich führte er uns durch die Pracht früherer Zeiten. Es roch nach Vergangenheit. Etwa 100 Jahre sei das Haus alt, erklärte er in englisch. Der Gründer war einst vom asiatischen Festland hergekommen, ein Chinese, der mit Alkohol ein reicher Mann wurde. Im Salon hingen zwei Bilder von ihm: auf einem war er mit Zylinder und Cutaway zu sehen, der erfolgreiche Businessman; auf dem anderen im chinesischen Seidengewand, umgeben von seinen Frauen, der Patriarch. Familiengeschichte à la Pearl S. Buck.

Größe und Weite überall. Über der Haupthalle ein Viereck im Dach, das den Himmel freigibt. Die gußeisernen Säulen stammen aus Glasgow in Schottland. Gekachelte Fußböden, Marmortische. Verblichene Pracht aus dem Reich der Mitte. Die unmittelbaren Nachfahren leben in Kanada und Australien. Die ehedem großen Räume wurden geteilt, um mehr Menschen Platz zu verschaffen. Das Haus wirkte wie ein Flüchtlingslager. Aus dem Hintergrund war ein Radio zu hören. Von der Galerie tönte das Klappern der Dominosteine.

Ein ähnlicher Familiensitz stehe in Kanton, sagte der Alte, doch die Villa dort sei längst von den Kommunisten verein-

nahmt. »Und nun will uns die Regierung hier in Malaysia auch das Haus wegnehmen«, fährt der Mann fort. Warum? »Es soll ein Museum eingerichtet werden, und wir müssen auf die Straße.« Dann fügt er hinzu: »Wir wehren uns«, und mit leiserer Stimme: »Aber wissen Sie, wir sind nur Chinesen...«

Die Geschichte ist kennzeichnend für das heutige Malaysia; sie ist besonders typisch für Penang, wo noch mehr Chinesen leben als im Landesdurchschnitt: nämlich 60 Prozent, verglichen mit den 40 Prozent in West- und den 35 Prozent in Ostmalaysia auf Borneo. Sie prägen das Gesicht der größten Stadt auf Penang, Georgetown mit 350 000 Einwohnern, die weit mehr als die Hälfte der Inselbevölkerung ausmachen. Die chinesischen Geschäfte, pastellfarben gestrichen, bestimmen mit ihren bunten Werbetafeln das Straßenbild.

Nahe dem Hafen liegt Chinatown. Ein Kleinbetrieb neben dem anderen: Sargtischler, Schmuck- und Lackkünstler, Korbflechter, Drucker und Familienwerkstätten zur Herstel-

lung von rotgoldenen Tempelutensilien. Beispiele chinesischen Fleißes am laufenden Meter, verflochten mit der Exotik des Ostens – auch wenn heute kein Chinese mehr mit langem Zopf zu sehen ist. Zu welcher Tageszeit man in diesen schmalen Straßen aufkreuzt, stets wird dort gearbeitet.
Diese Aktivität, die dem Staat Malaysia insgesamt bisher wohl bekommen ist, blieb den malaysischen Politikern, die das Sagen in der Föderation haben, stets suspekt. Mit der Bumiputra-Politik, der staatlichen Förderung der »Söhne des Bodens« – wie die malaysischen Einheimischen heißen –, soll der chinesische Vorsprung eingeholt werden. Das ist bisher nicht erreicht, dafür wurden die Rechte der chinesischen Bevölkerung mehr und mehr beschränkt. Die Worte des alten Chinesen in der heruntergekommenen Villa kennzeichnen das Selbstverständnis nach Jahren des politischen Drucks: »Wir sind ja nur Chinesen.«
Dabei gilt Penang mit seiner Freihandelszone als prosperierender Flecken. »Perle des Orients« wird Penang genannt. Auf dem Flugplatz fällt auf, daß die Landebahnen erweitert und die Hallen vergrößert werden. Während der Fahrt zur Stadt kommen zu beiden Seiten der Straße neue Industriegebäude ins Blickfeld, daneben Reihenhäuser und Villen.
Palmenwälder mußten den Bulldozern weichen. Auch deutsche Unternehmen haben sich niedergelassen. In den modernen schmucklosen Fabrikhallen werden beispielsweise elektronische Kameras produziert. Dort wird Malaysias Ruf, ein »Musterländle« zu sein, zur Demonstration. Doch die Arbeitsplätze reichen nicht aus.
Wei Yueng ist Vorarbeiter in einer Ölfabrik drüben in Butterworth auf der malaiischen Halbinsel. Dort hat der 25jährige seine Frau kennengelernt; ein schmächtiges chinesisches Mädchen, das in einem Büro arbeitet. Im Dorf der Eltern auf Penang wurde geheiratet. Der Urgroßvater war einst aus China eingewandert. »Wissen Sie, aus welcher Gegend?« fragen wir den Urenkel. Er kratzt sich hinterm Ohr und lacht; nein, das wisse er nicht. Ihn verbindet mit

dieser chinesischen Vergangenheit nicht mehr viel. »Ich bin Malaysier«, sagt er, »hier ist meine Heimat. China ist weit weg.« Die Selbstverständlichkeit dieser Worte kann nicht über die Schwierigkeiten hinwegtäuschen, in Malaysia ein Chinese zu sein.

Gibt es bei dieser Vergangenheit ein malaysisches Nationalgefühl? Penang mit seinem Völkergemisch mag ein schillerndes Beispiel für die schwierige Antwort sein in diesem Staat, dessen Gründung und Grenzen koloniale Ursachen haben. In der City von Georgetown machten wir Rast in einem der zahlreichen indischen Restaurants. Ein Dutzend Männer ist mit Kochen, Bedienen, Abwaschen beschäftigt. Auf heißer Herdplatte brutzelt Murthaba, indischer Pfannkuchen mit Gemüse, Eiern und Curry. Ein Familienbetrieb. Das Oberhaupt sitzt hinter der Kasse. Die Männer sind Tamilen aus dem Süden Indiens. Einige sind Bürger Malaysias, andere kamen nur zu Besuch.

»Warum sind keine Frauen zu sehen?« fragen wir. »Oh, die arbeiten zu Hause oder in den Fabriken«, antwortet einer der jungen Burschen mit schwarzen öligen Haaren. Ein Restaurant sei Männersache. Ist er verheiratet? Ja, aber die Frau blieb in Indien zurück.

Die indische Volksgruppe in Malaysia hat ihre Wurzeln im vorigen Jahrhundert. Die Gummiplantagen und Zinnminen der einstigen britischen Kolonialherren hatten einen unersättlichen Bedarf an Arbeitskräften. Inder waren besonders geschätzt. Die malaiischen Ureinwohner, traditionsverbundene Bauern, zeigten wenig Neigung für moderne Großpflanzungen. Die Chinesen ließen sich ebenfalls nur bedingt für körperliche Arbeit begeistern. So füllten die Inder die Lücken im Wirtschaftsprozeß, der auch in Malaysia auf Londons Banken abgestimmt war. Die meisten Inder kamen als Arbeiter, betätigten sich im Straßen- und Eisenbahnbau, andere als Büroangestellte. Eine kleinere Zahl von Anwälten und Ärzten bildete die indische Oberschicht.

Im Gegensatz zu den kapitalkräftigeren Chinesen und zu

den Bumiputras, die aus Staatskassen gefördert werden und in der Regierung ihre Lobby haben, stehen die Inder in der malaysischen Rassenvielfalt ziemlich allein da. Ihre wirtschaftliche Lage hat sich in den zurückliegenden Jahren eher verschlechtert als verbessert.
Auf Penang mit seinen buchtenreichen Palmenstränden und dem angenehmeren Klima als drüben in Westmalaysia erscheinen die Probleme des Landes alle ein bißchen weniger groß zu sein, als sie sich in der Hauptstadt Kuala Lumpur darstellen. Penang mit Freihafen und geographischer Individualität hat stets eine Sonderrolle im malaiischen Archipel gespielt.
Doch so eine richtige Insel ist Penang auch nicht mehr. Der technische Fortschritt und das regierungsoffizielle Konzept von der nationalen Einheit haben die »Perle des Orients« mit stählernem Finger erreicht. Seit dem September 1985 verbindet eine Brücke das Eiland mit der malaiischen Halbinsel; sie ist mit 13,5 Kilometern die drittlängste Brücke der Welt geworden. Ein atemberaubendes Projekt, das in Gemeinschaftsarbeit zwischen Südkoreanern und Malaysiern ins Meerwasser gestellt wurde und nicht nur technisch ein neues Zeitalter in diesem Teil Südostasiens markiert, sondern weithin von asiatischem Fleiß und bodenständigem Ingenieurverstand kündet. Für das Superwerk war kein Europäer mehr vonnöten.
Welten scheinen zwischen eben dieser Brücke und jenem Verkehrsmittel zu liegen, das einst die Kolonialherren auf Penangs Boden einrichteten.
Der britische Sinn fürs Praktische legte in den zwanziger Jahren eine Bergbahn an, um mühelos auf den zweithöchsten Berg der Insel gelangen zu können. Sie funktioniert noch immer. Zurück bleiben die rotbraunen Ziegeldächer der chinesischen Viertel, die Hotelklötze des modernen Massentourismus, die Fahrradrikschas und die engen Gassen mit den Tempeln und Moscheen; zurück bleibt die Stadt Georgetown, die sich von einem kolonialen Vorposten zu

einem Industrieplatz entwickelt hat; zurück bleibt der malaiische Straßenhändler mit seinem Angebot potenzsteigernder Mittel; zurück bleiben die Villen der chinesischen Reeder, die Pfahlhütten der malaiischen Fischer, die indischen Restaurants – zurück bleiben die Rassenschranken, die auch drei Jahrzehnte nach der formellen Unabhängigkeit keine Politik beseitigen konnte. Vom fast 700 Meter hohen Pengang-Hill in kühler klarer Luft sieht selbst die malaysische Welt ganz so aus, als sei sie in Ordnung.

Offene Wunden

Durchs Flugzeugfenster fällt der Blick in offene Wunden. Gelblichgrün schillern weit unter dem Betrachter die Blessuren, die des Menschen Gier in den Boden schlug. Wenn sich die Maschine Ipoh nähert, dem geschäftigen Zentrum in Westmalaysia, ein paar hundert Kilometer nördlich von Kuala Lumpur, fliegt sie über den schwärenden Leib einer geschundenen Erde. Aus der Höhe wirken die Verletzungen besonders erbärmlich. Dutzende kleiner Seen, Aberdutzende von Tümpeln bedecken die Region und scheinen mit Eiter gefüllt zu sein. Auch ein Aspekt trauriger Tropen. Die Vogelperspektive bringt erschreckende Einsichten. Totenfarben der Verwesung leuchten auf. Zeichen der Hoffnungslosigkeit. Wo Bäume gefällt werden in Raubbaumanier, wuchert wenigstens Grünes wieder nach, kümmerlich, doch überlebende Natur. Bei den pickelartigen Seen hat das Leben keine Chance mehr. Es sind Zinnminen, aufgelassene und solche in Betrieb. Monströse Baggerungetüme bewirken, daß das Edelmetall aus dem Boden getrieben wird; die giftigen Abwässer sammeln sich drumherum. Malaysia zählt zu den wichtigsten Zinnexporteuren der Welt. Die Folgen schreien lautlos zum Himmel. Durchs Flugzeugfenster bieten sich die Geschwüre anklagend dar, unversorgte Wunden, einsehbar durch das Fenster einer solchen Maschine, in deren technischen Innereien auch etwas von jenem Rohstoff steckt, der dort unten verborgen ruhte seit ewigen Zeiten, bis er den Fortschrittsmenschen begehrlich wurde. Ein ausgemergelter Leib liegt da, dem die Haut zerfetzt wurde, zurückgelassen, ausgeraubt. Wo einst fruchtbarer Urwald das Land umhüllte, verelendet es nun in obszöner Nacktheit. Mutter Erde – geschändet.

Umweltverschmutzung und Umweltzerstörung sind Exportartikel der Industrieländer geworden, einschließlich – und was Südostasien betrifft, sogar hauptsächlich – Japan. Einige hundert Bauern im Norden Borneos verfluchen beispielsweise das Kupfer, das im höchsten Berg Südostasiens lagert, im Mount Kinabalu, der sich weithin sichtbar im malaysischen Bundesstaat Sabah viertausend Meter erhebt. Bis vor wenigen Jahren war die unzugängliche Region oberhalb des Ortes Ranau nur für Bergsteiger und Naturforscher lohnend. Nachdem aber japanische Geologen im Gestein einen hohen Kupfergehalt entdeckten und 1975 mit dem Kupferabbau begonnen wurde, änderte sich die Szene total. Ein Konsortium japanischer Konzerne hat im wahrsten Sinn des Wortes Berge versetzt. Mit modernstem Gerät, japanischen Experten und mehr als tausend einheimischen Hilfskräften wird das Gestein zwischen 1200 und 1500 Meter Höhe abgebaut, zerkleinert und in Form von schwarzem Pulver mit einem Kupfergehalt von 25 Prozent nach Japan verfrachtet. Dazu mußten Straßen in die Gebirgsregion gebaut werden; Brücken entstanden; ein eigener Hafen am Meer, 115 Kilometer vom Abbau entfernt, wurde angelegt; »Mamut«-Mine heißt das Unternehmen. Die Japaner sind daran mit 51 Prozent, die Regierung des malaysischen Teilstaates Sabah ist mit 49 Prozent beteiligt. Mit einer Jahresproduktion von 30000 Tonnen Kupfer liefert »Mamut« drei Prozent des japanischen Bedarfs an diesem Metall.

Die lebensbedrohende Begleiterscheinung des Kupferabhaus läßt die Bauern der Ranau-Region fluchen und daran zweifeln, ob es für sie von Vorteil ist, daß das Kinabalu-Kupfer »aus seinem Schlummer geweckt« wurde, wie es im »Mamut«-Werbeheft fortschritt-lobend heißt. Nach heftigen Regengüssen im Februar 1977 waren Teile des Abfallberges ins Tal geschwemmt worden und hatten die Reisfelder der umliegenden Dörfer verwüstet. Fruchtbares Land wurde zerstört. Zwar hat die »Mamut«-Gesellschaft seither einigen hundert Familien einen Schadensausgleich bezahlt, doch damit wurde das eigentliche Problem nicht gelöst. Es heißt: Umweltzerstörung. Durch Abwässer aus der Kupfergewinnung dringen Schadstoffe in die Felder, die langfristig für den Reisanbau verdorben werden.

In den Industrieländern hat sich weit verbreitet so etwas wie ein Umwelt-Bewußtsein entwickelt. Zu deutlich wurden den Menschen die Folgen ihrer Eingriffe in den Haushalt der Natur. Reine Luft, sauberes Wasser, gesunde Wälder – daß es großer Anstrengungen bedarf und aufwendiger Mittel und politischer Durchsetzungkraft, um diese Werte zu schützen und wieder herzustellen, muß heute niemandem mehr gesagt werden. »Umweltverschmutzer« ist bis in die Alltagssprache hinein zum Schimpfwort geworden. Während ein rauchender Fabrikschornstein in den Staaten, von denen einst die industrielle Revolution ausging, zum Inbegriff der Lebensbedrohung wurde, hat er in vielen Entwicklungsländern das Format eines Fortschrittsymboles erreicht. Hierzulande läßt sich eine neue Zurück-zur-Natur-Bewegung beobachten; in der sogenannten Dritten Welt schwören die Planer in den Hauptstädten auf Industrialisierung. Bis zum Jahr 2000 soll ihr Anteil an der Industrieproduktion der Welt mindestens 25 Prozent ausmachen; so die Zukunftsmarke, die auf einschlägigen internationalen Kongressen diskutiert wird. Heute sind es etwa elf Prozent.

Daß es kein Entweder-Oder zwischen landwirtschaftlicher Entwicklung und Industrie-Ansiedlung gibt, ist unbestritten. Doch in manchen Ländern nahe dem Äquator sind die Politiker dankbar, wenn überhaupt ein industrielles Unternehmen bei ihnen investiert; die staatlichen Forderungen an den Umweltschutz werden daher kleingeschrieben, und selbst dort, wo sie bereits eine gesetzliche Form haben, nicht unbedingt buchstabengetreu erfüllt. Es sieht ganz so aus, als würden in Entwicklungsländern die Sünden industrieller Produktion und Rohstoff-Raubbau wiederholt, deren selbstmörderische Folgen auf der nördlichen Erdhälfte allmählich eingedämmt werden.

Die Meeresstraße von Malakka ist so ein Paradebeispiel für die gefährdete und zerstörte Umwelt in Entwicklungsländern, wo der industrielle Tatendrang seine ölhaltigen Spuren hinterläßt. Die maritime Verbindung zwischen der Insel Sumatra (Indonesien) und der malaiischen Halbinsel (Thailand, Malaysia, Singapur) gehört zu den wichtigsten Routen der Öltanker. Die Energieversorgung Japans hängt weitreichend von dieser Wasserstraße ab, die an ihrer schmalsten Stelle 12,8 Kilometer mißt. Jedes Jahr passieren 37000 Frachtschiffe und Tanker den südostasiatischen Flaschenhals. Es ereigneten sich bereits aufsehenerregende Tankerunfälle mit auslaufendem Öl. Entlang der Küsten mit ihren paradiesischen Palmenstränden gab es schon einige Male Ölalarm. Längst registrieren die Fischer der Region rückläufige Fänge. Doch nicht nur Schlagzeilen-Katastrophen haben die Anlieger aufgeschreckt. Es ist die alltägliche Meeresverunreinigung durch die Vielzahl der Schiffe ebenso wie die alltägliche Verseuchung der Küsten durch urbane und industrielle Ballungszentren wie Kuala Lumpur, Singapur, Jakarta, wo die Abwässer einfließen.

Experten in Indonesien haben warnend auf diese Situation hingewiesen. In der Jakarta-Bay, wo die Schmutzkanäle einer Sieben-Millionen-Bevölkerung und die Abwässer der größten und vielfältigsten Industrieanlagen ganz Indonesiens enden, seien bereits 85 Prozent aller Fische mit den Rückständen von Schwermetallen verseucht. Dort, wo der Zusammenhang zwischen Ursache und Wirkung von den

betroffenen Menschen unmittelbar erkannt wird, hat dies schon zu Selbsthilfe-Aktionen geführt, die an die Maschinenstürmerei schlesischer Weber erinnern.
Im Februar 1980 drangen Hunderte von Bauern und Landbewohnern in eine chemische Fabrik in Majalaya, Westjava. Das Werk hatte über einen langen Zeitraum chloridhaltige Abwässer in die Reisfelder der Umgebung strömen lassen. Die Proteste der gefährdeten Anrainer blieben ergebnislos. Daraufhin zündeten die aufgebrachten Leute die Fabrik an. 39 der wehrhaften Javaner wurde später der Prozeß gemacht; sie mußten für einige Monate ins Gefängnis. Bislang waren den meisten Menschen in Entwicklungsländern die Zusammenhänge ihrer Umweltzerstörung unverständlich. Allmählich spricht sich aber auch in der Dritten Welt herum, daß Umweltprobleme weder Teufelswerk noch gottgewollt sind, sondern von menschlichem Tun und Lassen verursacht werden.

Thailand

Scherenschnitte auf dem Weg nach Bangkok

Stunde um Stunde windet sich die eiserne Schlange durch Reisfelder, durch Wälder, an Felsen vorbei durch die Landenge, die Isthmus von Kra heißt und den Indischen Ozean vom Golf von Siam trennt, an der schmalsten Stelle nur 42 Kilometer breit. Wir fahren mit der Eisenbahn von Malaysia nach Thailand, von Butterworth nach Bangkok. Vor den geöffneten Fenstern rauscht eine friedliche Landschaft unter tropischer Sonne vorbei. Gelegentlich rattert der Zug in eine verschlafene Bahnstation. Die Gegend wirkt menschenleer. Man hat viel, viel Zeit, seine Mitreisenden zu beobachten.

Joe aus Neuseeland beispielsweise, der mir gegenüber sitzt. Ein Postbeamter, der für ein Jahr Ferien macht und kreuz wie quer durch Asien bummelt, einfach so zum Spaß. Ein bulliger bärtiger Typ, der mir Tips für billige Hotels, tolle Touren und seine Aversion gegenüber dem teuren Bangkok offeriert. Schräg gegenüber das junge amerikanische Paar, das aussieht wie ein puritanisches Missionars-Ehepaar. Die beiden knabbern ihr mitgebrachtes Knäckebrot und verstehen es, nach schwülen Stunden noch so unzerknittert und

makellos auszusehen wie am Morgen auf dem Bahnsteig in Butterworth. Hinter uns die thailändische Familie. Zwei Kinder, zwei Frauen, ein Mann. Ich verstehe keines ihrer Worte, sehe aber, wie sie von morgens bis spät schwätzen und lachen und auf den Sitzen hocken wie wohl auch daheim auf ihren Matten. Eine fröhliche, ausgelassene Gesellschaft, ständig damit beschäftigt, irgendetwas aus den reichen Nahrungsvorräten zu vertilgen.
Unsereiner sucht dazu den Speisewagen auf, stolpert über Gepäck und hält sich des Rüttelns wegen an den Wänden fest. Wenn Dinnertime ist, scheint sich ganz Asien im rollenden Restaurant zu treffen. Aufmerksame Kellner bedienen in Windeseile und nehmen Teller aus einem Schrank wie in Mutters Wohnzimmer zehntausend Kilometer westwärts. Hochprozentige Spirituosen wie Mekong-Thai-Whisky lokkern die Stimmung. Nach zwölf Fahrtstunden fühlt man sich ohnehin bereits als eine große Familie. Sprachbarrieren werden vom lauen Abendwind, der durch die Fenster bläst, weggepustet. Draußen sinkt die Nacht über Asien. Zur Linken ertrinkt die Sonne in goldenen Reisfeldern. Ein atemberaubendes Farbschauspiel wird beim Essen zur Kulisse. Schließlich heben sich die Palmen nur noch als Scherenschnitte vom tiefblauen Nachthimmel ab. Irgendwo in den Dörfern flackern Feuer auf. Das Land draußen legt sich schlafen. Die Fahrgäste tun es auch.
Im Liegewagen ist das Bett schon gemacht. Frische Wäsche gehört zum Service. Man zieht den Vorhang seiner Schlafkoje zu und läßt sich in die Träume schütteln. Gegen Mitternacht hat sich auch die thailändische Familie nichts mehr zu sagen. Am nächsten Morgen taucht der Zug in die Ausläufer Bangkoks ein, wo sich die Millionenmetropole nicht entscheiden kann, ob sie schon Stadt oder noch Dorf ist. Eine Stunde lang zockelt der Zug durch dieses Niemandsland des Fortschritts. Die Blicke streifen Slums und sehen, welche Materialien von menschlicher Not zu Behausungen zusammengefügt werden: alles, was niet- und nagelfest ist, alles.

Schließlich 7 Uhr. Ankunft im Hauptbahnhof von Bangkok. Ein Heer von Taxifahrern, Kofferträgern und sonstigen Schleppern stürzt sich auf die Ankömmlinge. Bangkok bietet sich an. Aber das ist schon ein ganz anderes Thema ...

Kameraschwenk am Menam-Ufer

Jedesmal, wenn ich an einer der Landungsbrücken am Menam-Ufer warte, mitten im brodelnden Bangkok, dann überkommt mich die Lust, einen Film zu drehen: mit bewegten Bildern das hektische Durcheinander am breiten Strom einzufangen, der sich durch die Thai-Metropole windet. Die Totale zu Beginn des Filmes würde zum geschichtlichen Panorama, aus dem die gläsern glänzenden Dächer buddhistischer Tempel und die goldenen Stupas herausragen, nur von wenigen Hochhäusern übertroffen, umgeben vom endlosen Grau der Lagerschuppen und ärmlichen Behausungen der Millionen. Chao Phraya heißt der Fluß in ihrer Sprache; Hauptschlagader Thailands, durch die seit Alters her das Leben seiner Kultur pulsiert. Langsam wechselt mein imaginäres Kamera-Auge die Perspektive. Aus der die Zeiten überspringenen Gesamtschau bohrt es sich hinein in die Gegenwart.

Im Fokus ein sprühender Wasserwirbel, dann das dazugehörige Schnellboot, eines von Hunderten. Wie von der Sehne eines Bogens geschossen, fliegt es über den Fluß, ein buntbemalter Pfeil, dessen Schwanz das Wasser peitscht. Eine Rakete unter den Flußtaxis. Aggressiv, laut, ganz und gar 20. Jahrhundert. Kontrast und optischer Ruhepunkt: Lastenkähne, die in der Mitte des Stromes treiben; drei, vier, sechs solcher schwergewichtiger Kolosse hintereinander, von einem rauchenden Schlepper gezogen. Reis und Holz und Zement schwimmen da gemächlich durch Zeit

und Raum, so als sei beides im Überfluß vorhanden. Kameraschwenk. Nun Menschen. Wimmelnde Massen auf der Landungsbrücke. Kommen, gehen, warten. Safranfarbene Tupfer dazwischen: Mönchskutten. Die erdachte Gummilinse rückt einem frommen Mann auf den Leib, weidet sich am satten Gelb, zeigt nackte Füße in Sandalen, einen Regenschirm in der Rechten, dann ein entspanntes Gesicht mit weichen Zügen, ein glattgeschorener Kopf. Händler mit wippenden Bambusrohren über den Schultern trippeln ins Bild. Die an den Stangen baumelnden Töpfe, Ballen, Pakete in Großaufnahme, dann die Gesichter: keiner der muskulösen Männer lacht; faltig und verhärmt sind die Mienen. Dickliche Marktfrauen mit langen Röcken und hochgeschlossenen Blusen, Strohhüte auf schwarzem Haar, treten in die Szene, behäbig wie die Lastenkähne draußen auf dem Wasser. Im Fokus: Kinderfinger, die sich in die Rockfalten klammern; Kinder, die der Mutter im Gewühl verbunden bleiben. Gleich daneben eine Gruppe von Touristen, die Telelinsen im Anschlag. Meine Kamera folgt einem europäischen Blick über die Brüstung der Landungsbrücke hinweg zum Ufer des Menam, wo der Fluß den Dreck der großen Stadt ausspeit. Kinder wühlen darin, suchen nach Eßbarem in den Exkrementen des Menam.
Kameraschwenk zurück. Gruppenbild mit vielen Damen; Mädchen und junge Frauen unter den Wartenden. Hochhackig schweben schlanke Beine über die Ritzen der Stege. Großaufnahme. Schulmädchen in blau-weißen Uniformen, Studentinnen, Verkäuferinnen, Büroangestellte. Lächelnd, schwätzend, nichts von der Mühe preisgebend, die es macht, in dieser Millionenstadt nicht nur zu leben, sondern zu überleben. Kein Schweißtropfen rinnt durch das Make-up des jungen weiblichen Bangkok: städtische Pflänzchen, aufgeblüht in dieser Metropole, die der Menam teilt. Schwenk. Ein Fährschiff legt an. Mit Schwung schmiegt sich der Omnibus des großen Flusses an die Brücke. Drängen. Schieben. Nervosität. Diesel tuckern los. Weiter. Die Scharniere

der Landungsbrücke kreischen auf. Ein Junge springt über die sich rasch verbreiternde Kluft ins abfahrende Boot. Dann wird die Kamera ein wenig indiskret. Im Bild ein junges Paar, zurückgeblieben auf einer der Wartebänke, mit sich selbst beschäftigt, soweit es die thailändischen Sitten unter freiem Himmel erlauben; angekommen schon dort, wo die anderen nur unterwegs sind. Auch das nächste Fährboot tuckert ohne die beiden los, das dritte, vierte. Dieses Pärchen nimmt mein Film liebevoll in die Schlußsequenz. Und dann würden die Bilder unscharf und allmählich in den Farben zerfließen, in denen die Landungsbrücken Bangkoks schwimmen.

Wie eine Stadt versinkt

Wir balancierten über Stege und vollführten einen mühsamen Eiertanz, um auf den schwankenden Brettern das Gleichgewicht zu halten. Zu beiden Seiten breitete sich schwarzes Gewässer aus, ein stinkender See voll Abfall, wo eigentlich eine Straße ist. Die Bewohner von Senanicom bewegten sich geübter als die europäischen Besucher auf den notdürftig zurechtgezimmerten Brücken. Die 2500 Menschen des Slumviertels im Norden Bangkoks leiden seit Monaten unter den Fluten.

»Venedig des Ostens« wird Bangkok schwärmerisch in Reiseprospekten genannt. Ein Vergleich, der in seinen ästhetischen Aspekten fragwürdig ist, in Nöten der Umweltzerstörung aber auf dramatische Weise das italienische Vorbild übertrifft. Bangkok versinkt. Regelmäßige Fluten am Ende der Regenzeit gehören bereits zu den Alltagsbeschwerlichkeiten für die meisten der schätzungsweise sechs Millionen Bewohner. Das vermeintliche Naturereignis ist von Menschen mit verursacht.

Wir suchten die Familie Loeyjang. Bereitwillig wurde uns von Steg zu Steg die Richtung gewiesen, an Hütten und Kramläden vorbei, Festpunkte im Wasser. Kinder plantschten bis zum Bauch in der Brühe. Der Nudelhändler strampelte mit seinem Dreirad durch die Fluten und machte eine Art Amphibienfahrzeug daraus. Die Leute von Senanicom, einem der mehreren hundert Slums von Bangkok, kennen sich ohnehin; der Name der Familie Loeyjang aber war an diesem Tag ein Thema allgemeiner Anteilnahme. Das einjährige Töchterchen war beim Spielen ausgerutscht, ins Wasser gefallen und ertrunken. Das Unglück überschattete den Dauerzustand der Not. Davon erzählte die Mutter, während wir auf den blanken Brettern der Hütte hockten und acht Kinder zwischen zwei und 20 Jahren neugierig ob der unerwarteten Gäste zuhörten. Die Mutter erzählte eine alltägliche Geschichte.

Die Familie war 1977 aus einem zentral-thailändischen Dorf nach Bangkok gezogen. Den landlosen Bauern war das Mißverhältnis zwischen schwindendem Verdienst aus Tagesjobs und den anschwellenden Schulden unerträglich geworden. Die Loeyjangs reihten sich ein in die mehr als 200 000 Menschen, die jedes Jahr nach Bangkok strömen und ihr Glück versuchen.

Anfangs fand der Mann eine Arbeit bei den Großbaustellen. Ein Neubaukomplex nahe dem Flugplatz mit Hotels, Warenhäusern und Kinos bot ersten Halt in dieser gigantischen Metropole. Nach Fertigstellung des Superbaus war keine neue Arbeit zu finden.

Der Vater verließ seine Familie. Die Mutter zog mit den Kindern in das Slumviertel von Senanicom. Allesamt sind sie jeden Tag damit beschäftigt, wiederverwendbaren Abfall zu sammeln. Plastiktüten, leere Konservendosen, Flaschen, Papier. Hunderttausende von Slumbewohnern in Bangkok leben von den Erlösen solcher aufgelesenen Sachen. Auf dem Wege zu den Loeyjangs hatten wir den Mittelsmann des Viertels beobachtet. In seiner Hütte wog er die prallen

Säcke der Zulieferer, um das Zeug zum Recycling weiterzuverkaufen.
100 Baht verdient die Familie an einem Tag, wenn sie alle unterwegs waren, also etwa 13 DM. Doch die Rechnung stimmt seit der Flut nicht mehr. Die Mutter berichtete, daß mit dem Steigen des Wassers ihr tägliches Einkommen sank. Der begehrte Abfall bleibt nicht mehr in den Straßen liegen, wird weggeschwemmt, verrottet schneller. Außerdem dauert das Sammeln länger, wenn man ständig durchs Wassers waten muß. »Unser tägliches Einkommen beträgt längst nicht mehr 100 Baht, sondern bestenfalls die Hälfte«, sagte die Mutter. Zum Vergleich: ein Kilo Reis kostet neun Baht; die Familie braucht viereinhalb Kilo am Tag; damit sind gerade zwei Mahlzeiten möglich.
Paradoxerweise bringt die Überschwemmung eine zusätzliche finanzielle Belastung, die erstmal widersinnig erscheint: Ausgaben für Trinkwasser. Die Erklärung ist einfach. Von

der Hütte aus sehen wir in den Fluten einen Betonring. Es ist die obere Kante des Brunnens, der seit Monaten überflutet ist. Trinkwasser muß in Kanistern aus einem anderen Stadtteil geholt und literweise bezahlt werden. Wer kein Geld mehr hat, schöpft in den Fluten. Eine der zahlreichen Krankheitsursachen, die das Leben in Bangkok mit den Wassermassen noch mehr gefährden als sonst.
Von den Folgen der Flut sind nicht nur die Ärmsten betroffen, wenngleich sie, wie immer bei solchen Katastrophen, die Hauptleidtragenden werden. Das Wasser machte weder vor den Villen der Reichen, noch vor Regierungsgebäuden halt. Manch ein Hausbesitzer, im Stadtteil Huay Khwang beispielsweise, erlebte zum erstenmal Wellen voller Schlamm im Wohnzimmer. In dieser Gegend blieb das Wasser stehen, begann zu stinken. Die ohnehin nur mäßig funktionierende Kanalisation fiel aus. Die Bewohner der Bangkoker Schwesterstadt Thonburi jenseits des breiten Menam-Flusses, den die Einheimischen Chao Phraya nennen, haben es da vergleichsweise besser. Dort bleiben die überschwappenden Kanäle, die Klongs, mit dem offenen Meer des Golfes von Siam verbunden und lassen den Wasserspiegel der Straßen je nach Ebbe und Flut sinken und steigen. So kann wenigstens eine gewisse Selbstreinigung stattfinden.
Die Flut ist zum Dauerthema in Bangkok geworden. Täglich veröffentlichen die Zeitungen dazu Fotos und Artikel. Elektrische Umspannwerke, von Wasser umgeben. Schadhafte Leitungen fordern Todesopfer durch Kurzschlüsse. Telefonverbindungen sind noch anfälliger als in trockenen Zeiten. Eine Gruppe von Mönchen, die sich den morgendlichen Reis erbittet und mit den safrangelben Gewändern bis zur Brust im Wasser steht. Und immer wieder: König Bhumibol auf Besichtigungsreise. Mitglieder der königlichen Familie, die sich um die Nöte der Leute kümmern. Artikel über Wohltätigkeitsveranstaltungen. Aufrufe, niemand solle aus der Wassernot Profit schlagen.
Die materiellen Schäden an Straßen und Gebäuden gehen

in die Millionen, niemand weiß das so genau. Die allermeisten Reparaturen fallen sowieso zu Lasten der vielen einzelnen Opfer. »Nach der Flut muß dies und jenes gemacht werden« – ist zur Redensart geworden. Die Menschen haben gelernt, mit dem Wasser zu leben. Man arrangiert sich, weil einem gar nichts anderes übrigbleibt. Wer ein oberes Stockwerk zur Verfügung hat, verlegt sein tägliches Leben dorthin. Wer ebenerdig wohnen muß, hat längst resigniert und watet zwischen Herd und Tisch und zieht die Beine hoch, wenn ein Stuhl zur häuslichen Insel wird.

Die Hersteller von Sandsäcken haben Hochkonjunktur. Hauseingänge und Nebenstraßen wurden mit Asphaltdämmen abgedichtet. Autobesitzer ließen sich den Auspuff durch ein nach oben gezogenes Zusatzrohr verlängern. Schulen und Universitäten blieben geschlossen. In Thonburi machten Bootsbauer ein Geschäft, die aus Blech kleine Kähne zusammenschweißten, mit denen sich die Bewohner durch die Straßen paddeln. Zwischen einer trockengebliebenen Hauptstraße und den überfluteten Seitengassen richteten clevere Ruderer einen Pendelverkehr ein.

Das alles wirkt nach Monaten wie Routine. In der Hütte der Familie Loeyjang, knapp über dem Wasserspiegel hockend, hatte ich gefragt, warum denn so viel Leid die Familie heimsuche. Die Mutter gebrauchte ein einziges Wort zur Erklärung. »Karma«, sagte sie, »das ist unser Karma.« Freilich: buddhistische Schicksalsergebenheit und der Glaube an das vermeintliche Ausgeliefertsein gegenüber einer unberechenbaren Natur reichen nicht aus, die Ursachen der Flut zu benennen. Dazu sind historische und geographische Bezüge erforderlich, deren unglückseliges Zusammenwirken von Menschenhand fatal beschleunigt wurde.

Der Strom Chao Phraya, der nun offenbar von Jahr zu Jahr höher und andauernder Bangkok unter Wasser setzt, bildet die Hauptschlagader Thailands. In den Chao Phraya ergießen sich vier Flußsysteme aus den Bergen Nordthailands. Ihr fruchtbares Naß hat die wirtschaftliche Erschließung des weiten, flachen Unterlandes ermöglicht. Ohne das von vielen Wasserarmen durchzogene Riesendelta, in dem Bangkok angelegt wurde, hätte Thailand weder politisch noch ökonomisch das werden können, was es heute ist. 1782 wurde als Folge der Zerstörung der alten siamesischen Hauptstadt Ayuthaya das spätere Bangkok als neue Kapitale der damals aufstrebenden und noch heute regierenden Dynastie in die Sumpflandschaft an den Ufern des Chao Phraya gebaut. Der Verkehr spielte sich auf den Flüssen ab. Das gesamte Leben der nur einige Zehntausend zählenden Bevölkerung war diesen natürlichen Bedingungen angepaßt. Die schon damals saisonal bestimmten Überflutungen speisten die Quellen des Reisanbaues. Nahezu 150 Jahre herrschte ein gewisses Gleichgewicht zwischen der Anzahl der Menschen, ihrer Nutzung natürlicher Gegebenheiten und der Art ihrer Behausungen. Erst die Menschen des späten 20. Jahrhunderts glaubten, solche Zusammenhänge mißachten zu können.

Seit dem Zweiten Weltkrieg wurden mindestens drei grundlegende Veränderungen vorgenommen, die den natürlichen Wasserhaushalt katastrophal durcheinander gebracht haben:

1. Innerhalb weniger Jahre wurden zahlreiche Klongs zugeschüttet, um aus den Wasserstraßen solche für den Autoverkehr zu machen. Heute sind 90 Prozent aller Kraftfahrzeuge Thailands in Bangkok registriert. Vor allem auf der östlichen Seite des Chao Phraya, wo Bangkok ohne erkennbare Stadtplanung wuchert und wuchert, wurden die natürlichen Abflüsse zugestopft. Wenn während der Regenzeit zwischen Mai und September die Wassermassen aus dem Norden strömen, können sie nicht mehr wie früher das gewaltige Delta passieren.

2. In eben diesem nördlichen Landesteil sind weite Waldregionen den Äxten und Motorsägen der kommerziellen Holzfäller und der bäuerlichen Brandrodung zum Opfer gefallen. Während des vergangenen Jahrzehntes wurde mehr als

ein Viertel des thailändischen Waldbestandes zu Brenn-, Bau- und Möbelholz verwandelt. Der Umweltreport Global 2000 spricht von einer »alarmierenden Rate der Waldvernichtung«. Das Regenwasser wird deshalb weniger gespeichert als früher und kann schneller zum Süden abfließen.
3. Die rapide Vergrößerung Bangkoks und der Durst der mittlerweile auf sechs Millionen angewachsenen Bevölkerung hat auch den Trinkwasserverbrauch unermeßlich anschwellen lassen. Durch die Anlage von Brunnen in unkontrollierter Anzahl senkte sich der Grundwasserspiegel.
Die Gelehrten streiten sich darüber, welcher der drei Faktoren am folgenschwersten ist. Daß alle ineinanderwirken und sich in ihrer Zerstörung des Naturhaushaltes multiplizieren, kann nicht bestritten werden. Dies bedeutet: Bangkok versinkt. Die Riesenstadt liegt nur noch etwa einen Meter über dem Meeresspiegel. Seit Jahren aber rutscht Bangkok durchschnittlich zweieinhalb Zentimeter in den Sumpf, den die Menschen lange Zeit glaubten, ignorieren zu können. Wenn dies so weitergeht, läßt sich unschwer ausrechnen, daß Bangkok zur Jahrtausendwende nicht mehr über, sondern unter dem Meeresspiegel zu finden sein wird. Zur Jahrtausendwende aber, so die Statistiker der Vereinten Nationen, wird nach der bisherigen Entwicklung die Bevölkerungszahl um die zwölf Millionen betragen.
Schon heute lebt jeder zehnte Thailänder in Bangkok. Seit dem Zweiten Weltkrieg hat sich die Bevölkerung durch den Zuzug aus den ländlichen Regionen und der natürlichen Vermehrung verfünffacht. Diese Aufblähung, eine Folge wirtschaftlicher Fehlentwicklungen und eines landesweiten Verarmungsprozesses, hat Bangkok im wahrsten Sinne des Wortes zum Wasserkopf Thailands werden lassen.
Zum 200. Geburtstag Bangkoks wurde 1982 den Glanzstükken seiner Tempelbauten ein neues farbiges Kleid verpaßt. Das Vorzeige-Bangkok erstrahlte in tausend Lichtern. Es war nur ein Fassadenputz. Über die Art und Weise der

zukunftsträchtigen Stadtsanierung wird heute ebenso kontrovers debattiert wie über die Frage, wer das bezahlen soll. Bangkok hat in den 50er und 60er Jahren einen Jahrhundert-Boom an Bautätigkeit erlebt. Das Jahrhundertwerk der Wasserregulierung steht noch aus. Schon vor Jahrzehnten wurden weitreichende Pläne für die Irrigation und Anlage von Dämmen ausgearbeitet. Doch was auch diesbezüglich verwirklicht wurde, die urbane Explosion Bangkoks und der ungezügelte Raubbau haben alle Erfolge zunichte gemacht. Bangkok droht ein Lehrstück für nicht mehr steuerbare Eingriffe der Menschen in ihre natürliche Umgebung zu werden. Jedermann weiß: Die nächste Flut kommt bestimmt.

Betroffen von den Unbilden des Wassers sind auch die Touristen, denen die kommerzialisierte Gastfreundschaft Thailands üblicherweise alle Schattenseiten erspart. Im Rhythmus der Ebbe und Flut verschwindet beispielsweise der berühmte Garten des alten »Oriental« unter Wasser. In Nachbarschaft zweier moderner Hotelklötze gleichen Namens steht dort, wohl restauriert und Nostalgie ausstrahlend, die einstige Seemannsherberge aus dem Jahre 1887. Geschäftstüchtig wird in den weißen Gemäuern die Erinnerung an so illustre Autoren wie Joseph Conrad und Somerset Maugham gepflegt, die hier einst logierten. Sie haben Bangkok beschrieben, ein Bangkok, das versunken ist.

Spätvorstellung ohne Happy-End

Mitternacht war längst vorbei. Todmüde nach einem mörderisch heißen Tag in Bangkok ließ ich mich vom Luxus des »Oriental« umarmen wie von einer aufmerksamen, still im Hintergrund wartenden Frau. Ich war zu überdreht, um sofort schlafen zu können, und zog die Fenstervorhänge wieder auf, mit denen ein unsichtbarer Zimmerboy schon

die nächtliche Welt da draußen ausgesperrt hatte, die aus der teuren Höhe des berühmten Hotels weit weg ist. Vom sechsten Stock blickte ich flußaufwärts auf das breite schwarze Band des Chao Phraya, den die Thai die Mutter der Ströme nennen. Die Sterne winziger Bootslampen perlten über das unbewegte Wasser. Unter mir glitzerte die Millionenstadt, die sich flach und schemenhaft ausbreitete. Nur drüben, in meiner Augenhöhe, noch eine solch herausragende Landmarke wie das »Oriental«, jünger, ohne vergleichbare historisch-literarische Reputation, doch ebenso neuester Standard moderner Tropen-Hotellerie: das »Royal Orchid«. Die unregelmäßig erleuchteten Fensterquadrate in dem Riesenkasten hoben sich wie Felder eines Kreuzworträtsels gegen den Nachthimmel ab.
Ich sah, doch ich hörte nichts und roch nichts von dieser urbanen Welt am großen Fluß. Kein Grillenzirpen, kein Bootsmotor, kein Schrei eines Tokek drang zu mir. Die trennende Scheibe dazwischen ließ sich nicht öffnen. Hinter mir rauschte die Klimaanlage. Aus dem Zimmerlautsprecher plätscherten leichte Pianoweisen, wie sie in Superläden und Flugzeugen zu hören sind. Kühle und die musikalische Watte, in die die Konsumwelt eingepackt wird, umfingen mich angenehm und steril. Kein Balkon, auf den zu treten erlaubt wäre, um den »schwermutsvollen Anhauch des Ostens auf meinem Gesicht« zu spüren, dieses »wie ein gewispertes Versprechen geheimnisvollen Entzückens« – wie es jener Mann gepriesen hat, mit dessen Ruhm sich das »Oriental« ziert: Joseph Conrad, der in diesem Hotel logierte, als es noch verschnörkelt zweigeschossig, und er ein junger, unbekannter englischer Seemann polnischer Herkunft war.
Im sorgsam restaurierten Restgemäuer des alten »Oriental« sind literarische Größen wie er, die des weißen Mannes Aufstieg und Fall in Asien beschrieben haben, zu Namen feinster Suiten stilisiert. Somerset Maugham, Noel Coward und James Michener gehören dazu. Das ursprüngliche »Ori-

ental« vom Ende des vorigen Jahrhunderts mit dem Autoren-Flügel und dem schneeweißen, mit üppigem Bambus geschmückten Lichthof ist zur Gedenkstätte seiner selbst geworden, überragt von den gastronomischen Nobelklötzen des Jumbo-Zeitalters, das zum Instant-Coffee die Instant-Tropen zu bieten hat. Zwischen dem »Oriental«/alt und dem »Oriental«/neu liegen die Welten, die sich auch düsen- und fernwehgetrieben nicht mehr überbrücken lassen.
Ich tauchte die übermüdeten Augen ein in das Lichtermeer und schaute direkt unter mir in unmittelbarer Nachbarschaft des weißen Hotels in ein Anwesen, das übriggeblieben zu sein schien aus den Tagen, da der geistige Vater von Lord Jim hier aufgekreuzt war, um sein erstes Kommando über ein Segelschiff anzutreten. Ein gepflegter Rasen hin zum Fluß. Eigene Anlegestelle, Palmen, alte, blätterreiche Bäume. Aus meiner Nachtvogel-Perspektive sah ich über ein ausladend breites, rotes Wellblechdach hinein in Treppenaufgänge, Rundbögen, Balkonbrüstungen, deren fahle Steinfarben spärlich erleuchtet waren wie die Theaterkulisse, in der gleich eine Spätvorstellung mit kolonialen Helden beginnen würde. Noch war die Szene gespenstisch leer. Kein Mensch belebte die Bühne meiner Träume. Ich wußte nichts von der Geschichte jenes alten Herrenhauses da weit unter mir, doch mir war klar, daß es eine hatte, bereit, sie Dichtern zu erzählen. Ein Haus mit Charakter, mit Kanten und Konturen – anders als die modernen Allerweltsbauten, die glatt und funktional sind, gesichtslos und austauschbar. Eines der wenigen vergessenen Häuser von gestern in einer Umgebung, wo der Räumbagger zum Symbol des Heute geworden ist. Ich saß in meiner tiefgekühlten Hotelloge, blickte über den Fluß aus einer Höhe, die hier kein Joseph Conrad je erklimmen konnte, und wartete auf den Beginn der Vorstellung. Vergeblich. Das Stück wurde schon vor langer Zeit vom Spielplan abgesetzt. Ich zog die Vorhänge wieder zu, die wirklichen.

Familie Sarasan stellt keine Fragen

Eine riesige Tafel auf dem Wege zu Bangkoks Flugplatz bot Visionäres. Was sich daneben noch unfertig in Stahl und Beton auftürmte, von Kränen umgeben war und im Durcheinander einer gigantischen Baustelle steckte, das zeigte das farbige Bild bereits vollendet. Central Plaza: Thailands neue feine Adresse für konsumbereite Touristen und andere zahlungskräftige Kunden; das größte Einkaufszentrum des südostasiatischen Landes; ein Komplex der Superlative mit Kinos, Hotels, Parkhäusern, Restaurants; eine der Wohlstandsburgen des 20. Jahrhunderts. Kapitalstarke Auftraggeber aus Singapur machen's möglich. Nur sie?

Brechts »Fragen eines lesenden Arbeiters« fielen mir ein, als ich über Müll und Bauschutt stolperte und mich den Bretter- und Wellblechverschlägen näherte, in denen die Arbeiter und ihre Familien hausen. Brechts Proletarier hatte in den Büchern nur die Namen der Könige gefunden, als er wissen wollte, wer das siebentorige Theben erbaute; und seine Frage blieb unbeantwortet, ob denn die Monarchen die Felsbrocken herbeigeschleppt hatten. Babylon, Lima, Rom; Triumphbogen, Schlösser – stets bloß die Namen der Bauherren, nirgends die der Bauarbeiter. Paläste unserer Zeit heißen Central Plaza, beispielsweise. Antworten auf Brechts Fragen erhielt ich in Bangkok von der Familie Sarasan, beispielsweise.

Vater Sarasan ist 51 Jahre alt, seine Frau 47; seit 30 Jahren verheiratet. 15 Kinder, vier gestorben; sieben leben mit den Eltern im Baustellenslum vom Central Plaza. Die zweigeschossigen Behelfsbehausungen stehen dicht beieinander, Tierställen vergleichbar; stinkende Abwassergräben voller Unrat dazwischen; glitschige Stege zwingen zu achtsamem Gang. Es ist Nachmittag. Ich treffe Vater Sarasan und seine Familie in dem einzigen ihnen zur Verfügung stehenden Raum an. Keine 15 Quadratmeter mißt das Zimmer. Ein Standardmaß, in das sich auch die anderen mehr als tausend Menschen der Baustelle pferchen lassen müssen. Die Sarasans hocken auf dem Bretterboden, über sich eine Wäscheleine mit Kleidungsstücken, neben der Wand ein Radio, ein Plastikeimer, zusammengerollte Matten. Es ist verdammt eng und stickig. Von draußen tönen Radiolärm, Kindergeschrei und das Plätschern der öffentlichen Wasserstelle herein.

»Wie wir hier zu neunt schlafen?« Mutter Sarasan blickt mich erstaunt durch ihre dicken Brillengläser an; das rechte Auge ist vom Grauen Star getrübt. Die Frau fügt die Finger beider Hände ineinander. »So schlafen wir«, sagt sie. Das Einkommen? Der Vater verdient 70 Baht am Tag, der älteste Sohn 15 Baht; zusammen sind das umgerechnet ungefähr zehn D-Mark; plus zwei Kilo Reis, die es als Naturalien gibt. Doch seit Tagen steht die Entlohnung aus. Das Subunternehmen, das die Sarasans beschäftigt, hat angeblich gerade kein Geld oder keine Arbeit. Zwangspause. Das heißt: Schulden machen – weitere Schulden, die die ohnehin ständige Abhängigkeit von Geldverleihern und sogenannten Arbeitgebern wieder ausdehnt.

Seit einem Jahrzehnt zieht die immer zahlreicher gewordene Familie von Baustelle zu Baustelle. Aus dem zentralen Thailand waren die Sarasans nach Bangkok gekommen. Bauern, die ihr Land verkaufen mußten, weil es sie nicht mehr ernährte. Die Mutter berichtet davon. Vater Sarasan bleibt schweigsam. Der Mann wirkt verbraucht, abgearbeitet, unbeweglich wie ein Mensch, der resigniert hat. Vor einem Jahrzehnt war mit dem Ortswechsel die Entscheidung fürs Leben gefallen. Jetzt gibt es keine Alternative mehr. Die Frau, um deren Hals eine Kette mit einem Buddha-Medaillon hängt, sagt das leise und emotionslos. Das jüngste Kind nuckelt an einer Flasche, in der eine weiße Flüssigkeit schwappt. Milch? Die Mutter schüttelt den Kopf. Es ist nur Abfallwasser vom Reiskochen.

»Können Sie sich in Ihrem Leben an eine Zeit des Glücks erinnern?« Zum erstenmal überzieht ein Lächeln das faltenreiche Gesicht der Frau, ein erstauntes Lächeln. »Ach, es war nicht immer so«, sagt sie dann zögernd, »manchmal hat die Kompanie regelmäßig bezahlt, manchmal hatten wir regelmäßig zu essen. Dies waren die besseren Zeiten.« Und nach einer Weile, während die Miene des Mannes ernst wie zuvor geblieben war, wiederholt sie: »Glück?« und schüttelt sanft und ungläubig den Kopf. »Was würden Sie denn anfangen, wenn Sie Geld hätten?« Die Frau überlegt. »Wir würden einen kleinen Handel aufmachen, ein kleines Geschäft«, antwortet sie, »dann wären wir nicht mehr so abhängig wie jetzt.«

Fragen à la Brechts lesendem Arbeiter stellen die Sarasans nicht. Für keinen von ihnen war je Zeit und Geld, um in einer Schule die Kunst zu erlernen, die die Welt der Bücher erschließt.

Engelsgesicht in der Unterführung

Ein kleines thailändisches Mädchen geht mir nicht mehr aus dem Sinn; ein lächelndes Gesicht, schüchtern vielleicht, aber nicht verlegen. Nur ich selbst hatte bei der Begegnung in Bangkok das Gefühl peinlicher Unsicherheit.

Es war in einer Unterführung, einer Fußgängerpassage unter einer der hohen, breiten Steinbrücken, über die sich der dröhnende Autostrom wälzt. Neben mir Somthavin, die junge Frau vom Kinderrechts-Zentrum der *Foundation for Children*. In der Passage ist eine öffentliche Toilette. Vor dem gekachelten Eingang ein paar Stühle, ein Tisch. Ein Verkaufsstand auf Rädern daneben. Ich blickte in erstaunte Mienen junger Frauen, die mich anstarrten und Bemerkungen machten, die ich nicht verstand. Wir setzten uns. Gegenüber sah ich eine verschlissene Sitzbank aus einem Auto. Darauf hockte ein Mann und rauchte.

»Das ist er«, flüsterte mir Somthavin zu, »der Pächter des öffentlichen Klos und der Besitzer von Phon.«
Der Mann blickte zur Seite; er wollte uns nicht sehen. Die Frauen hinter den Gläsern voll Gebäck und den Tüten mit Popcorn und den gestapelten Kaugummipackungen kicherten. Der Mann ließ sich von jedem Klobenutzer eine Münze in die Hand drücken. In diesem nach Urin stinkenden Tunnel wirkte er auf seinem Autositz wie ein König. Ein König der Schattenwelt. Aus dem Sessel quollen verfilzte Haare. Daneben eine braune ausgemergelte Hündin im Dreck. Ein Wollebausch von Welpe säugte an ihren Zitzen. Ich fühlte mich unbehaglich und nippte an der Cola, die uns eine der Händlerinnen gereicht hatte. Die anderen Frauen gluckster vor Lachen. Der Mann tat unbeteiligt. Ein Jugendlicher mit nacktem Oberkörper fletzte sich zu ihm auf den Autosessel. Seine entblößte Haut war über und über mit blauen Tätowierungen bedeckt: gepunktete Umrisse eines Mädchens und eines Revolvermanns. Auf dem Rücken war zu lesen: *Man of Thailand.* An der verrußten Wand stand eine Klappliege mit einer schmuddeligen Decke darübergebreitet. Eine Kochstelle daneben, einige Teller und Tassen. Da leben Menschen. Der Mann, der uns noch immer übersah, verstaute neue Münzen in seiner Tasche.
Dann tauchte das kleine Mädchen auf, dessen Gesicht mir in der Erinnerung engelsgleich erscheint. Ein Schulmädchen, das nach Hause geht. Oder das vom Spielen kommt.
»Phon«, sagte Somthavin, »das ist Phon.«
Das Mädchen trippelte auf uns zu, leichtfüßig, gar nicht gehemmt. Mir war, als habe sich das Mädchen verlaufen, als sei es irrtümlich an diesen Ort vor dem öffentlichen Klo geraten, springe gleich weiter, um auf der anderen Seite ins sonnige Tageslicht zurückzukehren, wo es hingehört in seinem kindlichen Alter. Aber Phon blieb vor uns stehen. Ich drückte eine kleine Hand, weich und warm. Phon setzte sich zu uns. Somthavin sprach mit dem Mädchen, das sich offenbar über den Besuch freute. Ringsum gespannte Aufmerk-

samkeit. Ich erwischte einen schnellen Blick des Mannes da auf seinem Autositz. Ein Blick voller Mißtrauen.
Zu mir gewandt erklärte Somthavin: »Die Leute hier wissen natürlich, wer ich bin und daß ich mich um Phon kümmere.«
»Und deshalb bist du hier alles andere als willkommen«, warf ich ein.
»Das kannst du dir vorstellen. Es ist aber so wenig, was ich für Phon tun kann. Ihre Eltern haben sich getrennt. Wo Vater und Mutter jetzt leben, weiß Phon nicht. Der Mann da auf dem Autositz ist ein Verwandter. Er schickte sie auf den Strich. Phon ist zwölf.«
Die Atmosphäre war drückend. Dem Mann, der scheinbar gelangweilt so tat, als zähle er seine Münzen, und dem Jüngling mit den Tätowierungen und den Frauen am Verkaufsstand – allen war unser Auftritt unerwünscht. Nur ein Mensch war von der Feindseligkeit unberührt. Phon, das kleine Mädchen in einem billigen rosafarbenen Kleid. Phon wirkte sehr zerbrechlich. Mit heller Stimme erzählte sie von sich. Phon war schmal und unscheinbar. Ein Kind, das es zu beschützen gilt. Passanten gingen vorüber. Ich sah nur teilnahmslose Gesichter.
»Bist du hungrig?« war die einzige Frage, die ich schließlich aussprach. Phon schaute mich an, als bemerke sie mich erst in diesem Augenblick. Phon schüttelte den Kopf mit kurzen lockigen Haaren. Ich spürte ein Würgen im Hals. Ich schwieg.
»Im nächsten Jahr will ihr Besitzer Phon nach Hongkong bringen«, sagte Somthavin in die gespannte Wortlosigkeit hinein, »das hat sie mir gerade vertraulich erzählt. In Hongkong werden für kleine Mädchen noch höhere Preise bezahlt als in Bangkok. Das weiß Phon natürlich nicht, aber es ist so.«
Phons Gesicht ist mir im Gedächtnis geblieben. Ein liebenswertes, reines Gesicht. Das Böse kann ihm nichts antun. Ich möchte daran glauben. Und ich weiß, daß es nicht so ist.

Lächeln im Lift

Als der deutsche Tourist zu später Stunde vom Bangkok-Bummel in sein Hotel zurückkehrte, lehnte sie neben der Fahrstuhltür und lächelte ein zaghaftes »Good Evening, Sir«. Er, im Charter-Jet erst wenige Stunden zuvor aus rheinischen Landen eingeflogen, hielt das Mädchen für ein Lift-Girl, fürs Knöpfchendrücken zuständig und sonst für nichts. Im ersten Stock blühte das Lächeln auf; im zweiten schob sich eine Hand in die des Touristen; im sechsten Stock war ihm klargeworden, daß der Lift-Service in Bangkok gegen Aufpreis gewisse Extras einschließt. Da lächelte auch er. Die Thaidame blieb am Mann.

Zeugnisse der neuen Zeit

Eine Vollmondnacht im November. Flackernde Lichter schaukeln über die Schwärze des Flusses, einsamen Wesen gleich, die der Strom in die geheimnisvolle Weite ferner Meere entführt. Die Menschen am Ufer schauen ihnen gebannt nach und versuchen, mit Blicken festzuhalten, was sie selbst auf die Reise geschickt haben: runde Gestecke aus Bananenblättern oder Plastik, mit Blumen geschmückt und brennenden Kerzen versehen und beladen mit Wünschen und Träumen und dem Dank an die unerschöpfliche Kraft des Wassers. Der milde Wind nimmt Gelächter, Wortfetzen und Kindergeschrei mit über den gewundenen Fluß, in den sich der Mond aus silberschwarzem Himmel ergießt. Die Menschen von Bangkok feiern Loy Krathong, wie es in dieser Novembernacht viele ihrer Landsleute tun, die in Thailand nahe einem Fluß oder einem See wohnen und ehrfurchtsvoll ihrer Abhängigkeit von seiner Leben spendenden und Leben nehmenden Macht gedenken.

Es ist das Ende der Regenzeit. Die Gewässer haben ihren höchsten Stand. Der Reis reift auf den Feldern. Alle Arbeit bis zur nahen Ernte ist getan. Zeit des Aufatmens. Eine Nacht der Besinnung. So war es Brauch während der verflossenen Jahrhunderte. So ist es noch immer die Sitte draußen in den Dörfern, wo die Menschen ein inniges Verhältnis zum Wasser bewahrt haben. In der Millionenmetropole Bangkok indes geht die fromme Tradition im Meer aus Fortschritt und Kommerz unter. Ein Volksfest ist's. Die Gestecke, die Krathongs, werden Tage vorher auf den Märkten feilgeboten, zumeist Kunststoff-Gebinde aus der Massenproduktion einschlägiger Werkstätten.

Feuerwerk und Kracher platzen in die fröhliche Ausgelassenheit der Kinder, die zaghaft ihre Krathongs ans Wasser tragen. In den Kindergesichtern schimmert ein Abglanz jenes uralten nächtlichen Zaubers. Erwartungsvoll halten kleine Hände die Krathongs ihren Vätern und Müttern hin, damit die Kerzen entzündet werden. Das aufgeregte Gekicher wird immer wieder vom Knattern eines vorbeischießenden Schnellbootes übertönt; und heftiger Wellenschlag wirbelt die schon schwimmenden Krathongs durcheinander. So geraten Wunsch und Wirklichkeit in Bedrängnis. Denn der alte Glaube, der aus stillen Wassern stieg, hielt sich daran, daß es Glück bedeute, wenn man lange die brennenden Kerzen seines Krathongs mit den Blicken verfolgen könne und die Gestecke zweier befreundeter Menschen auf den sanften Wellen in nachbarschaftlicher Nähe blieben. Wenn sie auseinandertrieben und die Lichter schnell verlöschten, dann mochte dies ein böses Omen sein.

Nun schwemmen Motoren und Maschinen die Poesie von gestern einfach fort.

»Alles ist beseelt«, erklärt die thailändische Freundin Nut dem europäischen Gast das geisterhafte Treiben, »man muß dem Wasser danken und für alle Verschmutzungen, die wir Menschen ihm zufügen, Abbitte leisten.« Nut, das pfiffige moderne Mädchen, ist so desillusionierend, der ernstgemeinten Bemerkung ironisch anzufügen: »Und dies tun wir, indem wir dem Fluß wieder neuen Abfall zuführen.« Leider wahr. Die Styropor-Inselchen, die nächtens so phantasieanregend über den vom Mond versilberten Fluß schweben, treiben am nächsten Morgen zu Tausenden in Kanälen und Seitenarmen: zählebige Zeugnisse der neuen Zeit.

Gold aus schwarzer Brühe

Ich bin schon einigemale über die breite Bangkoknoi-Brücke gefahren, eingekeilt in die endlose Fahrzeugschlange. Ein flüchtiger Blick durchs Autofenster hinunter zum Fluß. Wohnboote und Frachtkähne. Dann ist man auf der anderen Seite im Westen Bangkoks. Das Innenleben der Brücke bleibt den Passanten da oben verborgen. Anhalten, aussteigen. Zusammen mit Nut, einer thailändischen Sozialarbeiterin, kletterte ich neben der Brücke eine Steintreppe nach unten. Vorstoß zu den Ärmsten der Armen. Wir erregten mißtrauische Aufmerksamkeit. Nut kannte sich da unten aus, kannte die Bewohner. Aber ein Europäer verläuft sich da wohl nie. Mir war, als stiegen wir in das Labyrinth der Unterwelt. An den Betonsäulen eine Hütte neben der anderen. Kein Fleck trockener Erde, auf dem nicht eine kümmerliche Behausung zusammengeflickt ist. Aus Pappkartons, Blechstücken, Brettern, Plastikplanen.
Oben knallte die Sonne auf den Asphalt. Unten war es dämmrig und kühl und feucht. Es roch nach Müll und Moder. Zwischen zwei Pfeilern sah ich einen Lattenverschlag. Dahinter eine Frau, einige Kinder, eine Greisin. Nut fragte: »Dürfen wir hereinkommen?« Die jüngere Frau machte eine einladende Geste. Nut und ich zogen vor dem Gatter die Schuhe aus. Dahinter lagen Bambusmatten. Es war sauber gefegt. Ganz so, als hätten wir ein Wohnhaus

irgendwo in den feineren Vierteln Bangkoks betreten, so gingen wir einige Schritte barfuß weiter, ehe wir uns ebenfalls auf den Boden setzten. Meine Augen gewöhnten sich an das Dämmerlicht. Ich erkannte Holzkisten, die als Schrank verwendet wurden. An Nägeln hingen Kleidungsstücke. Eine dickbauchige Tonne wie eine riesengroße Blumenvase füllte eine Ecke aus. »Das Gefäß für Trinkwasser, das die Leute hier von einem ambulanten Händler kaufen müssen, der es in Kanistern umherfährt«, erzählte mir Nut, »wer überhaupt kein Geld mehr besitzt, muß das Flußwasser schöpfen. Es ist die schnellste Art, krank zu werden.«
Die Mutter lächelte. Eine Frau, die ich auf 50 oder noch mehr Jahre schätzte.
»Sie ist noch nicht mal 40«, sagte Nut.
Die Kinder drückten sich verschüchtert an die Mutter. Der Vater? Die Frau hob die mageren Schultern. Der sei gerade unterwegs. Wohin und wann er wiederkomme, wisse sie nicht. Über unseren Köpfen, über der dicken Betondecke, donnerten die Autos: ein ständiges Malmen wie eine gigantische, unsichtbare Maschine, die schwere Räder in Bewegung hält.
»Von was leben Sie?«, so fragte ich europäisch direkt und gar nicht höflich.
Die Mutter deutete auf eine irdene Schüssel, die bis zum Rand mit einer schwarzen Brühe gefüllt war.
»Was ist das?«
»Das ist der Schlamm aus einem Abwasserkanal, der nahe der Brücke in den Fluß mündet.«
»Und?«
»Etwas oberhalb des Kanals arbeitet eine Goldschmiedewerkstatt. In deren Abwässer lassen sich manchmal Spuren von Goldstaub finden.«
»Und wie macht man das?«
Die Mutter schüttete die Brühe in eine flache Schale, schwenkte das Wasser und ließ es über den Rand laufen. Zurück blieb ein Satz von Schmutz.

»Da sehen Sie«, ihre Finger wiesen auf wenige winzige Punkte, »das ist Goldstaub, den wir verkaufen.«
»Und das lohnt sich?«
»Was bleibt uns anderes übrig, als eine Arbeit wie diese zu verrichten?« Sie schaute in ihre Schwenkschale und erzählte von anderen Nöten. Von der Unsicherheit, ob sie mit ihren Kindern und der eigenen alten Mutter hier weiter wohnen dürfe. Der Platz unter der Brücke gehöre der Stadtverwaltung. »Ständig wird uns von Beamten angedroht, hier verschwinden zu müssen.« Die Frau sagte das ohne Erregung mit der gleichen leisen Stimme, mit der sie von Schlamm und Goldstaub berichtet hatte. Fast flüsternd fügte sie an: »Aber wenn wir vertrieben werden, wohin sollen wir dann gehen?«

Ein Rufer in der Stadtwüste

Er hockt auf einer eisernen Fußgängerbrücke über dem reißenden Verkehrsstrom der Tak-Sin-Road im Bangkoker Stadtteil Thonburi. Die nackten Knie berühren den metallnen Boden, der Körper lastet auf den seitwärts gebogenen Zehen. Ein Ruhepol im dröhnenden Durcheinander von Menschen und Motoren. Die infernalischen Dissonanzen lassen die stählerne Brücke mitschwingen, als durchlaufe das kalte Material eine elektrische Spannung. Der alte Mann ist in sich gekehrt. Ein Bauerngesicht, von Wetter und Entbehrung gegerbt. Der Mund schweigend verschlossen; die toten Augen ein dünner Strich im gefurchten Antlitz, das steinern ausdruckslos bleibt. Stunde um Stunde. Weder scheint ihn die Haltung zu ermüden, noch das Spiel seiner Saow, mit dem er um die Aufmerksamkeit der Passanten wirbt.
Die knorrigen Finger der Rechten führen einen Stecken, den

Hanffäden zum Bogen spannen; Daumen und Finger der Linken umklammern einen langen Holzsteg mit zwei Saiten aus Draht, deren Resonanzkörper, eine mit Leder bespannte halbe Kokosnußschale, in seinem Schoß ruht. Saow nennen die Thailänder dieses Streichinstrument. Das seine ist schmucklos, abgegriffen, ein Gebrauchsgegenstand. Die klobigen Hände halten die Saow so fest, als sei sie mit dem Alten verwachsen, der nur noch in seinen Armen und Fingern lebt. Der Bogen fliegt rhythmisch gegen die Saiten, kraftvoll hin- und hergerissen wie eine Säge am Stamm. Doch wie? Stehend vermag ich nichts zu hören.
Ich setze mich neben den Spieler auf den Boden. Nahe an die Saow muß ich mein Ohr halten, um ihre Töne zu erhaschen, die das Lärmmonster ringsum mit seinen Hupen, knatternden Pferdestärken, quietschenden Bremsen und Lautsprechern verschluckt. Was der Alte dem Stück Draht und der halben Kokosnuß entlockt, ist der Ruf aus einer fernen Welt. Wild und mitreißend. In schneller Folge jagen sich die Töne, ein imaginäres Publikum anfeuernd. An anderem Ort, zu anderer Zeit muß es sich bei diesen Klängen auf der festen Erde eines Dorfplatzes gedreht und mit den Füßen gestampft haben. Bauerntanz, die thailändische Version. Ländliche Lebenslust, derb und erdverbunden, aufgelöst in einer sich ständig wiederholenden Melodie, rasch und hart. Nicht die Musik höfischer Verfeinerung, nicht die Monotonie religiöser Versenkung. Das alles vernehme ich, den Kopf zur Saow gebeugt; und ich staune, daß in diesem unbewegten blinden Manne die Leidenschaft flammt, die solche Töne hervorbringen kann. Es sind die Klänge jener Zeiten, da es noch keine dieser lauten Metropolen gab, die alles Leben aufsaugen, gleichmachen und verkümmern lassen. Elektronisch verstärkt donnert auch in Bangkok das künstliche Gewitter der Gegenwart. Durch Auspuffrohre werden seine Signale gepreßt, unüberhörbar. Die Saow hat keine Chance. Die Stimme ihrer zwei Saiten ist nicht mehr zeitgemäß. Der Alte ist übriggeblieben aus einer Epoche, die

aus städtischer Sicht weit zurückliegt. Er spielt und spielt und bietet den Anblick eines Menschen, der noch nicht weiß, daß seine Zeit abgelaufen ist.
Vor dem Spieler steht eine blaue Plastikschüssel. Die meisten der Vorübereilenden werfen eine Münze hinein. Gelegentlich unterbricht der Mann sein Spiel, ergreift die Schale und hält sie mit beiden Händen über den gesenkten Kopf. Kein Wort auch bei dieser Geste des Dankes. Er steckt die Geldstücke in eine Stofftasche und verbirgt sie unterm Hemd. Mit einem Wachsstummel bestreichen seine Finger den Hanf des Bogens. Das Spiel beginnt von Neuem, und keiner der Fußgänger vermag einen Ton davon zu hören. Es geht unter im Getöse des Fortschritts.

Reiches Land und arme Bauern

Die ländliche Pracht reizte zum Schwärmen. 80 Kilometer blieb Bangkok im Süden zurück. Wir fuhren durch eine saftiggrüne Ebene. Reisfelder zu beiden Seiten der Straße. Wogender, reifender Reichtum, soweit das Auge schweifte. Glückliches Thailand mit solchen Kornkammern vor den Haustüren der Hauptstadt! Indes, der Freudenruf des Besuchers bedarf der Ergänzung.
Es ist paradox: Umgeben von fruchtbaren Feldern hausen Bauern in erbärmlicher Armut und hungern. Das auf den ersten Blick unverständliche Bild ist in vielen Ländern der Dritten Welt zu beobachten. Um den Widersinn zu verstehen, hilft auch genaueres Hinsehen nicht weiter. Die Erklärung ergibt sich erst durch den Hinweis auf die Besitzverhältnisse, wie sie der Titel eines einschlägigen Buches entlarvt: »Die Erde ist groß und gehört den anderen«. Weltweit ist die Tendenz festzustellen: Landkonzentration in

immer weniger Händen. Bodenspekulanten, Großgrundbesitzer, multinationale Konzerne im Agrar-Business auf der Gewinnerseite. Das Heer der Kleinbauern und Tagelöhner hoffnungslos auf der Verliererseite. Hoffnungslos? Nicht ganz. Es gibt vielerorts Ansätze bäuerlicher Selbstbehauptung.

Nicht nur die Metropole war weit hinter uns geblieben, sondern auch die Handvoll jener superreichen Leute, denen die meisten Felder gehören. Die Landlords mit den guten Beziehungen zum Königshaus, die hohen Militärs, die Geschäftsleute, die Besitzer dieser unübersehbar großen Reislandschaft der Region Saraburi leben in Bangkok. Sie lassen arbeiten, und ihre Interessen werden in dörflicher Abgeschiedenheit wirkungsvoll vertreten.

Dies war spürbar, als wir abends im Weiler Coke-Khae mit den Bauern sprachen. Sie hatten sich in einer Bambuslaube versammelt, deren kunstvolles Geflecht sich im Wasser eines Teiches spiegelte. Rote Lotosblüten leuchteten im Mondlicht. Grillengezirp. Ein warmer milder Wind strich über die nahen Reisfelder und den Kanal daneben. Wieder diese Idylle, die den Gästen so verführerisch die Lebensbedingungen ihrer Bewohner verschleiert. Auch sie selbst bleiben an jenem Abend sehr zurückhaltend in der Darstellung dessen, was sie bekümmert. Die Anwesenheit des Dorfchefs, des lokalen Vertreters der fernen besitzenden Obrigkeit, hält das Gespräch im Rahmen nichtssagender Höflichkeit. Von mir gefragt, was der Dorfchef von den europäischen Gästen erwarte, kommt seine Antwort spontan: »Schreiben Sie nichts Kritisches über unser Land; schreiben Sie nichts gegen die Regierung.« Der Satz kennzeichnet die innenpolitischen Verhältnisse.

Anders klingt es am nächsten Morgen im Haus des Lehrers Somchart Toumhamol. Wir hocken auf den blanken Dielen, wie es Brauch ist im Lande. Ein Dutzend Bauern ist gekommen, die meisten waren bei der abendlichen Begrüßung dabei und hatten geschwiegen; jetzt reden sie von ungerech-

ten Marktpreisen, von belastenden Zinsen und der behördlichen Verdächtigung, einer kommunistisch beeinflußten Vereinigung anzugehören. Die Landleute wirken selbstbewußt und sprechen ungehemmt. Im Hause des Lehrers können sie das tun. Der eher unscheinbare Mann, der einer alteingesessenen Lehrerfamilie entstammt, hat den bäuerlichen Zusammenschluß 1980 angeregt, dafür Mitstreiter unter den Schulkollegen gefunden und landlosen Tagelöhnern und Pächtern wieder Mut gemacht, mit eigenen Kräften zur Verbesserung ihrer Lebensumstände beizutragen. Daraus ist eine Selbsthilfe-Aktion entstanden, der auf genossenschaftlicher Basis heute bereits in fünf Dörfern 60 Familien angehören. Das Organisationstalent und soziale Engagement der Lehrer um Somchart Toumhamol, ein zinsloser Kredit von gut 100 000 DM, den Terre des Hommes/Deutschland zur Verfügung stellte, und der Wille der verarmten Bauern, das Schicksal der Landlosigkeit nicht länger passiv zu ertragen und nicht einfach in die Städte zu flüchten, haben zu einem Gemeinschaftswerk geführt, das in der politischen Landschaft Thailands den Charakter der Ausnahme hat: es ist praktizierte Solidarität der Benachteiligten.
Auch im Haus des Lehrers hängt ein Bild der königlichen Familie wie überall im Lande. Der seit 1946 regierende König Bhumibol verkörpert das moderne Thailand. Das gilt für die ganz persönliche Aufgeschlossenheit des 55jährigen Monarchen für alle Entwicklungen in Ost und West. Das gilt aber auch, was die Rolle des Herrscherhauses betrifft. Von welchen innenpolitischen Ereignissen das Land auch in der jüngeren Vergangenheit erschüttert wurde, der König blieb davon nicht nur unangefochten, seine integrierende Autorität hat dem Staat eine relative Sicherheit bewahren können. Der König ist als einzige Institution Thailands unumstritten.
Dies läßt sich in Thailand sonst für nichts und niemanden feststellen. Im krassen Gegensatz zur königlichen Kontinuität standen die zeitweise chaotischen Machtkämpfe unter-

schiedlicher Interessengruppen. Die Bilanz des Ringens um Posten und Positionen spiegelt wider, daß Thailand auf dem Wege zu einer modernen Demokratie viele fragwürdige Umwege machte und wohl noch eine beträchtliche Strecke vor sich hat: Das vergangene halbe Jahrhundert ist gekennzeichnet von einem Dutzend Staatsstreichen, 16 Premierministern, 46 Regierungen.
Thailand war nie Kolonialgebiet gewesen wie die anderen südost-asiatischen Staaten. Die Politik des Ausgleichs verhinderte, daß eine einzige europäische Macht das »Land der Freien«, wie es sich selbst nennt, beherrschen konnte. 1932 wurde Thailand von einer absoluten in eine konstitutionelle Monarchie umgewandelt.
Stets hat die Armee in die inneren Auseinandersetzungen eingegriffen, war an den Regierungen beteiligt und hat Stoff für die Frage geliefert, ob Thailand eine Militär-Diktatur oder eine Militär-Demokratie sei. Von Parteien, die im Volk verankert sind, von Gewerkschaften, von demokratischen Massen-Organisationen ist Thailand noch weit entfernt. Politik wird in Bangkoks einflußreichen Kreisen gemacht.
Diese in jeder Beziehung beherrschende Rolle der Hauptstadt kennzeichnet das politische und wirtschaftliche Leben Thailands. Die Metropole mit mehr als fünf Millionen Menschen ist wie eine Insel des Fortschritts im Meer der vielfältigen Entwicklungsprobleme. Die Bevölkerungsmehrheit der 50 Millionen Thais lebt weit weg davon, nämlich auf dem Lande. Dort haben die Menschen mit den Nöten zu kämpfen, die typisch sind für viele vergleichbare Entwicklungsländer.
Das Land ist vergeben und aufgeteilt. Landreform ist seit Jahren ein Schlagwort geblieben. Immer wieder sind dazu gesetzliche Regelungen in Bangkok erarbeitet worden. Ansätze lassen sich bis in die 50er Jahre zurückverfolgen. Doch welche Regierung auch ans Ruder kam, verwirklicht ist die angepeilte Neuverteilung der großen Ländereien nicht. Der Widerstand der Besitzenden ist auch in Thailand

unüberwindlich gewesen. Ein kompliziertes System von Pacht und Nutzungsrechten dient vor allem den Interessen der Reichen.
In absehbarer Zeit werden auch die Bauern der Saraburi-Region keinen eigenen Boden unter die Füße bekommen. So war die Frage, wie die paar Quadratmeter besser zu nutzen sind, auf denen ihre Hütten stehen und winzige Gärten angelegt werden. Schweinezucht heißt die Antwort. Im buddhistischen Thailand ist Schweinefleisch eine begehrte Nahrung. Der Terre-des-Hommes-Kredit wurde unter die Mitglieder der Genossenschaft aufgeteilt, Ferkel konnten angeschafft und aufgezogen werden. Dank der Kooperative ließen sich Erfahrungen austauschen, der Verkauf auf den Märkten gemeinsam vornehmen und Gewinne für Rücklagen und Rückzahlung des Darlehens verwenden. Die ersten Erfolge schlugen bereits zu Buche.
Zweierlei ist geschehen: Die zusammengeschlossenen Familien verfügen über ein bitter benötigtes Zusatzeinkommen; und sie haben erfahren, daß sie, die traditionell am Rande der Gesellschaft zu leben gezwungen sind, vereint etwas tun können, wozu die einzelne Familie nicht in der Lage ist. Der Schweinezucht folgten andere Aktivitäten auf der Basis gegenseitiger Hilfe. Gemüseanbau, Düngemitteleinkauf, Schulspeisung für Kinder. Aus den Überschüssen können zwei Studenten aus Familien landloser Bauern ein Stipendium für den Universitätsbesuch in Bangkok erhalten. Einmal im Monat treffen sich die Genossenschaftsmitglieder zur großen Versammlung.
Das alles mag wenig spektakulär sein im Hinblick auf die drückenden Probleme des Landes und löst die eigentliche Ursache der ländlichen Armut nicht, nämlich die ungerechten Bodenbesitzverhältnisse. Aber der Zusammenschluß hat einen Prozeß der Bewußseinsveränderung in Gang gesetzt: die Besinnung auf eigene Kräfte. Davon ist an jenem Morgen im Haus des Lehrers die Rede. Daß sich immer mehr Familien der Selbsthilfegruppe anschließen wollen, spricht

für deren erfolgreichen Start und guten Ruf unter den Landleuten. Daß die Genossenschaft von den Behörden mißtrauisch überwacht wird, weil die Organisation von den Bauern selbst kommt und sich damit dem direkten Einfluß von oben entzieht, erschwert die Arbeit und bestätigt doch zugleich, daß die Bauern die richtigen Schritte gewagt haben.

Thailand ist ein agrarisch strukturierter Staat. Noch immer sind drei Viertel aller Arbeitskräfte auf dem Lande zu finden, das den meisten nicht selber gehört. Was Thailand handelspolitisch zu bieten hat, kommt hauptsächlich aus den Erträgen der Landwirtschaft. Thailand ist traditoneller Reis-Exporteur. Fast alle asiatischen Nachbarn profitieren davon. Neben Reis hat die für den europäischen Schweinefuttermarkt verwendete Tapiokawurzel eine Spitzenstellung der Ausfuhrprodukte erreicht. Kautschuk, Zucker, Holz gehören zu den weiteren Erzeugnissen der fruchtbaren Böden des Landes, das doppelt so groß ist wie die Bundesrepublik. So spektakulär und zukunftsträchtig manche Industrieprodukte sein mögen, Thailands Entwicklung hängt auch weiterhin wesentlich davon ab, was in den Dörfern geschieht und wie die Bauern in den Entwicklungsprozeß einbezogen werden. Nicht in den Zahlen und Umsätzen ist daher der genossenschaftliche Ansatz der landlosen Bauern der Saraburi-Region zu messen, sondern am Beispiel ihres Zusammenschlusses, der Hilfe von außen zur Selbsthilfe vor Ort werden läßt.

Im Haus des Lehrers klagen die Bauern über die Last der hohen Zinsen. Alle Familien sind verschuldet. Mancher Sohn erbt nichts als Zahlungsverpflichtungen. Neben der Landlosigkeit ist dies der zweite Fluch, der die Menschen der Region Saraburi und in den meisten anderen Teilen Thailands niederdrückt. Im Gespräch fällt immer wieder der Name Daeng, der Name einer reichen Chinesin. Sie lebt im Dorf und ist eine der drei Geldverleiherinnen im Distrikt. Ziemlich alle Bewohner haben bei Frau Daeng

Schulden. Um die Zinsen zu errechnen, muß niemand zur Schule gegangen sein: je Monat zehn Prozent. In einem Jahr muß also mehr als das Doppelte der geborgten Summe zurückerstattet werden. Das schaffen die allerwenigsten. Der Schuldenberg wächst und damit die Abhängigkeit von den Besitzenden. Haus und Hof und Tiere müssen verpfändet werden. Wer vor Jahren noch ein Stück eigenes Land besaß, wurde auf diese Art und Weise sein Eigentum los und geriet in den Teufelskreis der Armut.

Auch die Banken geben Kredite, und zwar zu niedrigen Zinsen. Aber nur wer eine Bürgschaft bietet und wer eigenes Land zur Sicherheit vorweisen kann, bekommt einen solchen Kredit. Aussichtslos also für die meisten Menschen. Diese Situation macht klar, welche Bedeutung der Kredit von Terre des Hommes als Initialzündung für die Bauern von Saraburi hatte.

Der Bauer Rumpeung erzählt seine Geschichte. Der 41jährige stammt aus der Region. Die Großeltern besaßen noch eigenes Land. Es wurde unter den Nachkommen geteilt. Die eigenen Eltern erhielten schon keines mehr. Bauer Rumpeung hat bei der reichen Frau Daeng etwas mehr als einen Hektar gepachtet, auf dem er Reis anbaut. Auch er gehört zu den Schuldnern im Dorf, und häufig muß die Ernte bereits auf dem Halm verpfändet werden. Rumpeung hat sich der Genossenschaft angeschlossen und konnte so günstiger als bisher Düngemittel einkaufen. Er machte zusätzliche Gewinne, die in den Kauf eines gebrauchten Motorpfluges gesteckt wurden. Stolz führt er uns zu seinem Haus, wo die Frau und die siebenjährige Tochter im Schatten eines Baumes Reis stampfen. »Mit dieser Maschine werde ich aus meinem Pachtland künftig bessere Erträge erwirtschaften«, erklärt der Mann und läßt probeweise den Pflug auf Touren kommen. Im Gesicht des Bauern leuchtet eine Mischung aus Unternehmungsgeist und Hoffnung. Er läßt keinen Zweifel daran, daß bei ihm mehr als nur zwei Eisenräder an einem Motorpflug in Bewegung geraten ist.

Die Leiden der jungen Puen

Puen war ins Dorf zurückgekommen. Die Mutter, ihr jüngstes Kind, die zweijährige Buppha, auf dem Arm, hatte ihren Augen nicht trauen wollen, als Puens kleine Gestalt eines Morgens im Oktober den verschlammten Weg von der Hauptstraße entlangschlich, die Holzleiter zur Pfahlhütte der Familie heraufkroch und sich schluchzend auf dem Bambusboden der Veranda zusammenkauerte: todmüde, abgemagert, die Beine mit Geschwüren bedeckt: ein trauriger Schatten nur noch von jenem zwölfjährigen Mädchen, das ein halbes Jahr zuvor mit zehn anderen Kindern aus dem Dorf Ban Nong Lung im Nordosten Thailands nach Bangkok geschickt worden war, um dort in einer Fabrik zu arbeiten.

Puen hatte Mühe, stockend und immer wieder von Weinkrämpfen unterbrochen, die überraschende Heimkehr zu

erklären. »Wir durften während der Arbeit nicht miteinander sprechen«, berichtete Puen mit leiser Stimme, »wer den Mund aufmachte, bekam Schläge.« Schweigend hatte sie die Einzelteile von Neonlampen zusammenbauen, Drähte aneinanderfügen und mit den Zähnen die Kunststoff-Isolierung von Kabeln abbeißen müssen, die einen bitter-giftigen Geschmack hinterließen.

Puens Worte reichten nicht aus, die Not der Bangkoker Monate zu benennen; und die Vorstellungskraft der selber nie aus ihrer ländlicher Abgeschiedenheit herausgekommenen Eltern und Geschwister bot kaum Vergleiche, die ihnen die Leiden des Kindes in der 500 Kilometer entfernten Hauptstadt verständlicher gemacht hätten. Welten trennen Dorf und Metropole. Puen war ins Niemandsland der verkauften Kindheit geraten – wie Hunderttausende von gleichaltrigen Jungen und Mädchen.

In Bangkok hatte Puen auf dem Zementfußboden einer Werkstatt hocken müssen, inmitten der zwei Dutzend anderen Kinder zwischen zwölf und sechzehn Jahren. Allesamt stammten sie aus Dörfern wie dem ihren, dem chinesischen Fabrikbesitzer von berufsmäßigen Agenten vermittelt, die ihre schäbigen Büros neben Bangkoks Bahnhof in der Seitenstraße Rong Muang haben und überall im Lande, im Norden und Nordosten besonders, nach billigen Kinderarbeitern ausschauen. So war auch Puen in das Sklavenjoch der 14stündigen Schinderei gezwungen worden. Tag für Tag, auch an Sonntagen. Morgens, mittags und abends drängten die Kinder zum Essentopf, um sich die Näpfe mit Reis und winzigen Gemüsestücken und einer scharfen Fischsoße zu füllen. Wer nicht schnell genug war, bekam nur kümmerliche Reste. Stacheldraht umgab das mit mehreren Schlössern gesicherte Hoftor, und die Fenster waren vergittert.

Kinderarbeit ist von Gesetzes wegen in Thailand verboten. Wenn gelegentlich die Polizei in Puens Werkstatt erschien, mußten sich die Arbeiter, die noch keine 14 Jahre alt waren,

im oberen Stock des Gebäudes verstecken. Als ein 13jähriges Mädchen erkrankte und ins Hospital gebracht werden mußte, log der Chef dem Arzt vor, es sei schon sechzehn. Puen konnte nicht schreiben und lesen, aber selbst wenn sie es je in einer Schule gelernt hätte, wäre ihr ein Brief ins heimatliche Dorf verwehrt worden. Erst als sie immer apathischer wurde, sichtlich verfiel, kaum noch aß, wenig zu arbeiten vermochte und auf die Beschimpfungen der Chefin und sogar auf deren Prügel nicht reagierte, öffnete sich ihr das Tor zur Heimkehr. Ein krankes Kind ist nichts mehr wert. Der Besitzer fürchtete behördlichen Ärger und steckte Puen in einen Omnibus, der in Richtung Ban Nong Lung fuhr, und der Schaffner half ihr weiter.
Puens Vater war an jenem Morgen im Oktober mit seinen Söhnen Rut und Sompong, dem 15jährigen und dem Achtjährigen, in den Reisfeldern unterwegs gewesen, um Frösche, kleine Krabben und schwarze Schnecken zu fangen, eine wichtige zusätzliche Nahrung, die das Überleben während der Monate vor der nächsten Ernte sicherte. Vater Mong gehörte zu den landlosen Bauern im Dorf. Der fruchtbare Boden ist vergeben und aufgeteilt und ist im Besitz von wenigen Reichen. Während der Reisernte im November, wenn die Regenzeit über Nacht endet, verdingen sich Männer wie Mong als Tagelöhner. Die zu Untätigkeit verdammenden Monate davor sind die schlimmsten. Es ist die Zeit des Geldborgens. Fast alle Familien sind verschuldet. Die Namen der drei Verleiher im Dorf kennt jedes Kind. Vater Mongs Schuldenberg wuchs, und was er hätte vererben können, waren nichts als Zahlungsverpflichtungen.
Vater Mong, ein stämmiger Mann in den 30ern, wußte nicht recht, ob er sich freuen oder verzagt sein sollte über die unerwartete Rückkehr Puens. Es hatte die Familie traurig gestimmt, als die Tochter mit dem Agenten aus Bangkok in die ungewisse Ferne abgefahren war. Doch die 500 Baht Handgeld waren ein willkommenes Geschenk gewesen, mit dem ein Teil der Schulden zurückgezahlt werden konnte;

und die 100 Baht, die Puens Sklavenarbeit in Bangkok der Familie monatlich einbrachte, halfen über die ärgsten Nöte hinweg. Vater Mong strich zärtlich über Puens Schultern, tröstete das Kind in seinem Schmerz und konnte doch den Gedanken nicht unterdrücken, daß eine für sie alle lebenswichtige Geldquelle plötzlich versiegt war.
Puens Mutter versorgte die Wunden des entkräfteten Kindes, während Buppha in der dämmrigen Hütte herumkroch und zufrieden vor sich hin brabbelte. In die kantigen Züge der Mutter von Anfang 30 hatten sich die Falten der ererbten Entbehrung und der lebenslangen harten Landarbeit gegraben. Mutter Samai hatte Puens Abreise nach Bangkok nur zögernd zugestimmt. Sie wußte nichts von den dortigen Arbeitsbedingungen, kannte aber die eigene Not zur Genüge. Ein Esser weniger und regelmäßige Geldzuwendungen – was wog dagegen ihre mütterliche Sorge um das Kind?
Ihr Bauch rundete sich wieder. Das nächste Familienmitglied kündigte sich an. Die Mutter blickte zu Buppha, die vom Bruder Sompong mit kleinen Reisbällchen gefüttert wurde. Der Frau fiel wieder ein, was ihr neulich eine Nachbarin erzählt hatte. Von der Möglichkeit der Adoption hatte sie berichtet. In Bangkok gebe es Leute, die kleine Kinder an andere Familien vermitteln und den leiblichen Eltern dafür eine beträchtliche Summe zahlen. Buppha, die Zweijährige, sei im richtigen Alter dafür. Mutter Samai hatte der Nachbarin wenig interessiert zugehört. Erst seit Puens Heimkehr dachte sie wieder über dieses Gespräch nach. Samai sah Buppahs fröhliches Gesicht, das von Reis verklebt war. Buppah bedeutet Blume. Die Mutter spürte Ratlosigkeit in sich wie noch nie zuvor im Leben. Sollte sie Buppah verkaufen? Ihr Kind weggeben für Geld?
Ein paar Tage nach jenem Morgen im Oktober bummelte Puen barfuß über die schmalen Dämme, die die Reisfelder voneinander trennen. Zwischen ihren Zehen klebte schwarze, feuchte Erde. Ein ungeübter Fuß rutscht auf den

schlüpfrigen Wällen immer aus; Puen aber trat so sicher über die Grate der ländlichen Welt, wie das nur jemand kann, der hier aufgewachsen ist. Puen erblickte nahrhaften Reichtum auf den Feldern, in welche Himmelsrichtung sie auch schaute: im Winde schwankender Reichtum, der anderen gehörte. Puen hatte Hunger und wußte, daß sie zu dieser Mittagsstunde vergeblich bei Mutter Samai bitten würde, den Hunger zu stillen. Puen war ins Dorf zurückgekommen, und tief in ihr nagte die Angst, bald wieder fortgeschickt zu werden.

Brückenschlag im Goldenen Dreieck

Über die Höhen der Provinz Chiang Rai fegte ein eisiger Wind. Wie ein schwarzes Meer breitete sich zu abendlicher Stunde die Ebene aus, in der die Lichter einiger Siedlungen und Städte funkelten. Weit weg für die Menschen im Dorf Jalae da oben, weiter weg als nur die mehr als tausend Meter Höhen-Unterschied und die zehn Kilometer mühsamer Kraxelei auf schmalen, abschüssigen Pfaden bis zum ersten Weiler im Tiefland. Welten liegen zwischen diesem Oben der Bergvölker, zu denen die Lahu in Jalae gehören, und dem Unten, wo die Thailänder wohnen. Sprache, Kultur, Religion, Wirtschafts- und Lebensform – in allem unterscheiden sie sich; und in vielem unterscheiden sich die sogenannten *Hill-Tribes* wiederum voneinander, bunt zusammengewürfelt wie die farbenfreudigen Kleidungsstücke einzelner Volksgruppen.
Die Region ist berüchtigt. Opium, Schmuggel, Stammeskämpfe prägen den Ruf des Grenzgebietes zwischen Thailand, Burma und Laos. Als »Goldenes Dreieck« ist es weltweit bekannt. Doch vom illegalen Rauschgift-Reichtum, der in diesem abgeschiedenen Gebiet seine Mohn-Wurzeln hat,

profitieren die Bewohner am allerwenigsten. Die Angehörigen der Bergstämme gehören zu den buchstäblich an den Rand gedrängten Minderheiten. 500 000 sind es schätzungsweise auf thailändischem Staatsgebiet. Sie gelten als rückständig, ungebildet, hinterwäldlerisch und werden aus der Sicht vieler Thai im Tiefland als Menschen zweiter Klasse betrachtet. Nur wenige aus den Ebenen sind willens, den tatsächlichen und vermeintlichen Höhenunterschied zu überwinden. Die freiwilligen Helfer der thailändischen Stiftung »Bildung für Leben und Gesellschaft« zählen dazu. Finanziell unterstützt vom deutschen Kinderhilfswerk Terre des Hommes, versuchen die jungen Thais in den Bergen des Goldenen Dreiecks mit einem Bildungsprogramm den Brükkenschlag.

Die Menschen von Jalae verkrochen sich an jenem Abend in ihre auf Pfählen ruhenden Holzhäuser, wickelten zerschlissene Decken um die Schultern und rückten vor den offenen Feuerstellen enger zusammen. Das heißt: nicht alle der 28 Familien im Dorf ließen den Tag in der seit Generationen üblichen Weise ausklingen. Einige Mütter mit in Tücher gehüllten Kleinkindern eilten durch die Finsternis zu einem ebenerdigen, langgestreckten Holzhaus inmitten der anderen Gehöfte; auch barfüßige Jungen und Mädchen lenkten Schritte und flackernde Taschenlampen in diese Richtung; Ehepaare und Omas folgten.

Wenig später saßen alle nebeneinander an langen Tischen und Bänken aus Bambus und lauschten gebannt den Erklärungen der Lehrerin Busaba, die an einer Tafel thailändische Schriftzeichen erläuterte. Fragen schwirrten durch den von greller Petromax-Lampe erhellten Raum, heiteres Lachen, spontane Zwischenrufe. In den Gesichtern war gespannte Aufmerksamkeit; in den runden, glatten Mienen der Kinder genauso wie in den faltenreichen, von Entbehrung und harter Arbeit gefurchten Zügen der Erwachsenen. Alle waren offenkundig mit Spaß dabei, die Wörter und Zeichen der Sprache zu erlernen, die die selbstverständliche

Umgangssprache der Menschen im weiten Tiefland und ihnen in den Bergen ein so völlig fremdes Idiom ist.
Die Lehrerin Busaba stammt aus dieser Welt da unten. Die junge Frau, früher im Schuldienst der thailändischen Regierung, schloß sich dem Dutzend der Mitarbeiter der Stiftung »Bildung für Leben und Gesellschaft« an, die seit fünf Jahren in den unwegsamen Bergregionen arbeiten. Der Unterrichtsraum, von den Lahu-Leuten in Jalae für diesen Zweck errichtet, ist zugleich die Wohnstätte der Gastlehrerin und ihrer Kollegen. Das Leben in den nordthailändischen Höhen fordert die freiwilligen Helfer, die *Fieldworker*, in vielerlei Hinsicht heraus. Drückende Hitze tagsüber, frostige Kälte des Nachts. Wassermangel zu gewissen Zeiten; und das meiste, was sie an Lebensmitteln brauchen, muß auf langen Fußmärschen im Rucksack aus den Tälern herbeige-

schleppt werden. In Jalae und in den anderen Dörfern gibt es kein Lädchen. Ein Hinweis auf die Armut der Bewohner, die auf sich selbst angewiesen sind und mangels Geld keinen Kaufmann anlocken.
Die Lahu, von denen schätzungsweise 22000 auf thailändischem Staatsgebiet leben, wanderten wie die meisten der anderen Minderheiten aus Yunnan ein, dem südwestlichen China. Auf der Suche nach fruchtbareren Böden gerieten sie um die Jahrhundertwende immer weiter südwärts. Ein Dutzend solcher kultureller Minoritäten drang so in bis dahin kaum besiedelte Bergregionen vor. Die Karen mit mehr als 180000 Angehörigen innerhalb thailändischer Grenzen, die Meo mit 37000, die Yao mit 22000, die Akha mit 18000 und einige andere. Sie brachten ihre Bräuche mit, ihre Naturreligionen, ihre Tradition der Brandrodung, die immer wieder neue Waldpartien erfordert. Mit ihrem Trockenreisanbau unterscheiden sie sich ebenso von den Naßreisbauern im thailändischen Tiefland wie mit ihren animistischen Kulturen vom dortigen alles durchdringenden Buddhismus.
Für die Regierung in Bangkok sind die Bergleute ebenso Bürger des Königsreiches wie alle anderen auch. So wird ihre Integration betrieben. Wo es staatliche Schulen gibt, wird nach den landesweiten Plänen unterrichtet, die weder auf die ethnischen Besonderheiten Rücksicht nehmen, noch auf die sprachlichen Barrieren. Das Ziel heißt: aus den *Hill-Tribes* (Bergvölkern) gute Thaibürger zu machen. Gefordert ist die Anpassung und damit die Aufgabe der Identität.
Anders das Ziel der Stiftung »Bildung für Leben und Gesellschaft«. Ihre Mitarbeiter wollen dazu beitragen, die Bergkulturen zu erhalten, das Selbstbewußtsein ihrer Angehörigen zu stärken und ihnen dann beim Brückenschlag über die Klippen des Oben und Unten zu helfen. Die Vermittlung der Thaisprache spielt dabei eine wichtige Rolle. Zum einen ist es für die Lehrer aus dem Tiefland die beste Gelegenheit, selbst die Sprachen der Bergleute zu erlernen und damit deren Welt und Würde zu verstehen; zum ande-

ren ist die Beherrschung der Sprache der Bevölkerungsmehrheit notwendige Voraussetzung für die *Hill-Tribes*, um als halbwegs gleichwertige Partner auftreten zu können. Beim abendlichen Unterricht in Jalae erzählte der Bauer Chati von seinen verbalen Fortschritten. Der 25jährige Mann war zuvor nie in eine Schule gegangen, wurde aber stets dann, wenn er im Unterland die bescheidenen Produkte seines bäuerlichen Fleißes – Reis, Mais, Sojabohnen, gezüchtete Schweine – auf den Märkten verkaufen wollte, übers Ohr gehauen. Mangelnde Kenntnisse der Thaisprache und die durch solch gehemmte Zungenfertigkeit bestärkten Vorurteile der Leute in den Tälern führten zur Abstempelung als Mensch zweiter Klasse. Chati, Vater zweier Kinder, tat einen tiefen Zug aus seiner Bambus-Wasserpfeife, lachte und meinte, daß er sich nun wohl nach Monaten abendlichen Unterrichts allmählich besser zu behaupten verstünde.
Die Mitarbeiter der Stiftung benutzen bei ihrer Sprachvermittlung die Methode, die auf Paolo Freie und südamerikanische Erfahrungen zurückgeht. Lesen- und Schreibenlernen sind dabei nicht Selbstzweck, sondern der Anstoß, einen Entwicklungsprozeß in Gang zu bringen. Reis wird zum Schlüsselwort. Um dessen Anbau und Verarbeitung kreist der Rhythmus der Bergleute. Und um den Begriff Reis gruppieren sich dann die anderen Worte, die den Lebensraum benennen und über das bloße Lesen und Schreiben zum Bewußtsein der eigenen Verhältnisse beitragen.

Die Atmosphäre an jenem Schulabend im Dorf Jalae war locker. Der Gast spürte, daß die Sozialarbeiter, die selbst Repräsentanten der buddhistischen Welt der Ebenen sind, den Ton der Verständigung treffen. Sie sind akzeptiert und aufgenommen. Ihre Reden wirken wie Goldene Worte, die auf fruchtbaren Boden fallen. Wie unterschiedlich diese Aufnahme sein kann und wie mühsam es für die *Fieldworker* ist, in ihrer Bildungsarbeit so weit zu kommen wie hier, wurde in einem Dorf der Akha deutlich.

Es war ein anstrengendes Auf und Ab durch die verwilderten Bergwälder. An Bambushainen entlang, deren Stämme knarrten und knisterten; über steile Wege, die mit dem Haumesser von Sträuchern und Gräsern befreit werden mußten; vorbei an handtuchkleinen Feldern an Hängen, bebaut mit Trockenreis und auch mit Mohn. Nur wenige schweißtreibende Kilometer zwischen den Dörfern und doch: Alles war anders bei den Akha. Kein lächelndes Gesicht mehr wie im Dorf der Lahu, sondern strenge, verschlossene Mienen. Keine erkennbare Bereitschaft, den Fremden gastfreundlich zu begegnen, sondern abweisende Distanz. Kein geduldiges Sich-fotografieren-Lassen, sondern entsetztes Davonlaufen vor allem der Frauen mit ihren von Münzen und Silberschmuck gezierten Kopfbedeckungen und schwarzen Kleidern.
Wir kamen mit dem Dorfchef Pukol, nach dessen Familie diese Siedlung benannt ist, ins Gespräch. Vor fünf Jahren war sie angelegt worden, abgetrennt von einer anderen, deren Bewohner auf die Suche nach neuem abzubrennenden Ackerland gegangen waren. Von ewigem Wassermangel klagte der Mann mit rundem Buddha-Bauch; der weißhaarige Alte saß auf dem Bambusboden seines Hauses, während seine drei Frauen im Hintergrund, die deutsch-thailändischen Gäste ignorierend, Küchendienste leisteten. Kaum etwas, was sonst in Thailand die moderne Zeit signalisiert, war bei ihnen zu entdecken. Kein Transistorradio, keine Petromax-Lampe; allenfalls die Plastikbecher, in denen uns dünner Tee gereicht wurde, wiesen auf Verbindungen zur Welt da weit unten im Tal hin.
Und Opium? Natürlich, der Anbau von Mohn als dem Grundprodukt der Rauschmittelherstellung ist noch immer ein wichtiger Wirtschaftszweig in den Bergen. Das Goldene Dreieck hat da nichts von seiner berüchtigten Berühmtheit verloren. Die Regierungsaktionen der vergangenen Jahre, den Bergbauern den Mohn mit mehr oder minder drastischen Vorstößen auszureden und mit militärischer Gewalt

ganze Mohnfelder abbrennen zu lassen, haben nur geringe Erfolge gezeitigt; und die Propagierung von alternativen Anbauprodukten blieb ohne die in Bangkok erhoffte Resonanz. Denn noch immer ist Mohn lukrativer als beispielsweise Kaffee; und traditionellerweise ist der Verkauf des Rohopiums eine Art Versicherung, um die harten Bedingungen des Berglebens zu ertragen. Den eigentlichen Profit machen ohnehin nicht die Angehörigen der Bergstämme, sondern ihre Mittelsmänner, die Dealer und die vielen hohen Herren, die das Geschäft mit der Sucht decken.

Es ist das Leben im gebirgigen Abseits, das ein Dorf wie Pukol prägt. Am unteren Ende steht ein großes Balkentor, dessen Durchschreiten strengstens verboten ist, weil es die bösen Geister abhalten soll; und am oberen Ende ragt eine große hölzerne Schaukel in den klaren blauen Himmel, die im Mittelpunkt des bedeutendsten Akha-Festes steht. Es ist ein gesellschaftliches Ereignis, dessen geistiger Gehalt den Ethnologen und Religionswissenschaftlern eines der Rätsel aufgibt, von denen die Akha wie die anderen Bergvölker so viele zu bieten haben.

Die Mitarbeiter der Stiftung »Bildung für Leben und Gesellschaft« wollen auch Dörfer wie dieses Pukol in ihre Bildungs- und Sozialarbeit einbeziehen; in einigen anderen Akha-Siedlungen haben sie bereits das Vertrauen der Bewohner erlangen können. In Pukol wird es bis dahin noch vieler Anstrengungen und Geduld bedürfen. Nichts ist erkennbar von der Begeisterungsfähigkeit, die in den Gesichtern im Lahu-Dorf stand. Dafür wirkt das Akha-Dorf mit seinen mehr als 2000 Bewohnern wie eine geschlossene, in sich versunkene Welt. Dies ist seine Verwundbarkeit, weil die von den Alten mit all ihrer Autorität bewahrte Kultur innerhalb weniger Jahre eine sterbende Kultur sein könnte, eine aussterbende Kultur, die den Forderungen und Verlokkungen der aus den Tälern heraufkommenden modernen Einflüsse nichts Dauerhaftes entgegenhalten kann. Eine behutsame Annäherung beider Seiten wäre erforderlich, gegenseitiges Verständnis und die Respektierung kultureller Identität wünschenswert. Die *Fieldworker* der privaten Stiftung setzen ihre Kräfte ein, dabei zu helfen. Die jungen Männer und Frauen tun dies bis zum Rand der eigenen Belastbarkeit und mit persönlicher Opferbereitschaft. Erfolgreich. Doch in einem Dorf wie Pukol drängt sich dem europäischen Gast die Frage auf, ob es für den Brückenschlag nicht schon zu spät ist.

Erde der Menschlichkeit

Ein Nachwort von terre des hommes

»terre des hommes« bedeutet: »Erde der Menschlichkeit«. Daß unsere Erde menschlicher wird, dazu will das Kinderhilfswerk terre des hommes beitragen. Es unterstützt Gruppen, in denen die Menschen versuchen, ihr Schicksal in die eigenen Hände zu nehmen. terre des hommes will die Betroffenen zur Selbsthilfe ermutigen. darum unterstützt es Gesundheitsstationen und Bildungsprojekte, Kinderschutzzentren und Ernährungsprogramme, Projekte für kranke und kriegsverletzte Kinder.

Und terre des hommes will den Menschen bei uns zeigen, wie Kinder in der »Dritten Welt« leben müssen: Daß viele von ihnen hart arbeiten müssen, damit wir uns hier Teppiche, Edelsteine, Konservendosen und anderes leisten können. Daß viele von ihnen ausgebeutet werden.

In vielen Ländern Asiens gibt es Kinderarbeit. Darum unterstützt terre des hommes Kinderschutzzentren auch in anderen Ländern, z. B. in Korea und auf den Philippinen.

Darüber hinaus hilft terre des hommes Gruppen, die Gesundheitsstationen aufbauen, Schulen und Kindertagesstätten einrichten, sich um eine berufliche Ausbildung von Jugendlichen kümmern, Dorfentwicklungsprogramme in Gang setzen, Verletzungen von Menschenrechten anprangern und Bewußtseinsbildung betreiben. Das ist alles nur ein Tropfen auf den heißen Stein, werden manche einwenden. Aber viele Tropfen können ein Meer ergeben. Darum ist jeder Tropfen wichtig.

Hans-Martin Große-Oetringhaus
terre des hommes